有爱的青春陪伴者

你好，建筑师先生

我走地下道 著

Hello, Mr Architect

黑龙江美术出版社

图书在版编目（CIP）数据

你好，建筑师先生 / 我走地下道著. -- 哈尔滨：黑龙江美术出版社，2021.5
ISBN 978-7-5593-7448-6

Ⅰ.①你… Ⅱ.①我… Ⅲ.①长篇小说－中国－当代 Ⅳ.① I247.5

中国版本图书馆CIP数据核字(2021)第078295号

你好，建筑师先生
nihao,jianzhushi xiansheng

出 品 人 / 于　丹
著　　　 / 我走地下道
责任编辑 / 李　旭　张泽群
选题策划 / 张　磊　王　琼　青　岩
整体设计 / 蔡　璨
出版发行 / 黑龙江美术出版社
地　　址 / 哈尔滨市道里区安定街225号
邮政编码 / 150016
发行电话 / (0451) 84270524
经　　销 / 全国新华书店
印　　刷 / 长沙鸿发印务实业有限公司（长沙黄花工业园三号 邮编410137）
开　　本 / 880mm×1230mm　1/32
印　　张 / 9
版　　次 / 2021年5月第1版
印　　次 / 2021年5月第1次印刷
书　　号 / ISBN 978-7-5593-7448-6
定　　价 / 39.80元

目录
contents

第一章 /001
最浪漫的旅行泡汤了

第二章 /020
令他毛骨悚然的告白

第三章 /039
他遇到世上未解之谜

第四章 /060
莫名其妙的人扰乱了他的心

第五章 /078
神秘的小说家

第六章 /098
依稀少年时光

第七章 /118
香消玉殒

第八章 /135
不打扰是我的温柔

第九章 /151
心生疑窦

第十章 /170
回不去的地方

第十一章 /195
流水带走了光阴的故事

第十二章 /204
浮出水面

第十三章 /217
欲望之门

第十四章 /233
罪恶之眼

第十五章 /252
水落石出

第十六章 /270
尘埃落定

第一章

最浪漫的旅行泡汤了

北美洲午后的阳光,娇艳热烈。

巴哈马的粉红沙滩是一处风靡全球的旅游胜地。这里是好莱坞电影的取景地,被誉为"世界上最性感的沙滩"。

天空明亮、海水清澈,在耀眼的阳光下,沙滩泛着淡淡的粉色。

海边矗立着五彩斑斓的奢华别墅酒店,走进酒店建的水族馆,成百上千种海洋生物在身边游弋,鲨鱼、梭鱼、黄貂鱼和海龟等,使人产生时空的交错感。

来自世界各地的游客在海滩边拍照、嬉戏,多是追求浪漫的青年男女。

一名亚洲长相的年轻男子走在沙滩上,他身材颀长挺拔,五官清隽柔和,因为轮廓棱角分明,透出一种温润的硬朗。但他的状态明显和慵懒欢快的游客不同,他浓眉拧紧,周身散发着冷肃凛冽的气息。

他拿起手机,蔺晨的声音传了过来:"情况怎么样?"

"晨曦在三年前,确实与一名男子在酒店登记了入住信息。但监控在之后发生了故障,之前的记录都没有了。"

电话那头的蔺晨听了,失望地叹了一口气。

宋灵均攥紧了双手："我先挂了。"他摁掉接听键，又漫无目的地朝前走去。

热恋中的男女在热辣的阳光下你侬我侬，他脑海中在想晨曦会不会当时也曾在这沙滩上憧憬着幸福？

但她现在，又会在哪里？

宋晨曦，他的亲妹妹，国内知名女歌手，在三年前突然失踪了。这几年，在警察朋友蔺晨的帮助下，他一得到她的消息，就会亲自跑来追查，但仍然没有半点头绪。

他无心游玩。这一切旖旎美景，在他看来，不过是一场幻梦，粉饰着宁静柔和的假象。

他现在只想要清静，于是转身往人迹稀少的礁石丛走去。

前面有一对亚洲情侣在礁石上取景，一名女子站在他们对面，背对着他用中文说道："这粉红色的沙子啊，其实是一种有孔虫遗骸，肉眼很难看见。这些有孔虫附在周边的礁石上，被大浪袭击或鱼类冲撞后，它们就会成团地掉下礁石，最后被冲到沙滩上，变成粉红色'沙子'。喏，你背后就有，你正靠着呢！"

"啊，真恶心！"听了她的话，那名正在拍照的女子立即吓得花容失色，跳下礁石揽着男友，娇嗔道，"亲爱的，我们还是去其他地方取景吧。"

于是，两人手拉手亲密地走了。

待情侣走后，莫依斐脸上一阵窃喜："玩浪漫？傻不傻！现在这地盘是我的了！"她说完，立即蹲下身子，从包里拿出一个玻璃瓶，用手捧着细沙放进瓶子里。

正捣鼓着，背后突然传来一声冷笑。

她回过头去看，却不想有片刻的失神。

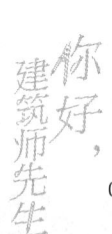

眼前的男人，长身玉立，双手插在裤兜里，他俯视着自己，俊朗的脸庞比阳光还要干净，那双黑眸却充斥着嘲讽："这里的沙子是不允许带走的。"

他低沉浑厚的声音，充满着对她的鄙夷。

"我知道！我明天会还回来！"她瞪大眼睛，极力辩解道。

"就是因为有你们这种人的存在，才一直在给同胞抹黑。"

看上去霁月清风一样的男人，没想到说起话来毫不留情。

莫依斐顿时对他没了好感，她站起来，却只到他肩膀的高度。

她只好仰起头："说什么呢，我说了我不会带走沙子！你不要妄下判断！"

他挑挑眉："你刚刚把那对情侣吓跑，不是为了偷沙子吗？奉劝你一句，要想人不知，除非己莫为。"他说完，厌恶地看了她一眼，转身走了。

莫依斐撇撇嘴，在他身后做了一个挥拳的姿势，但她望着手里一整瓶粉红色的沙子，黑白分明的眼珠又欢喜起来，嘴角噙上了一丝笑意。

晚上。

巴哈马群岛酒店房间里，莫依斐洗完澡，顿觉神清气爽。

她睨着那瓶粉红色的沙子，腹中馋虫顿时涌动。

人类有许多未解之谜，她也是其中一个。

她有一个特殊的癖好，那就是吃土吃沙，把这些东西吃下去之后，她就能透视土壤。

这趟巴哈马粉红浪漫之旅，她已筹备多时，目的就是尝尝这粉红沙子的味道。她是个环保主义者，既然沙子不允许带走，她舔一舔，知道一下味道，再还回去不就行了吗？

"姐姐会温柔对待你的。"

吃了沙土，她才能保持透视能力。

打开音乐，她坐在椅子上，正准备开动，隔壁房间的灯突然亮起。

隔着钢筋混凝土，莫依斐能看到隔壁房间里的男人赤裸着上身，腰间只系了一条浴巾，身材颀长、宽肩窄腰、肌肉匀称。

深更半夜不睡觉，他要干吗？她饶有兴趣地望向他。

因为男人背对着她，她看不清他的脸。

而此时隔壁房间的宋灵均眉心紧蹙，看向墙上的一只八脚蜘蛛，他浑身有些颤抖。在房间里搜寻了一会儿，宋灵均最后拿了一根晾衣竿，离得远远的，去打那只蜘蛛。

一个身材高大的健壮男子，却不敢靠近蜘蛛，与蜘蛛你追我赶的场面十分滑稽，莫依斐笑得前仰后合。

"有完没完，还是个男人吗？"看他在隔壁弄了很久还是没有赶走蜘蛛，莫依斐有些烦躁，再这样下去，她都被吵得没有食欲了。

她不耐烦地起身，走出去敲了敲隔壁的房门。

"What's wrong？（什么事情？）"磁性的男声响起。

"Room services.（酒店服务。）"莫依斐捏着鼻子说。

"I didn't call this service.（我没有叫这种服务。）"声音低沉醇厚，还挺好听的，可这男人的胆子太小了。

"Excuse me,some guests have reported that there is a cleaning problem in the room.（先生不好意思，有客人反映房间存在清洁问题。）"她耐着性子说。

门开了，她戴着帽子将脸庞遮得严严实实的，然后低头冲了进去，拿着报纸对着蜘蛛快准狠一拍，那蜘蛛就这样暴毙了。

"Well sir,now you can sleep in peace.（好了先生，您现在可以安心睡觉

了。)"这总能让她安静地享用美食了吧？她用英语交流着，俨然一副服务员的样子。

正准备离开，一只刚劲有力的手握住了她的手腕："是你？"

她抬起头，男人深湛的墨瞳宛如一口深邃的古井。

是下午在沙滩骂她没素质的那个毒舌男？

有没有搞错啊！

十分钟后，莫依斐不敢相信自己居然被酒店保安强行带到了保安室。

一名外国男子指着监控里她敲宋灵均房门的录像，对她说："Miss,Mr. Song complained that you broke into his room in the middle of the night, and pretended to be a waiter.Can you explain what do you want to do？ Otherwise,we will call the police.(女士，宋先生投诉你半夜扮成服务员私闯他房间，你能解释一下你的行为吗？否则的话，我们会选择报警处理。)"

"What？ You got it wrong.(什么？你搞错了。)"莫依斐顿时哑舌。

宋灵均在一旁确定道："That's right.That's her.(没错，就是她。)"白炽灯的光线下，他的脸看起来有些朦胧，那双眼却宛如墨色般浓郁，正牢牢地锁住她，"She entered my room as a hotel maid.(她冒充酒店服务员进了我房间。)"

莫依斐气不打一处来，瞪着他用中文说道："你有没有搞错啊，我是帮你打蜘蛛啊！你居然举报我？"

听了她的话，他不置可否，毅然对保安说："I saw her stealing sand on the beach in the afternoon and coming into my room at midnight, which is very strange. That woman has a bad character and seems to have an ulterior motive for me, I suggest you to check on her.(我下午曾经遇见过她，在沙滩上偷窃沙子。深更半夜又跑到我房间，实在不合常理。这个女人品行不端，似乎对我别

有居心，我建议你们彻查她。）"

保安们听了，点了点头。

"喂喂喂！你有没有搞错啊！我跟你什么仇什么怨！你要这样对待我！我对你有居心？我告诉你，你这种连蜘蛛都不敢抓的男人，我对你半毛钱兴趣都没有！"她义愤填膺道。

宋灵均转身，深邃的眸子宛如刀锋一般注视着她："你偷窥我！你是不是以为男人都不会拒绝深更半夜主动送上门的女人？我告诉你，我最讨厌像你这种没有廉耻心的女人了。"

他转向保安："I suspect she's a pervert.Maybe got surveillance in my room.（我怀疑她是变态，在我房间安装监控。）"

莫依斐一时被愤怒冲昏了头脑，这下百口莫辩了。

"Miss Mo,you have to go to the police station with me.Mr.Songlingjun is a special guest of our hotel. What you did threats to his life.If I find out you're a normal tourist,the police will release you immediately.（莫女士，我想只能请你去警察局一趟了。宋灵均先生身份特殊，也是我们酒店的尊贵客人。你的行为，已经对他的人身安全构成了威胁。一旦查明你是正常游客，警方会立即释放你的，请你谅解。）"那位保安用英语对她慢慢地说道。

"宋灵均？你给我站住！"她瞪着双眸，看着宋灵均对她耸耸肩，潇洒地走了出去。

这是她这辈子受过的最大的屈辱，没有之一！

原本计划的浪漫旅行因为中途杀出宋灵均这个程咬金，而变成一场噩梦。

一周后，漪市。

这座城市里，新城的繁华与旧城的传统互相辉映，古朴与沧桑交织。

漪市博物馆坐落在漪市的一处郊区，莫依斐大学毕业后就到了博物馆上班，是个小有名气的考古学家。

"依斐姐，漪市正在建设的体育馆施工方在施工过程中，发现疑似古代钱币。"一名女工作人员急匆匆地跑了过来。她叫瞿薇薇，是莫依斐的手下，和没有化妆的莫依斐比起来，她显得精致多了，眉眼却略显平庸。

莫依斐敛了敛眉，确认消息无误后，眉眼染上一丝兴奋："出发！"

十分钟后。

莫依斐和龙庭并排坐在单位的一辆大巴车里，龙庭进博物馆就跟着她，是她的得力助手。

莫依斐只要看过考古现场，有没有东西，她一般都能推测个八九不离十。

经过几年的摸爬滚打，莫依斐多次参与策划和发掘了轰动全国的几座大墓，当上了组长，常常带领一批基层员工刨砖挖土。

考古队的车很快就驰骋到了工地上。

莫依斐和龙庭下车的时候，已经有先到的同事在古墓大概的方位上拉起了警戒线。

莫依斐脸上脂粉未施，她不是那种艳丽夺目的美女，个子娇小，但比例很好。那双清澈的眼睛，笑起来像一弯月牙，眼角微微上扬，将女人的妩媚和少女的清甜味完美地融合在了一起，很能蛊惑人。

此刻，她略带孩子气的双眸一派严肃，里面夹杂着一丝兴奋，像是有电流汇集在漆黑的球体里。

莫依斐快速走到警戒线内，环顾了一下四周，根据现场挖出的几块青砖和钱币来看，这很可能是一座明代贵族墓。

"老大，通常十墓九空，这体育馆如今是漪市的重要项目，要是拖得太久,估计……"龙庭表情有点忐忑。

莫依斐的眼睛直勾勾地望向地面,视线宛如一道锐利的射线。旁人不知的是,此时,一座青砖构筑的墓赫然映在她的眼前。没有盗洞,保存完好。

规模形制保存完好的古墓,具有很高的考古价值,她顿时心里一喜。

她和几名专家讨论了一下,继而铿锵有力的声音响起:"根据地形结构和有关文献来看,这下面,应该是一座明代贵族墓。我们会立即向政府、省文物局、国家文物局做汇报,尽快开启考古发掘工作。我们今天的任务是,清理墓室上方表层,不要放过任何一个角落。"

听到她这样说,龙庭松了一口气。

工作中的莫依斐虽然有些不按常理出牌,但对下级和刚毕业的同事在专业上的问题一向都是知无不言言无不尽,丝毫没有架子。

整个考古队,对这个虽然外形萝莉但迄今为止在考古发掘上零失误的莫依斐,还是很服气的。

这么多年过去了,其他的同事都升职了加薪了,只有她,还是面朝黄土背朝天,做着考古队前线的工作。

宋灵均走进警戒线的时候,考古队正热火朝天地在他的工地上忙活着。他穿着白色高领毛衣和卡其色羊绒大衣,休闲中透着冷傲。

因为考古队的入驻,施工大队已经全部撤离了,现场应该也没有人认识他。他径直走了进来,浓眉紧蹙。

没错,这座体育馆就是由他设计的,才刚开始施工,他就因为晨曦的事情请假去了巴哈马,没想到一回来就听说这里出土了文物,他心里有些焦急,因为这座体育馆对他有特别的意义。

现场一个女人正扬声指挥着工作,而这声音,似乎有点耳熟。

宋灵均怔了怔神寻思着,正巧那女人转过了身,她穿着一件深色的短款羽绒服,头发简单地扎成了马尾,戴着手套,在他的主地基下沉式设计的正中心,指挥着工作人员清理着表层的土壤。

那双眼睛,一如那晚,清澈中透着狡黠的光。

女人的目光落在他身上,只有几秒,只感觉是个陌生人闯入工地,她立即来火了:"你们谁放陌生人进来的?这个节骨眼上这么大意吗?"

她擦了一把脸上的汗,对着他吆喝道:"这位先生,这里不是游乐场,我们现在在工作,请你出去!"

宋灵均眸色一凛。

"老大,不是外人,他是宋灵均!体育馆项目的设计师!"外围的几名女工作人员回答道,忍不住暗暗瞥着这个丰神俊朗的男人。

宋灵均没有刻意打扮,但颀长的身材、暖色系的衣服却将他衬托得越发高挑飘逸,双眸中的冷肃和淡漠更让他平添了几分神秘感和距离感。

"宋灵均?"一听到这个名字,她浑身的毛都竖了起来。

两人对视,她胸口立即燃起了一阵熊熊怒火,而宋灵均,也狠狠地瞪着她。

"怕蜘蛛的男人能设计体育馆?我真担心体育馆会坍塌。"她讥讽道。

宋灵均浓眉一拧,他也没想到这个不知廉耻的女人居然是个考古学家,真是,碰上她就倒霉。

"你这样的人能发现古墓?考古队没人了吗?"他语气带着讥讽和不相信。

莫依斐撇了撇嘴,狠狠地瞪着他,对外围吼道:"怎么能让外人进来啊!工作时最忌分心。龙庭,你把他请出去。"

她说完,头也不回地转过身,继续指挥着挖掘工作。

宋灵均抽了一口冷气，这女人什么态度！

龙庭走过来对他好声好气地解释道："这位先生，不好意思啊，我们家老大工作起来实事求是，对事不对人。看你们像是认识的样子，你认识我们老大？"

宋灵均漆黑如墨的瞳仁里，怒涛汹涌。

龙庭打量着眼前的这个男人，帮老大疏通关系这种事，他不知干了多少回了。

没办法，老大一投入工作，简直就是个疯子啊。

"嗯，认识。在巴哈马，我们共度了……"他淡淡地开口，语气平静，故意说一半留一半的话犹如平地一声炸雷。

考古队的工作人员面面相觑，一脸好奇的样子。

他们表面上仍然小心翼翼地工作着，动作却都有些心不在焉。这话，太容易让人产生联想了，组长是这样开放的人吗？

莫依斐眉心微蹙，心里"咯噔"一声。

巴哈马那件事，馆长帮她压下来了，一旦让同事们知道，她就糗大了。

她转过身，看着眼前目光逼人的他，两人的视线汇聚在一起，迸发出挑衅的火光。

她做了个手势，两人一起走到一个没人的地方。

"看你穿衣品位这么好应该是个文化人，能不能别把巴哈马的事捅出来？"她目光中透着请求，口气终于软了下来。

宋灵均低头看着她目光中的火焰，心想这个女人最开始在骂他，现在怕了又马上恭维他有品位，真是翻脸比翻书还快。

不过现在看她服软，他心里觉得舒服了些，嘴角勾起一丝弧度："口说无凭，我对你的人品表示怀疑。"

莫依斐耸耸肩，将自己脖子上的工作牌丢到他手里："我们已经汇报给了上级，过段时间，等批文下来，会对这里进行抢救性发掘。如果没有东西出来，你就把这个扔了。"

宋灵均挑挑眉，工作牌吗？勉强可以考虑。

莫依斐见他神色稍霁，转身就去忙碌了。

"老大，你真跟他？"龙庭额头上沁出细汗。

她一记拳头敲在他后脑勺："出国碰到祖国同胞，大家互相帮助了一下。大家给我上点心，薇薇，你那边初次冲洗得怎么样了？"

龙庭这才松了一口气。

宋灵均坐回车里，拿起她的工作牌看了看，随后敛了敛眸色。

工作照片上的她，头发利落地束起马尾，嘴角上扬，看起来意气风发。

从车窗里望去，在暖阳下，那抹纤细的身影在土坑里忙碌着，一张小脸格外严肃。

他将她的工作证放进车里的抽屉里，然后开车离去。

一周后。

思瞬建筑设计所。

设计所位于漪市一处闹中取静的写字楼的高层，是一套复式写字楼。

宋灵均从哈佛大学建筑系毕业之后，在美国工作了几年，获奖无数。

他的建筑设计，能很好地兼具美观、光线、空间使用，不再拘泥于建筑物的造型，而是注重空间的延伸和人物环境的合理搭配。

在美国的事业如日中天的他却选择回国成立了思瞬建筑设计所，大刀阔斧地拿下了漪市体育馆项目，成了国内业界新秀。

思瞬设计的员工们都感觉老板这几天心情不太好。

楼下，员工们在群里讨论着：

"老板从巴哈马回来以后，心情就很不好。"

"体育馆虽然延期了，但对我们设计公司是没有影响的啊，我们还有纽约、巴黎、东京呢。"

"老板该不会有强迫症吧？"

"这你们就不懂了，贝克汉姆还喜欢把茶几和椅子摆放成自己喜欢的角度呢，大师没怪癖能叫作大师吗？"

"不会吧！难道这就是老板单身的原因？"

楼上。

今天的宋灵均，在工作室一待就是一整天。

直到傍晚的时候，助理耿超敲了敲宋灵均办公室的门："老板，冉雪小姐来了。她下了飞机就直接过来找你，现在在休息室，已经等了一个小时了。"

宋灵均闻言蹙了蹙眉："知道了。"

几分钟后，他推开休息室的门，只见冉雪脱了外衣，身上穿着白色刺绣连衣裙，露出了曲线优美的小腿，一头卷发闪着柔顺的光泽。

冉氏投资了漪市体育馆项目，身为冉氏千金，她便常常找各种理由来见宋灵均，可惜宋灵均对她客气又疏离。

"没什么事的话，我让耿超送你回酒店。"

"我们这么久没见，你难道不应该跟我客套一下吗？"即使飞了十几个小时，冉雪依然容光焕发，她莞尔一笑的样子，分外动人。

"楼下有餐厅，想吃什么，用公司的名义结账，我还有事。"宋灵均神色淡漠地说道。

正好有人敲门,他便转身去开门。

门外是耿超,说道:"老板,今天考古队确定了古墓的位置,陆陆续续有陪葬品出土。还有,墓室的位置在我们的黄金坐标上,估计够咱们忙活了。"

宋灵均一张俊脸绷得紧紧的,他想起了那个女人说的话,没想到她还真有两把刷子。

"去看看。"他披上西装外套。

"是体育馆那块地吗?这么快就有结果了?我也去。"冉雪跟着起身,一起出了门。

耿超开车,冉雪和宋灵均坐在车后座上。冉雪侧眸看向宋灵均,夕照像碎金一样打在他轮廓完美的侧脸上,分外美好。而他双眉微蹙,似有心事。

"灵均,我知道你是为了晨曦,你放心,我父亲出马,他们考古队不敢延期的。"冉雪侧身从包里拿出几张唱片,唱片有些发黄,封面上的女孩长发飘飘,剪水瞳熠熠发光。

爆红的宋晨曦在三年前由经纪公司宣布退出乐坛,之后媒体上再无她的消息。

宋晨曦失踪后,出于安全考虑,警方对外封锁了消息。

冉雪因为和宋灵均父母的熟稔,才知道了这个消息。

宋灵均从冉雪手里接过唱片,修长的手指抚上唱片封面上宋晨曦的笑靥,他眸色一敛,语气依然冷淡:"既然勘测到了古墓,自然就尊重他们,一切走程序吧,不需要你为我做什么。"

冉雪微微侧过身,轻轻撩起自己的头发,温柔地说:"灵均,我做这些全凭我开心啊,我有我的自由。"

一路上,她主动活跃气氛说起自己在国外的旅游见闻,而一旁的宋灵均反应很是冷淡。

正在开车的耿超从后视镜上瞥了一眼,叹了一口气。

从来就没见老大对哪个女孩上心过,这神女有梦襄王无心,真是苦了大美女。

傍晚时分。

莫依斐因为在工地上晒了太阳,脸蛋红扑扑的。

宋灵均抬眸一望,只见她脸上粘了些许的泥土,正在接受电视台的采访。

"我们在初步的清理工作之中,发现了墓碑,因此可以确定墓主的身份是明朝的一位贵妇。这是非常有意义的发现,这可能将解开很多五百多年前的历史谜团。"

宋灵均走上前的时候,她正对着镜头,认真地解说。

"能给我们讲一下今天出土的一些文物吗?"主持人饶有兴味。

宋灵均停住脚步,望向莫依斐。

随之而来的冉雪也停住脚步。

"我们今天对表层的一些物品进行了清洗,很多墓主人生前用过的东西都揭开了神秘的面纱。"几名工作人员小心翼翼地拿着一个透明隔离袋走了出来。

"这是我们今天发现的一顶假发,头发的上半部分是黑色的真发,下半部分是编织的假发,我们猜测墓主人生前很注重形象。"莫依斐详细地解说。

"假发?"冉雪好奇地走上前。

主持人见到她,两眼发光:"冉雪小姐!"

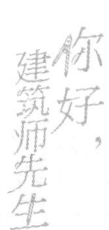

谁都知道,冉雪是名媛中的名媛,时尚街拍的曝光率不输当红女明星。

有她出现的电视节目,收视率会像坐了火箭一样噌噌噌往上涨。

主持人反应很快,在他的示意下,镜头很快转向冉雪。

主持人问:"冉雪小姐这是过来考察一下体育馆的建设吗?"

冉雪嫣然一笑:"刚好回国,就过来看一看。"

冉雪曾经作为翻译来过漪市博物馆参观,莫依斐是认识她的。

对这种天山雪莲般的女性,她一向都是无感的。不过,趁这个机会,她蹿到镜头前:"冉小姐,还有宋建筑师,你们都品位不俗,会全力支持国家的考古发掘吧?"

冉雪微微一愣,莫依斐对她展开一个外交似的优雅微笑。

平常女人见到冉雪这样的"仙品",都会有自卑心理,绝对不敢跟她一起出镜,因为会被她白几个色号的皮肤秒成渣。

她也习惯了享受注目礼。

眼前这女人一脸污垢,竟然丝毫不忌惮,还问这种她也不方便给出具体答案的问题。

冉雪心中不悦,但也不好发作,仍然一脸甜笑:"我们支持国家每一个正确的决定。"

宋灵均没有说话,只是睨着莫依斐,表情冷淡疏离。

这女人真狡猾。

"宋先生,体育馆项目是你回国后第一个作品,外界也十分期待。如果真的延期,你会觉得遗憾吗?"主持人拿着话筒继续发问。

"谢谢诸位对宋先生的关心,宋先生回国后的作品可不止体育馆哦,还有多个高档住宅区。用不了多久,大家就可以看到他的作品了。"应付这种场面，冉雪十分拿手。

"多个住宅区？"莫依斐的双眸突然灼热起来，她像一只猎犬嗅到了猎物的气息。

宋灵均心里涌上一阵不舒服的感觉。他避开了莫依斐灼热的视线，冷淡道："术业有专攻，莫小姐既然挖掘了古墓，那就务必请提交给我们详细的报告，跟我们做好工作交接说明。"

莫依斐点点头："这是自然。"

冉雪走过来挽上宋灵均的手臂，转头优雅又倨傲地对莫依斐道："莫小姐，我们支持国家的考古工作，但体育馆的建设也非常重要，我们希望，我们的支持换来的不是工作拖沓和无贡献。"

莫依斐微微一笑："就如宋先生所言，术业有专攻。大家好，才是真的好。"

冉雪眉心微微蹙起，女人的直觉和敏锐，让她对眼前的莫依斐很是反感。

当着媒体的面，她大大咧咧地叫唤宋灵均，是不是想故意引起他的注意？

宋灵均回到思瞬设计所的时候，已经华灯初上了。

那莫依斐不是省油的灯，他一回来就收到了政府批准体育馆停工的生效文件，一停就是两年。

体育馆停工，目前他就只能把注意力放在漪市博物馆的竞标上了。

他看了看设计图，左看右看，总觉得缺了些什么。

一个地方的历史和文明的展示，是诠释一个地方文化精髓最重要的地方。

漪市虽然不大，却有很深厚的文化底蕴，这里也是他成长的地方。

他刚拿起笔准备画图,电话就响了起来,是周世文。

周世文和宋灵均是同行,在漪市的建筑院上班,两人在工作中接触过几次。周世文的专业能力不错,缺少的是想象力的应用。若干年之后,两人已经是云泥之别了。

"灵均,我现在在你设计所不远处的酒吧里,刚被一女人甩了,过来陪我喝几杯?"

宋灵均自己心情也不佳,想了想便答应了。

周世文是个情场老手,占了外形和职业的优势,据说女朋友遍布全国。

他居然会被女人甩,宋灵均有些不信。

酒吧里,五光十色的灯光光怪陆离地投射在舞池中的男男女女身上。

宋灵均见到周世文的时候,他手里拿着一杯酒,正拉着舞池中的一名女子推推搡搡,脸上一脸愤懑。

真稀奇。

走近了,听到周世文说:"你送我礼物,请我吃饭,不是喜欢我是什么意思?你说是我误解了?枉我把你当成我生命中千分之一的相遇,你到底是什么意思?耍我吗?"

他说完,伸手一扬,那杯酒眼看就要倒出,这时一双纤细的手闪电般划过,托住了他的手肘,那摇曳的琥珀色光泽的液体顿时反向倾泻,洋洋洒洒地倒了他一脸。

周围一阵哗然。

周世文那张英俊的脸顿时绷紧了,一脸不可思议,又伸手抓住了那女人的手腕。

那女人和酒吧其他的女人不同,她穿着牛仔裤加一件白色毛衣,脸上没有化妆,有一双透着狡黠的丹凤眼,又是她。

"不好意思啊,周世文,你真的误会了。找你说很多话,送你礼物,也不一定是对你有好感啊,我真的就想跟你做普通朋友。"莫依斐不急不慢地解释着。

白天素净的一张脸,现在在灯光的映衬下,显出几分妩媚来,那妩媚中却带着一股满不在乎。她还真是多变。

在男女关系中,周世文做惯了主宰者,但在这张娇俏的脸上明显看不到一丝一毫对他的留恋。

男人的蛮力一上来,桎梏着莫依斐的手劲就更大了。

宋灵均蹙起了眉。

他不喜欢管闲事,但他不想看到男人欺负女人,于是走上去淡淡地开口:"周世文,推推搡搡成何体统,坐下说吧。"

磁性的声音带着威慑,让周世文松开了手。

云烟氤氲中,莫依斐眯起一双丹凤眼,看到宋灵均,眼中有几分诧异。

三人坐下后,沉默了一阵,莫依斐只好打破了沉默:"周世文,跟你说清楚吧,我对你没有那个意思。如果我做了一些让你误解的事情,让你会错意了,我向你道歉。"

"会错意?"周世文眯起一双修长的桃花眼,用纸巾擦拭着脸上的酒,愤懑道,"每天给我发信息、请我吃饭、问我有没有空,撩得我心猿意马的,你现在说对我没意思?你害得我这段时间苦苦挣扎了很久你知不知道?"

"你仔细回想一下,我每次给你发的信息,并没有表达我对你的爱慕啊。大多情况下,我都是在问你最近漪市的工程建设项目。是这样的,作为一名考古人员,我很关注掘地的动向,这是我的职业病。反正你遇到下一个女孩,也会跟她说遇到她是你千分之一的概率。"莫依斐摇曳着杯子里宛如玛瑙一般的液体，哂笑道。

周世文挑挑眉："哼，谁知道你什么意思！"

宋灵均瞥着莫依斐态度自若的模样，职业病？

他嘴角勾起一抹讥讽的弧度："莫小姐对工作真是热爱啊，跟你说说我们的职业特点吧，混凝土选得好，房子才能建得牢靠。所以，如果喜欢虚虚实实，到处撒网，当心聪明反被聪明误。你看这家酒吧生意这么好，跟屋子的设计也很有关系，混凝土选得很稳固，房子好看又通风，自然财源滚滚。劣质的混凝土，我们是不会用的。"

莫依斐听了，握着高脚杯的手微微一紧。

他是在讽刺她动机不纯？

第二章
令他毛骨悚然的告白

Sweet love

莫依斐耸耸肩,现在的社会浮躁得很。有很多女人都会对外形和职业不错的男人趋之若鹜,导致男人的优越感膨胀得厉害,总觉得自己是个香馍馍。

她懒得申辩。

周世文见她不说话,觉得她是被宋灵均的一席话说得不好意思了。

他虽然心中恼怒,可她道了歉,他也不想完全把关系弄僵。

他岔开话题:"依斐,跟你介绍一下,这是我的朋友宋灵均,跟我一样,是一名建筑师,目前也在竞标你工作的地儿,漪市博物馆。"

他又对宋灵均介绍道:"这是莫依斐,考古学家。对了,灵均,听说你公司监控坏了,要不要我推荐一家给你?"

宋灵均点点头:"行啊。"

莫依斐听了,心里一动。

她早已经在网上把宋灵均的资料翻了个底朝天,所以周世文的话她也就粗略听了一下,只不过深深记住了宋灵均公司监控坏了的这件事。

冤家路窄,但她没想到,对方居然是一座"大土矿"。

这般优质的资源，足以让她忘记他让她受的屈辱。

莫依斐并非是从男人对女人的吸引力去思考的，而是土地资源的掌握程度。

她是个不婚主义者，男人也好爱情也罢，她都兴趣缺乏。她坚信有土吃就好，她和工程师、建筑师来往，目的只有一个，她想知道漪市哪里又有新鲜的土地资源。

宋灵均手握国内多个建筑项目，这意味着新鲜的土地资源正滚滚而来啊。

莫依斐不自觉地咽了咽口水，脸上浮现一丝优雅的微笑，眼睛也看向宋灵均："宋先生，之前我们有些误会，希望你不要介意。我们也算有缘，往后我们在工作中也会有接触，希望你能多多包涵。"

她主动伸出一只手，诚意十足。

宋灵均漆黑如墨的眸子里冷淡如斯，他没有握住眼前主动示好的柔荑，淡淡道："我听说莫小姐今天在工地上挖出了古尸，不好意思，上个洗手间。"

他起身，转身离去。

莫依斐嘴角一滞，在心里狠狠骂道：嫌我手脏？还真以为自己是香馍馍啊！

"你们工作中接触过啊？"周世文端起一杯酒，他心中的郁闷依然没有抒发干净，见她被奚落，正中他下怀，所以此时有些幸灾乐祸。

莫依斐白了他一眼："我去趟洗手间。"

过了酒吧的热舞时间，刚才宛如盘丝洞的灯光特效切换成了正常的光线。

莫依斐定睛一看，宋灵均说得没错，这酒吧是用混凝土制造的，那一间间小小的包厢，在她的火眼金睛下，里面的一切无处遁形。

到处都是红男绿女你侬我侬，充斥着荷尔蒙的气息。

到了洗手间门口，她转身正要进去，突然想起了什么，旋即猛地转身，往右边的男洗手间望去。

那双丹凤眼像是琥珀色的玻璃球，穿透装潢得豪华烦琐的墙面，里面的各色男人被她一览无遗。

而她的目光紧紧锁住了一抹颀长的身影。

宋灵均一身黑色毛衣、西装裤，在一众含胸驼背的男人之中，鹤立鸡群，卓尔不凡。

如果说上帝造人分三六九等，那宋灵均，一定是精雕细琢纯手工打磨出来的。

她想起网上关于宋灵均的资料：留学回来的建筑业新秀，被各大知名房地产商争着邀约，不过性格清高，挑选合作对象十分苛刻。

她正思考着，宋灵均已经出来走到了她面前，高大的身形笼罩在她上方，立刻形成了强大的气场。

"你在看什么？"他蹙着眉，看着她一副走神到外太空的模样。

低沉醇厚的嗓音让莫依斐回神，眼前这个男人，在她脑袋里的形象忽然间变成了一把金光闪闪的钥匙形象。

她抬眸甜笑，一双眼睛熠熠生辉地注视着他："看你啊，宋先生穿衣品位真好。"

她的目光在他俊朗的脸庞上梭巡着，然后落在他裤子的口袋上，刚刚她可是听到了钥匙的声音。

他的心微微一紧。他不自在地将垂在两侧的手蜷缩起又展开，从她身边走了过去，丢下一句"你在看哪里"。然后，他快速地往前走，灯光掩盖了他微微红润的脸颊。

不知为何，刚才被她这样一盯，总觉得浑身起了一层细小的电流，在皮肤上战栗起一层鸡皮疙瘩。

还有，她刚刚的话很明显就是口是心非的谎言。

他读过一些心理学方面的书，刚刚她脸上的微表情，神游加思考状，明显是在打量过他之后，在想其他的事情。

那眼神宛如 X 射线，令他回想起在考古现场她盯着脚下的泥土时，也是这样的目光如炬，仿佛可以窥透一切，令他觉得阴森悚然。

这女人太诡异了。

他眉心微蹙，将手腕处挽起的毛衣重新拉了下去，把裸露的几寸肌肤遮好。

宋灵均回到雅座的时候，周世文已经转战酒吧一隅，正酒酣耳热地和一长发美女聊得开心。

他皱了皱眉，周世文对待感情的态度，在他看来犹如儿戏，什么被女人甩，根本就是自己的虚荣心在作祟。

宋灵均拿起自己搭在椅背上的西装外套，没好气地走过去说道："我走了。"

周世文朝他点点头摆摆手。

他刚转过身，就瞧见莫依斐站在眼前，笑靥如花地看着他。

身后的周世文见到她，一把搂住了那名长发女子，挑衅地望向她，一脸得意。

莫依斐自动屏蔽周世文那在她看来幼稚可笑的举动，跟着宋灵均，亦步亦趋地走出了酒吧。

酒吧外面的空气清新了许多，宋灵均觉得身体舒适不少。

"宋先生送我一程？"清脆的嗓音响起。

他一偏头，她已经蹿到他身边，那黑白分明的眼珠骨碌碌地转着。

"我没这个习惯。"

她撇撇嘴，仍是笑着开口："我要找你拿一件东西，上次在工地，我给了你工作牌，你答应等考古出了准确的结果，就马上还给我，这段时间我都是借同事的用，很不方便，现在还给我吧。"

他记起了这件事，点了点头："放在我车上了，等下就给你。"

莫依斐跟着宋灵均往停车场走去，出来后冷了很多，所以她已经披上了大衣，脚上穿着平底鞋，在他身边走起来也是健步如飞。

宋灵均腿长，她在他身边连走带跑，才能跟他保持平行的速度。身边时不时有微风吹过，带着混合女性馨香的暖风划过他的鼻息。光线有些迷离，她挨着他很近，走急了不经意间还会碰撞到他。他蹙了蹙眉，身体下意识地有点闪避，他偏头看她，她似乎毫无知觉。

他刚拉开车门，正准备拉开方向盘下面的那个抽屉，就听见一声响。她已经坐上了副驾驶座，眼角带笑："与人方便自己方便，宋先生，我没车，并且现在太晚了，你就行个方便送我一程吧。"

宋灵均眉头紧蹙，没有说话，低头在抽屉里翻了半天，却什么也没找到。

"宋先生，我的证件对我至关重要，没有这个的话，很麻烦的。"

宋灵均抬起头，觉得有几分蹊跷。他做事认真谨慎，从来没有丢过东西。

"宋先生，你仔细想想你把它放在哪里了，是不是在你办公室？"

"不可能。"

"那既然这里没有，就很可能在你办公室，或者在你家，不然能去

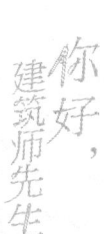

哪里？"

闻言，他侧眸看了她一眼，只见她一手托着腮，神情焦急。

他明明记得很清楚，工作牌就被他放在了车内的抽屉里。

"我今晚一定要拿到它，不然明天上班就惨了。宋先生，你答应过我的。"她焦虑的嗓音中带着一丝哀求。

他无奈道："去我办公室找找。"

黑色的路虎车一路驰骋，宋灵均表情淡漠地驾驶着，莫依斐双瞳中却散发着诡谲的精光。考古这一行训练出了她胆大心细，手脚灵敏度也远胜一般人。刚才趁着光线阴暗的一瞬间，她已经将她的工作牌顺利拿到了自己包里。

她瞥着他白皙清隽的侧脸，这是多么珍贵的土地资源啊，吃了新鲜的土，她才能维持自己透视土壤的能力。

旁边的这个男人，手握最优质的土地资源，让她如何不心动。

一开始，她也质疑过自己的身体结构，去医院做了检查后发现并没有什么问题，吃了土之后身体的各项功能仍然运转自如。

其实生命有很多未解之谜，或许她只是其中一个，可她不想宛如怪物一般被逮住关进研究院，所以一直以来只能偷偷摸摸地吃土。

"看够了没有？"略带嘲讽的声音突然响起。

莫依斐正看得入神，听到他的话后只好讪讪一笑："你不看我，怎么知道我在看你？"

"莫小姐，你的眼神，让我有种毛骨悚然的感觉。"

真是没有情趣的男人。她撇撇嘴，没好气地偏头看向窗外。

二十分钟后。

宋灵均不耐烦地看着在他办公室里大呼小叫的莫依斐。

"不愧是建筑师啊,在这里办公也太爽了吧!"她看着眼前宛如走进了热带雨林的办公地点,惊叹不已。

"等等,这儿怎么那么熟悉,我好像在哪里见过?"她拍拍脑袋,突然像是想起了什么,立马惊呼,"这不就是上了热搜的那个'自愿加班到死的办公室'吗?"

比起一般上班族上班就心情压抑的灰色空间,这儿更像是一个游乐场。

绿色的背景墙,铺天盖地的绿色世界,电脑旁是巢穴、缆车、船、树屋等有趣的东西,咖啡机和健身器材唾手可得,而后面,还有一个小型游泳池。

视线开阔、空气清新,在这里安家都行。

莫依斐跑到一处用绿叶缠绕的秋千上,雀跃不已地荡起秋千。

"你这人外表看着挺严肃的,没想到能设计出这样的空间,莫非在你严肃古板的外表之下,骚动着一颗浪漫的心?"

宋灵均瞪了她一眼:"你在这儿休息一下,我上楼去找。"

"去吧,去吧。"莫依斐连忙摆摆手,自己玩自己的去了。

宋灵均找了十几分钟未果后不耐烦地走下楼时,看到莫依斐已经在一张躺椅上睡着了。

她闲适地躺在椅子上,双眸微合,宛如一只猫咪。

安静下来的她,眉目之间温柔了许多,倒有点像个淑女了。

从外形上看,明明就是一个弱女子,可她实际上常常不按常理出牌。

这时她动了一下,怀中的包也随之抖动了一下,突然,一个东西从她的包里掉了下来。

他走上去弯腰捡起,结果发现是她的工作证。

宋灵均立即拧起浓眉,对准她额头一弹,有些生气地说:"醒醒!"

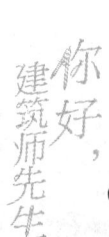

莫依斐睁开惺忪的双眸，眼前的他冷着脸，语气也有些重："莫依斐，你耍我吗？"

她揉了揉眼睛，这才注意到他修长的手指中间夹着自己的工作牌。

"刚刚在车里你就把它藏起来了吧！你这么无聊吗，浪费别人的时间等于谋财害命，你知不知道？"他叱喝道。

"谋财害命？你这么宝贵，就像大熊猫一样全身是宝？"

嘴上在吐槽心里却在想他对她来说可不就是宝吗，她来这里，是为了偷看他的建筑项目的，顺便看看能不能偷偷把工地钥匙刻录在她随身携带的模型里。

都怪这室内的风景太旖旎动人了，她一时受到迷惑就分了心。

"你胡说些什么？"

莫依斐皮笑肉不笑："任何一个女人都会觉得宋先生很有魅力，我也不例外。"

"是吗？"他目光深邃，像黑曜石一般。

她心猛地一颤，被他散发的气息逼迫，心竟然莫名地恐慌起来了。她只好往后一退，没想到一脚踩空，"哗啦"一声，整个人掉进了泳池之中。

"宋灵均，你！"冰凉刺骨的水袭来，她猝不及防。

宋灵均嘴角勾起一抹讥讽的笑，看着莫依斐在水中扑腾，也没上前捞她上来，只怕心中还在想这女人是不是又在演戏。

她不会游泳，眼看这水就要淹没自己的头，她一阵恐慌，声嘶力竭地吼："我不会游泳！救我！"

看着她在水里惊慌失措的样子，不像是演戏，他这才信她，这水有两米深，足够淹没她了。

宋灵均立马脱了外套跳入水中，眼疾手快地托住了她的身体。

莫依斐喝了水，头发晕，一有托住她的东西她就像抓到了救命稻草，立马死死地抱住了。他感受到她柔软的皮肤一寸寸紧贴着自己，甩都甩不掉。

他只能任她宛如八爪鱼一般黏着自己，带着她游回了岸上。

莫依斐吐了好几口水后，才回过神来。

她睁开眼睛，只见眼前的男人用狭长深邃的双眸注视着她："你怕水？"

"很怕很怕。"她坐起来，双手环抱着膝盖，身上全湿了，冷得瑟瑟发抖。

她抬起头，双眸里水汽弥漫，浑身冻得哆哆嗦嗦："你能不能帮我买几件衣服？我这个样子怎么回家啊。"

他一愣，看着她委屈的样子，一丝愧疚涌上了心头。

他只是想教训她一下，没有想到会变成这样。他起身，在出门前将室内的暖气打开了。

"那你等着。"他语气终究是软了几分。

待他一走，莫依斐立刻生龙活虎地从地上弹跳起来，刚才如柳叶随风的柔弱一扫而光，活蹦乱跳地跑进了他的办公室。

他的办公室以黑白两色为主，倨傲清冷，视野开阔。跟她想的一样，是冷淡风。

右边有一个书架，井然有序地摆放着一些文件夹。

她走过去，双眸贼亮地扫视着，拉开书架下方的抽屉，乖乖，里面放着若干个透明文件袋，每个袋子里都有对应的一串钥匙。

真是踏破铁鞋无觅处，得来全不费工夫。

莫依斐清亮的眸子染上一层兴奋，她快速地掏出手机拍照，随后一一

复制钥匙模型。

短短几分钟，就将猎物顺利得手。

她是个细心的人，做完这一切，将文件袋按照原来的样子一一仔细摆放好，确定一切完好之后，这才一溜烟跑出了思瞬。

而宋灵均回到思瞬之后看着空荡荡的大厅，眸色一凛，猛然间像是想到了什么，他将手里的几个衣服袋子扔在地上，疾步往自己的办公室走去。

眼神鹰隼般锐利地一一扫过书架，虽然东西仍在原地，但他这个严苛到有强迫症的人还是能感觉到办公室有人来过了。

他浓眉一拧，莫依斐，你到底存的什么心？要不是公司监控坏了，加上没有少东西，否则他一定会报警的。

心里没来由地升起一股闷气，他在电脑前坐下，点进了漪市博物馆的员工名册页。

莫依斐"战功赫赫"的履历窜入眼帘，他注视着电脑屏幕，许久没有动静，不知在想些什么。

几天后，蔺晨打电话过来，语气有几分凝重："灵均，我们在漪市的一处酒店里找到了关于晨曦的监控录像，情况不是很好。"

深夜的漪市警队私密资料室内，气氛凝重肃穆。

蔺晨是警队里颜值最高的警察，不同于宋灵均的白皙清俊，他是健康的麦色肌肤，五官更刚毅。

此时，他后脑勺枕在靠背椅上，连续加班让他眼里布满血丝，但在看到宋灵均的时候，又立马恢复了精神。

当屏幕上开始播放晨曦出现在富丽华大酒店电梯里的画面时，蔺晨侧眸看向他，怕他抑制不住自己。

宋灵均一动不动地盯着眼前的画面，时间显示是三年前的深夜，应该是她刚刚参加完演出，脸上还带着舞台妆，神情虽然疲惫，眼中却透露出兴奋。她对着电梯的反光镜整理头发，很明显是要去见对她很重要的人。

电梯门打开之后，晨曦抬头，露出了惊喜的表情。

那表情，透着喜悦、期待，似乎还有崇拜！

随即监控黑屏了。

"技术科的人说那天之后的监控全被人做了手脚，很明显，晨曦在明，那人在暗。灵均，你要做好心理准备。"蔺晨按了回放，两人盯着监控，眼睛如鹰隼般犀利地扫过电梯里的每一寸角落。

"晨曦那晚订了总统套房，但多处监控已经被人为破坏。这处电梯直通总统套房，只服务酒店的VIP客户。所以我们暂时推测，晨曦见的这个人，一定对她意义重大，让她避开了人群，这个人应该属于有一定社会地位的人。灵均，晨曦平时的朋友中有没有类似这样的人？"

宋灵均抬眸，浓眉拧了拧，想了想之后说道："没有，她进入乐坛纯粹就是因为喜欢音乐。在我眼里，她就是一个简单、纯粹的女孩。虽然在我去美国的那几年，因为学业的关系，和她的交流少了很多，但我相信她的本质不会改变。"他起身，浑身冷肃凝重，"抱歉，我想出去透口气。"

蔺晨明白，晨曦的失踪，在宋灵均的心里留下了不可磨灭的伤痕。

宋灵均外表看上去倨傲清冷，其实是很单纯的一个人。晨曦……他揉了揉额心，他也希望她能像她哥哥一样，保持自己纯净的内心世界。这起失踪案，总归是生要见人、死要见尸。

这天晚上，宋灵均感到浑身不适，折腾到半夜才睡着，然后做了一个噩梦。

梦中他似乎听到了晨曦的哭泣声，她一直在喊痛。他上前想要靠近晨曦，却被层层的迷雾拦住。他的脖颈突然被人掐住，强烈的窒息感在全身蔓延，他一边奋力挣脱，一边喊着"晨曦"。

手机铃声突然响起，他猛然睁开眼。

是莫依斐的微信好友认证请求："我有一件事情想和你谈谈。"

一件事情？他想了想，通过了她的请求。

莫依斐听到认证通过的时候，惊喜地从被子中钻出来。宋灵均是只老狐狸，那天从他那里复制的钥匙模型，全都无效，没有一把是能用的，她只能再想办法找他。

"我们出来见面聊，我请你吃东西！"

宋灵均冷笑一声，发了一条："省点心，我们不是一个世界的人。"

莫依斐看到他的回复，忍不住吐槽了一句："莫非他觉得我对他有意思？怕蜘蛛的男人，哪里来的自信！"

可现在自己有求于他，不能得罪他，不然自己的计划怎么施展开来呢。她想了想，发了一个笑脸："给一个机会嘛！你会发现我许多闪光点的！"

宋灵均看到这条消息后，拧起浓眉，不耐烦地退出了聊天界面，本想删了她，想了想还是放弃了。

莫依斐等了半天也没收到回复，只好郁闷地坐到电脑前刷着情感大 V 的微博，寻求灵感。

她以前追建筑师，全靠微博指点，比如"如何展示自己的女人味""直男斩最爱的约会口红颜色"等等，从来就没有失手过。这次来了一条大鱼，没想到马失前蹄了。

不过她的性格是遇强则越强，这一点点挫折对她来说算不了什么。

这天晚上，莫依斐继续刷着微博，在情感大 V 刚刚发布的微博下评论道："如何征服一个怕蜘蛛的男人？"

几分钟后，五花八门的回答让她哭笑不得。

男人都是大猪蹄子:"你说你是来自盘丝洞的女妖精,地球上就没有你灭不了的昆虫。"

爱情占卜资深女:"怕蜘蛛的男人都有一颗敏感羞怯的内心,建议你展现大女人的一面,比如在他看到蜘蛛的一瞬间对他亲亲抱抱举高高,安抚他弱小的心灵。"

品牌樟脑丸:"亲,马上抢天猫红包,樟脑丸9块9包邮哦,为你的爱情加油打气!"

……

临睡觉前,她一一回复道:"谢谢亲,盘丝洞的女妖精要出洞了。"

清晨的漪市,阳光不燥,微风正好。

宋灵均一走进门,就看到女员工们围坐一团,盯着微博的一条热门帖子的评论议论着:

"这女人追男人真生猛!"

"怕蜘蛛的男人,多娘炮啊!"

"怕蜘蛛的男人简直不能称之为男人。"

"我前男友坐在马桶上尿尿我都分手了。"

他心里一紧,脸色立即冷了下来。

耿超轻咳一声,女员工们立即作鸟兽散。有员工打开电视想调节气氛,这时电视上正好播出那日莫依斐和冉雪的采访。

电视里传来莫依斐清脆的声音:"我们考古队遇到的危险也挺多的,比如挖掘的时候,遇到毒蛇虫蚁是常见的事,这时候就到了考古队的男人展示他们魅力的时候了。考古队,没有娘炮哦。"

宋灵均手攥成拳头,她在电视里神气活现的模样,他怎么看都感觉充满了讥讽的意味。

他就从来没有见过这样的女人，明明表明了自己对她没意思，她仍然每天给他发微信，大有不见棺材不掉泪的劲头。

这时候手机响了起来，看到莫依斐的头像出现在了屏幕上，他的手宛如碰到烫手的山芋，不小心手一滑，碰到了语音键，莫依斐的声音响了起来："你知道世界上最大型的哺乳类动物迁徙是什么吗？是春运！哈哈哈哈，好笑不？"

好笑你个头！他拧紧浓眉，连忙关闭微信界面。这一周，他一直受到她的微信骚扰，本想直接将她拉黑，却又担心她用其他办法来骚扰自己，只好作罢。

周围突然安静，众人假装什么也没听到。

待他上楼后，楼下立即沸腾了起来，众人面面相觑。

"老板恋爱了？"

"这声音听起来不是冉雪姐，会是谁啊？"

宋灵均坐在电脑桌前，一想起女员工们那些刺耳的"怕蜘蛛的男人"的评论，就很不爽。他哪里娘了？他身强体壮、收入不菲、事业有成，比一般的男人强得多。

他打开微博，迅速找到刚刚瞄到的那条微博，就看到置顶的那条评论。

网友"盘丝洞女妖精"："如何征服一个怕蜘蛛的男人？"

他看了看网友五花八门的评论，有教她怎么征服男人的，也有奚落那个怕蜘蛛的男人的。

他看了脸都绿了。

"加油哦，征服一个心理脆弱的男人犹如攀爬万里长城啊！"

"楼主的审美也挺奇葩的。"

"楼主这是为广大女性收垃圾啊，把阳光壮汉留给我们，可歌可泣。"

"世界上怎么不多一些楼主这样能够发现男人窝囊美的女人,这样就没有小三来跟我抢彭于晏了。"

这什么鬼!一群肤浅的女人!

不知为什么,他眼前又浮现莫依斐那张不怀好意的脸!

他关注了"盘丝洞女妖精",在她这条评论下方留言道:"你看上了他哪一点?"

耿超去楼上跟宋灵均报告说考古界发来了请柬,因为思瞬设计所对国家考古做出的贡献,让明代的古文物保存完好,所以下午邀请他参加博物馆的出土文物展览。这个展览,暂时不对外开放。

他蹙了蹙眉,心想应该不会见到她吧。

"老大,我们还要角逐漪市博物馆的设计方案,不能错过这个机会。我打听过了,负责接待的,正是莫依斐女士。"耿超揶揄道,刚刚他就听出来了微信语音里的声音。

宋灵均:"……"

下午。

明亮的博物馆大厅里开着暖气,莫依斐身穿烟灰色包臀裙、白色真丝衬衫,踩着高跟鞋笑靥如花地迎了上来:"宋先生您好,欢迎来到漪市博物馆。因为您对国家考古工作的配合,漪市博物馆非常感谢您的付出,特意邀请您作为这次出土文物展的嘉宾。"

她这样一打扮,俏丽中多了一丝干练,倒有了点女人味。

他淡淡颔首,心想绝对不能被她的外表给欺骗了。

这是体育馆明朝墓的首次小部分文物出土展览,暂时不向外开放,今天来了众多政府官员、业界人士和新闻媒体,宋灵均和众人跟在莫依斐后面,一边参观一边听她讲解。

他不得不承认,作为有名的考古学家,莫依斐是有两把刷子的。

从文物着手,她绘声绘色地讲述了一个王朝的风起云涌,在她鲜活生动的语言下,文物都好像鲜活了起来,他眯起眼睛,仔细看向眼前的玉饰。

"各位眼前所看到的这些玉饰,是用来填充墓主人眼、鼻、耳、肛等九个窍孔的。在古代,人们相信死后体内有一股气,只要这股气不泄,尸体就不会腐败。从科学角度来说这当然是不可能的,但体育馆出土的这具古尸,的确没有腐化,堪称一个奇迹。现在,大家请跟好我,来看看这具震惊中外的明朝不朽尸身。"

宋灵均听了,脚步有些软。他有洁癖,对这些东西也有一种莫名的恐惧感。内心涌过一阵不适,胃里也一阵翻滚,他看向四周,众人都在啧啧称奇,他却莫名感到了恐惧。可他现在是公众人物,摄像机的镜头转过来,他只好假装整理了一下衣着,强装镇定地往前走。

"这就是那具保存完好的古尸了。古尸保存完好,一般需要几个条件,即深埋、隔绝空气、防腐技术、墓室封闭等。我们这次发掘出来的古墓和古尸,将成为举世瞩目的一个奇迹。古尸身上携带的基因组,也对人类基因研究具有重大意义。宋先生,您对此次明朝墓的挖掘有很大的贡献,您可以过来看一看。"莫依斐看向人群中的他,站在下沉式设计的透明棺椁旁微笑道。

宋灵均觉得浑身的血液都涌了上来,根本不敢往前走。

"宋先生你害怕呀?"莫依斐看向他,揶揄道。

"怎么会?这是国宝,我当然很荣幸。"宋灵均笑着解释,脚步却有几分拘谨。

好不容易到了棺椁旁,当莫依斐提示让他往下看时,他脸上堆积起来的笑容终于破功,浑身犹如被电击一般。

在洗手间吐了个天昏地暗的宋灵均走出来时,双腿已经酸软无力了。

莫依斐站在门口,透过墙体看到了他的狼狈不堪,强忍住了脸上的笑意。

一个大男人,居然怕这些,一点男子气概也没有。

等他出来时,她立马调整了表情,一脸担忧地望向他:"你还好吧?不好意思,我不知道你见到古尸会害怕到吐。"

他脚步一顿,她怎么知道他吐了?而莫依斐后面的领导和摄像机也跟了过来,听她这样说,不少人发出了笑声。

宋灵均恼羞成怒地睨着莫依斐,脸色铁青,随后却淡定一笑,强装镇定道:"我没事,昨晚吃坏了东西而已。"

下班后,莫依斐有些沮丧。

她哪里知道,他一个大男人会害怕古尸,原本还想着借着这个机会给他留下好印象,谁知宋灵均现在避她如蛇蝎。

她在街上走了一段路,发现城市广场购物中心巨大的LED显示屏上,正播放着前几年流行女歌手晨曦的MV。

晨曦领着一群舞者跳着舞曲,充满了青春活力,她索性停下来欣赏。

她虽然不追星,但她记得晨曦是几年前乐坛冒起的新秀,一个唱跳力俱佳的歌手,妥妥的宅男女神,龙庭就曾经为晨曦节衣缩食去买她的演唱会门票。

后来,晨曦突然就销声匿迹了,有传闻说她移民去了国外,也有传闻说她遭遇了不测,不过一直没有得到证实。

镜头忽然切换到了晨曦在演出前化妆的花絮。

她还是头次看到没化妆的晨曦,不禁感叹,素颜的晨曦也依然很漂亮。

晨曦在化妆间,这时一个男人从门外走了进来,画面中的晨曦见到他后似乎很高兴。

她看了几分钟,液晶屏幕突然就黑屏了,莫依斐想着兴许是屏幕播放出了问题,她悻悻地转头,结果不小心撞到了一个人。

一股浓浓的烟草味扑面而来,坚实的肌肉像烙铁一般,胳膊都撞疼了。

"不好意思。"她连忙说道。

被她撞到的男人并没有应答她,莫依斐抬起头,男人头戴一顶棒球帽,看不清容颜,只觉得他浑身冷肃,让她微微有些寒噤。

男人朝前走去,很快湮灭在了人群之中。

莫依斐拍了拍自己被撞的肩膀,忍不住吐槽道:"什么人啊。"

她回到家,只觉得浑身疲软无力,伸手摸了摸肚皮,已经好久没有吃到新鲜的土了,透视能力都有些变弱了。

腹中"咕噜"叫唤了一声,五脏六腑内蠢蠢欲动,是时候出去觅食了。

她换好鞋子正准备出门,刚打开微博便看到有提示消息。

她滑过一看:围墙外的世界关注了你。

男性,房地产从业者。

他在自己的评论下发言:"你看上了他哪一点?"

一看到"房地产从业者"这条,她只好耐着性子回复他:"食色,性也。看上他宽肩窄腰大长腿。"

打完这几个字,她就出门了。

宋灵均看着"宽肩窄腰大长腿",没好气地冷哼一声:"肤浅。"

因为被古尸弄得心情焦躁,微博话题又让他生气,他索性开车去了体育馆。

这晚,月光很柔美,银灰色的月亮在透迤的云层中宛如蒙着面纱的少女,袅娜又神秘。

他原本以为这儿会没人,谁知道竟然又遇上了莫依斐。

他抬眼望去,莫依斐在月光下翩翩起舞。

翩若惊鸿?那倒没有,她跳的是踢踏舞,让他觉得非常滑稽。

"莫小姐果然不是常人,大半夜不睡觉在这里跳舞,真是精力过人。"他在她身后站住,语气中带着讽刺。

莫依斐听了,心里一惊,一个踉跄回头,捂着嘴:"你来干吗?"她刚刚吃完土,一嘴的泥,没想到这会儿杀出了个程咬金。

或许是今天心情不好,宋灵均倒没有和莫依斐斗嘴,只是往前走了几步,眸色复杂晦涩。

"我在等一个人,但她,一直没有消息。"

她愣了愣,还从来没有见过这样的宋灵均。

看着他眸子里的忧郁、落寞,她心里莫名柔软了。

她找了一个干净的地方,铺上事先带来的坐垫,背对着他坐了下来,抬头看向薄雾中的那一轮皎月,轻声说道:"有时候,没有消息,也是好消息。我也想等一个人回来,可是已经没有可能了。你还可以期待,也是一种幸福呢。"莫依斐赶紧把嘴里的土咽了下去,今天是她妈妈的生日,她在家里想着想着就很难过,就索性来了工地。

宋灵均微微一怔,没有嫌弃也跟着坐了下来,两人背靠背,抬头仰望那轮月亮,月亮不知什么时候从云雾中跳了出来,又圆又大,静谧地洒下淡淡的清辉。

他的心前所未有地安静了下来。

这话虽然鸡汤,也不是完全没道理。

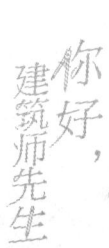

第三章

他遇到世上未解之谜

"你在等谁?莫依斐,你不会对我有意思吧?跟你说明一下,你不是我喜欢的类型,别白费劲儿了。"这些天,她找各种借口见他,刚开始他厌恶至极,这会儿,倒没那么反感了,只不过也不喜欢。

她背对着他翻了一个大白眼!

但她想想,自己对他的行径,好像也需要一个理由。

想到这里,她便沉默了。

宋灵均见她不说话,心里翻滚起一阵异样的感觉,难道她在害羞?

这时有零星的雨点打在了两人的身上,天气说变就变,莫依斐连忙站起来:"下雨了!"

他睨着她捂着嘴的模样,心想,居然害羞成这样!

他心情莫名有些好,于是开口道:"我送你吧。"

在车里,他觉得非常奇怪,她竟然不主动跟他讲话,而是一直捂着嘴巴,这跟往常相比实在有差别。莫非是在装淑女,想换一种方式引起他的注意?

在她下车的时候,他实在忍无可忍了:"你嘴巴怎么了?"

莫依斐仍然捂着嘴摇头。

她越这样,他就越好奇,于是他用手快速拨开了她的手,随后他吓得魂飞魄散。在车内的灯光下,莫依斐一张嘴全是黑黑的污垢,牙齿上面也是,好像狰狞的女鬼。

"你!你!"他皱紧眉头,惊恐地将她推下了车。

"喂!你干吗推我!我吃巧克力吃的。"莫依斐揉了揉自己被摔得生疼的屁股,龇牙咧嘴道。

"砰"的一声,宋灵均将车门关得紧紧的,随即发动车子快速将车开走了,唯恐避之不及。

坐在地上的莫依斐很是无语。

这时候路上的行人纷纷对她投来好奇的目光。

她一阵尴尬,这还是第一次被男人像扔东西一样扔出来!

她叹口气,起身慢慢朝住的地方走去。

而宋灵均此时脑海中一片凌乱,几分钟后,他才揉揉眼睛,回过神来。真是活见鬼!巧克力!这是他第一次见到吃巧克力能吃成这么狰狞恐怖的女人!

此后的一周,宋灵均每天上班都十分不爽。

思瞬的上班氛围是人性化的,下午有一个小时的自由讨论时间。

周六下午,大家又聚集在了一起加班讨论。

女员工 Ada 说:"最近微博上热议说娘的男人的属性,其中提到一点,成功的男人也会怕蜘蛛,这让大家开始关注男人的心理健康问题。我觉得,我们可以在客户的需求里面,增加这点:是否惧怕昆虫,然后做一些防虫设计。那些虚弱的男人一定会买单。"

伴随着员工的赞同声，宋灵均皮笑肉不笑地表扬了 Ada 的"人性化创意"。

这都是那个"盘丝洞女妖精"煽风点火带起来的话题，她还真有两把刷子。

回到办公室，他给"盘丝洞女妖精"发了一条私信："所以你是个好色之徒？"

傍晚时分的漪市，夕阳将古城墙上棕褐色的石砖镀上了一层浅浅的暖橘色。这古城墙上的散步带，是漪市的标志性景点。

此时不少游客骑着脚踏车，分外惬意。

宋灵均走上城楼，沿着青石路一直往前走。

他记得，小时候他和晨曦常常在这上面玩耍。他骑着小小的自行车，晨曦坐在后座上，催促他骑快点骑快点。小时候的漪市还没有这么多现代化的建筑，一色的青砖小屋，他载着晨曦，看到家家户户在门口淘米的时候，就是他们该返程回家的时候了。晨曦皮，每次都嚷着要多玩一会儿。

"宋灵均，你怎么在这儿，看来我们还真有缘。"

宋灵均听到有人叫自己，一抬眸就看到莫依斐在对面骑着一辆自行车，脸上沁出细小的汗珠，那双黑白分明的眸子，在阳光的照耀下，宛如泉水般晃动着润泽。

"缘分分很多种，孽缘也是其中一种。"

莫依斐在心里将他碾成齑粉，可她想起一句话，客户虐我千万遍，我待客户如初恋。

想到这里，她便嫣然一笑："哎，看来你对我还真是一点好感都没有啊。可就算这样，你上次也没必要把我推出车外呀。我一个女孩子，被别人看到了，他们会以为我是弃妇，这样我多难为情啊。我昨晚摔到了，现在腿还疼呢,要不你来骑车载我吧?"她说着就把车把塞到了他手中。

她这话让他有些愧疚,上次把她推出车,作为一个男人,的确不应该。

他接过车,刚坐上车就感到腰部一紧,她两只藕臂已经环上了他的腰,她身上淡淡的馨香萦绕而来,他心里莫名一悸。

"我当时第一次来漪市,就喜欢上了这里,在古城墙上面散步,多有情调。"

"你不是漪市人?"

"我是XX县的,一个偏僻的小地方。高中考到了这里的市重点,大学考进了漪大,毕业后又留在了这里工作。"

"要考进漪大,挺不容易的,看来你成绩不错啊。"

"当然不容易了。高考我可是全省前一百名,大家说我美貌与智慧并存。"

他笑了笑,随口问:"看不出来啊。对了,从漪市回你家要多久?"

背后突然沉默了,他觉得气氛有些不对劲,莫依斐沉默了几秒后说道:"家没了,我爸嫌我是女孩和我妈离了婚,重组了家庭。而我妈已经患癌症去世了。"

他愣了愣,连忙道歉:"对不起。"

"这有啥,每个人都有故事啊,只不过,每个人都不同,有的人是糖和辛香料,而我是蒲公英。"

"蒲公英?"

"飘到哪里,就是哪里喽。"她轻轻一笑,不以为意。

宋灵均的心里顿时有一股异样的情绪缓缓流动,他也没说话,只是加快了蹬车的速度。风迎面而来,吹在两人的身上,带着淡淡的暖意。

莫依斐抬起眼睛,看着面前的男人宽阔的肩膀和精瘦的腰身,淡淡的清爽的男性气息蔓延开来，有些蛊惑。帅是帅，可惜不是个好相处的。

"你骑得太慢了，我来骑吧。"她按捺不住地说。

他勾勾唇："太慢？"

他顿时起了一股恶作剧的念头，刚才是顾虑她才骑得缓慢，既然她这么说，他立马加速。莫依斐看着城墙楼下不断变换的风景，在后座上兴高采烈地咯咯笑着。

宋灵均嘴角的弧度扩大，似乎很久很久以来，心情都没有这样放松了。

突然，有人从旁边骑车过来，宋灵均控制不住猛然转弯，就听到"哎呀"一声。

他一回头就看到莫依斐已经跌落在地，表情扭曲，疼得龇牙咧嘴。

他立马丢下车朝她跑过去，紧张地问："没事吧？"随后蹲了下去，看到她环抱着小腿肚，于是轻轻掀开一小块裤腿，已经微微破了皮，正在渗出殷红的血。

他连忙一把抱起她。

莫依斐抬眼，只见那双深湛墨黑的眼睛正焦灼地看向她。

"我送你去医院。"

她大力地摇头，连忙拒绝："这有什么，快放我下来！我带了创可贴！"

他只好看着她从随身的小包里拿出创可贴，利落地往腿肚上贴好，随后站起来淡淡地说："我们考古的时候，受点皮肉小擦伤是很正常的事，哪里需要去医院，我皮糙肉厚着呢。"

宋灵均望着她，因为气温逐渐回升，所以大家的穿着也轻盈了起来，刚刚跟她肌肤碰触的一瞬间，他感受到她皮肤的温润。她倒是一点都没有女孩子的娇气，似乎自己处理伤口，对她而言是很平常的事一样。

她淡淡一笑:"你要是内疚的话,请我吃饭怎样?咱们坐下来,好好了解了解。"

"好。看你这么有诚意,给你一个机会。"

莫依斐瞥着他脸上那抹得意,呵呵,微博大V说男人都会享受女人对他们的倾慕,果然没错。宋灵均,你上钩了。

这时,前面有争吵声传来。

两人走上前才知道是一名看上去油头粉面的男人同时交往了两个女人,结果被其中一位逮了个正着,大战正式开始。

那个短发女人絮絮叨叨地说和男人交往的时候没花过他一分钱,倒是自己替他还了不少债,如今看清了他的真面目,要求他还钱。

她这样一陈述,男人旁边的长发女人也觉得不对劲,大概是那男人也花了她的钱吧。

宋灵均听着烦躁,拉着莫依斐的手臂准备离开:"别凑热闹了,走吧。"

没想到莫依斐大力挣开了他的手,跑到了当事人身边吐槽道:"这位先生,这就是你不对了。自己用情不专,还好意思花女人钱,你还是男人吗?"

她又转身对被骗的两个女人说:"还有你们,不要一交往就掏心掏肺,男人的话要是能当真,那母猪也能上树了。"

宋灵均听了,浓眉拧紧,她这什么话?

油头粉面男听了恼羞成怒,对着莫依斐扬起了手,宋灵均一个箭步上前,拦住了他。

周围围观的人多了起来,男子承受不住压力,只好作罢。

回去的路上,宋灵均瞟着她:"男人的话能当真,母猪也能上树,这什么理论？你不信任男人吗？还有，你刚刚冲过去，知不知道这是很危险的？"

"我没事。我说的是男人，你不在这个范围内，你可是男神。"她听出来他有些生气，只好拍着他的马屁。

他心里莫名舒服了，弯下腰，检查着她腿肚子上的伤口。

莫依斐愣了愣，看着他浑然不顾周围人来人往，一手扣着自己的腿，仔细地检查着，男人粗粝的手指造成的热流让她心微微一悸。

宋灵均吐出一口气，转眸看到她酡红的一张脸，心里微微一动，这才意识到，刚才两人好像靠得有些近。

莫依斐之前的一些话，让他觉得她似乎很能挑逗男人，可这会儿，看着她低头间那一抹不经意的娇羞，还有刚刚那不管不顾的"见义勇为"，又让他起了疑心。

她会不会，其实是个技巧拙劣的憨厚女孩？

他心情突然又好了几分："去吃饭吧，地点随你挑。"

"真的？"她倏地抬头，双眸闪闪发光。

他睨着她惊喜雀跃的模样，心里一阵舒畅，被他邀约的女人，都是这种反应，她也不例外。

宋灵均没有想到，莫依斐会挑这么个鬼地方，这是他项目工程别墅区工地附近的一个小饭馆。

由于地处偏僻，尚未开发，来这家小饭馆吃饭的，大多是附近的工人。

油腻的餐桌、粗糙的食物，空气里飘浮着异味。

他正襟危坐，浑身不自在，而坐在他对面的她，却怡然自得："这家的胡辣汤最有名，是网红店，每天很多人来吃的。"

没过多久，一盘散发着羊膻味的汤就上了桌。

她盛了一碗放在他面前:"尝尝看。"

他皱紧了眉头,没有动筷,莫依斐拿起汤勺喝了一大口,赞叹道:"这是我的最爱,超级好喝。"

他看着她陶醉的模样,忍不住端起那碗汤,喝了几口。

不算难喝,但也谈不上好喝。

"怎么样怎么样?独特的香料中和了羊肉的膻味,将羊肉的鲜美发挥到最大的程度。是不是特别美味?男人喝了,强身健体,多喝点多喝点。"

宋灵均也不知道自己怎么了,在她完全与事实不符的描述下,竟然连喝了三大碗。

然后,他的脑子就变得迷迷糊糊的,眼皮沉重到抬不起来,隐约中只看到莫依斐那张笑眯眯的脸上有一种得逞后的得意。

几分钟后,莫依斐看着趴在桌子上的他,越发笑得奸诈。

她是这家店的常客,老板是养生药膳专家,这汤可根据客人需求加入药材,刚刚趁宋灵均不注意,她跟老板拿了一些有助睡眠的药材加了进去,反正喝多了对身体也没损伤。而宋灵均是第一次喝,喝得有些多,所以一下就睡着了。等他醒过来时,映入眼帘的是打着饱嗝的莫依斐。

"我睡了多久?"

"三个小时,忘了告诉你,这汤里特地加了药材,有安神的效果,喝多了会想睡。"

"你一直陪着我?"他皱紧了眉。

"当然啊。"莫依斐肯定地回答。

他拧紧了眉,虽然说他睡着了,但他能感觉到身边空荡荡的,这女人一定在说谎。

"莫依斐,你究竟想干什么?"想到这里,他站起来,锐眸浸满了寒意。

"我还能干什么？不就是欣赏你的睡颜，再顺便吃了点东西。看着你这张俊脸，我的食欲都变好了。"她依然满嘴跑火车。

他瞥向自己装着钥匙的钱包，钥匙变换了位置。

他脸色一变，一把握紧了她的手腕："莫依斐，别跟我玩花招！你到底做了什么？"

"你那么凶干吗？人家就一直陪着你嘛！"

莫依斐声音比他还大，店里客人的目光全部聚焦了过来。

"帅哥怎么了？对女朋友要温柔哈。"

他看着坐在对面委屈巴巴看着他的莫依斐，仿佛他是个不讲道理的男朋友。

简直无语，他拂袖而去。

晚上回到家，宋灵均刚冲了澡出来，就看到"盘丝洞女妖精"回复了他一条消息。

围墙外的世界："所以你是个好色之徒？"

盘丝洞女妖精："不是。我是追求美味的饕餮。"

追求美味的饕餮？

她把男人当成什么？食物吗？

真是个疯子！

怎么今天碰到的女人都这么疯狂？他蹙紧眉，回复道："你真可悲，视爱情为原始的欲望。这种行为，是低层次的动物级别。"

莫依斐看到这条回复后已经是后半夜了，她打着饱嗝，心想这男网友真古板啊，居然认认真真地教育她。这年头，谁还在网络上聊真爱？

一个月后，周世文闪婚。

他和在酒吧认识的空姐闪婚了,说莫依斐和宋灵均都是他的大媒人,给两人发了请帖。

莫依斐知道他这个人最要面子,未必是真的感谢自己,很多时候只是想要炫耀他的男性魅力。

不过,去去也好,兴许能找到新鲜的"土壤"。

她穿了一件简单的蓝色棉布长裙,外加一件白色披肩就去了婚礼现场。

这新郎新娘一看就是一类人,婚礼场地极尽奢华浪漫,随处可见法兰克福玫瑰和施华洛世奇的水晶,让她觉得甜腻到能起鸡皮疙瘩。

更无语的是,婚礼光游戏环节就有两个小时,她百无聊赖地出去转了几圈,无意间瞥到了礼品台,礼品台上的新婚礼物引起了她的注意。

那是一对景德镇陶瓷鸳鸯娃娃。

隔着透明的包装,这对喜庆的娃娃寓意天作之合、永结同心,不过她可感受不到这其中的含义。她眼中浮现的是景德镇胚胎瓷,薄似蝉翼,亮如玻璃,轻若浮云。看包装出自名家之手,还是限量版。那味道,应该也是一等一的。

她五脏六腑内的血液瞬间噌噌往上升,疲惫的双眸也顿时熠熠发光。

没想到在这么冗长烦闷的婚礼上,还隐藏着这样的附加价值。莫依斐顿时笑开了花,目光里满是兴奋。

忽然,一具温热的身子微微擦过,她偏头一看,是宋灵均,他穿着一身西装,显得清俊逼人。

"喜欢艺术品?"

"哈,也不是,就看着挺可爱的。"这一个月莫依斐努力缓和着两个人的关系,总算是有了一点点成效。

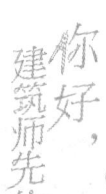

"灵均,依斐,原来你们在这儿啊,我们找你们半天了。你们可是我们的大媒人啊,来来来,我们夫妻俩敬你们一杯。"周世文头发梳得油光锃亮,新娘一身 Vera Wang(著名服装品牌)婚纱,两人喜气洋洋地携手走了过来。

莫依斐微微颔首:"恭喜恭喜。"

周世文双眼迷蒙,脸颊有些红晕,看来是有些醉了:"你们这种单身男女,去我媳妇的亲友团里多转转,空姐空少扎堆呢。尤其你啊,依斐,错过的站台没了就是没了,别以为自己是个女强人什么都能得到,人真的不能太把自己当回事。"

新娘一听,脸色微微有些变化,莫依斐倒是一脸平静,周世文对她讽刺挖苦,这都在她预料之中。男人喜欢在拒绝过自己的女人面前炫耀自己,让对方产生一种错过了自己就是很大损失的错觉。

周世文就是这种幼稚自大的男人。

突然,一双有力的手牢牢地攥住了她的手腕,朝着对面的新人说道:"那我们就不辜负你们的美意了。"

宋灵均旋即拉着她离去了。

"哎,你干什么?"莫依斐不悦地回头,瞅着礼品台上的娃娃,眼中是万般不舍。

宋灵均犹如老鹰拎小鸡一般把她拎到了一处安静的酒席上。宾客都去玩游戏了,他们两个坐下来,大眼瞪小眼。

"莫依斐,你明明知道周世文叫你来是刺激你的,干吗不走?"

"有吗?我情商低,感觉不到。我来这里,是来找好姻缘的啊。"她不以为意道。

他敛眸,看着她那没心没肺的样子,心里陡然升起一股闷气。

"莫依斐,上次你是故意灌汤让我睡着的,对不对?"

她眸色一变:"宋先生说的什么话,我那天只是向你推荐美食来着。再说,我何德何能啊,还能灌你迷魂汤?"

他心里一紧,迷魂汤?可不就是。想到这里,他忍无可忍:"我睡着了的三个小时里,你对我做了什么?"

莫依斐愣了愣,他眸色幽深迫人,难道他发现了什么?不可能的。

她将了将头发,将不自在藏在了心底:"我不是跟你说了吗,那时我一直在照顾你啊。"

他寒眸凝成冰,她心想不妙,连忙起身,讪笑道:"这边空气不好,我去那边转转。"

宋灵均攥紧了手指,没再说话,目光却一直锁定着她。

只见她装模作样地在礼品台附近转了几圈,然后,在宾客嘈杂的大厅里,她将一对陶瓷鸳鸯娃娃顺入了自己的包中。

整个过程不到三分钟。得手后,她便转身就往门口走去。

宋灵均快速起身,长腿一迈就跟了上去。

走到外面,他看到莫依斐上了一辆出租车,看来是准备回去了。不知道为何,宋灵均的内心告诉自己一定要跟上去。

没有犹豫,他记下了车牌号,然后快步跑向路边,开着自己的车追赶上去。

他双手搭在方向盘上,眼看着前面的出租车一路穿街拐弯,居然驶上了偏僻泥泞的路。

什么情况?他想到最近的几起年轻女性坐出租车遇害案,不由得暗暗担心起来。

没多久,一个电话打了进来,是耿超:"老大,美国建筑事务所的客人过来了。我英语不好啊。"

"你让 Ada 应付一下。"

"人家点名要见你，这么大的单……"

宋灵均没等他说完，便挂断了电话。

左拐右拐之后，前方的道路越来越熟悉，他定睛一看，这是通往体育馆工地的路。

十多分钟后，前面隔着十几米的出租车终于停了下来，那抹纤细的身子下了车，很快往工地的位置走去。

傍晚时分，夕阳西下，她又跑来这里干吗？不合常理。

因为古墓的发掘，暂时只有考古队的人才有工地的钥匙，宋灵均坐在车上，想了想，打开了手机监控。

在工地开工时，他就已经装好了监控，这会儿，他实在按捺不住自己的好奇心。

泥泞的土地，深深浅浅的土坑，她孤单瘦弱的身影。他实在搞不懂她出现在这里是要做什么。

然后，真相就出现了。

宋灵均平时是一个信奉科学、遇事冷静的人，这会儿，只觉得血压有点往上涨。

夕阳宛如薄纱一般笼罩在她的脸上，那样纤柔秀气的一张脸，此时正大快朵颐地啃着陶瓷鸳鸯，脸上呈现出满足的笑容。

他不可置信地揉了揉眼睛，没有看错，她不时将顺来的娃娃沾着地下的泥土，宛如北京烤鸭沾着甜酱一般，吃得津津有味。那对娃娃，很快全数进了她的口中。

吃完后，她满足地擦了擦嘴，眸子晶亮发光，双颊也染上了绯红，像是尝到了世间美味。

他背脊升腾起一股寒意。

这是他经历过的最不可思议的事情。

他攥紧手机的手微微颤抖，巨大的震惊淹没了他。

小时候阅读过一些超自然的书籍，什么鲛人、神农架野人、吃玻璃的人。可当真的目睹这种事，还是身边熟知的人时，他的心情顿时有点复杂。

过了好一会儿，他才恢复了思绪，关掉了监控，坐在车上等她出来。

几分钟后，吃饱了的莫依斐顶着夕阳，心满意足地走了出来。

宋灵均睨着不远处的她，暖色的夕阳自动给她镀上一层朦胧的光，而她一身棉布裙，双眸似星星一般。

他心里没来由地"咯噔"一下，他竟然觉得眼前的人还挺美的！

调整了一下思路，他按了按喇叭。

听到汽笛声，她眯了眯眼睛。

等看清车上坐着的他时，莫依斐的表情复杂起来，但很快又变得从容，还好刚刚在里面漱了口。

"宋灵均，真巧啊，你来这儿看工地吗？我是过来为明天的后续发掘方案查看一下土质的。"她平静地解释。

"不巧，我跟着你来的。莫依斐，你为什么要吃土？"

过了半晌，两个人都没有说话，互相凝视着对方。

她是惊慌、戒备。而他，面对神色略显焦虑的她，心里隐隐翻腾起惊愕和失望。

原来，她之前引起他注意的各种讨好，原因就是这个！

"上车说吧。"宋灵均瞥着她被风吹起的裙裾，语气虽冷却带着某种不可抗拒的威严。

一小时后,他听完了她的解释,攥紧方向盘的那双骨节分明的手慢慢地放松,自然地垂在了身体两侧。

"没有想办法戒除吗?"

莫依斐双眸一敛:"上天赋予一个人特殊的能力一定有他的理由。戒什么戒,我身体倍儿棒,不吃反而觉得没精神。再说了,不吃的话,我的透视能力就消失了。"还有就是,不吃土的话,她的"大姨妈"也会消失,这是她某一次长时间没吃土才知道的,当然这话她不好意思说出来。

宋灵均叹了口气,突然想到了什么,脸瞬间红了,偏头瞪着她:"巴哈马酒店,还有那天在酒吧洗手间门口,你是可以看见的吧?"

莫依斐摸着头,不好意思地笑了笑:"我只是想看看你有多少把工地的钥匙,礼仪道德我是明白的,非礼勿视嘛。再说我也不是时时刻刻都能透视的,也是有限制的。"

果然,她不是真的喜欢他。

宋灵均冷哼一声,狠狠盯着她。她一愣,只见他漆黑深湛的双眸,像海底的礁石,散发着愠怒和寒意。

她打了个哆嗦,她没有得罪他吧?

"大建筑师,我也是生存所迫嘛。就像鱼儿离不开水一样,我也离不开土壤。之前我的行为,请你多多谅解。"面对他周身散发的气场,她不安地捋了捋头发,极力地解释。

"把安全带系好。"

"啊?"

"这么晚了,你想一个人走回去?"他声音依然冷淡,只是语气稍微软了几分。

他一踩油门,车宛如离弦的箭飞奔了出去。

月色撩人，只是这车厢内的气氛有些凝重。

他不说话，她索性也不说话，今天栽了个大跟头，她心里也不好受。

谁知道他会不会出卖自己。

两人相对无言，直到车子停在了莫依斐单位宿舍楼下面。

"那，谢谢你了。还有一件事，宋灵均，关于我的事情，你能帮我保密吗？"她讪讪着，语气有些不自然。

听着她的哀求，宋灵均侧眸看向她。

他深邃迫人的眼神，让莫依斐略微有些紧张。她总觉得，今晚的宋灵均和平常相比格外不一样。这种气氛，让她如坐针毡，起身想离去，男人的身体却压了过来。

男人灼热的气息扑面而来，她吓了一大跳，身子微微瑟缩，他修长的手臂绕过她的身体，移到她的腹部，"咔嚓"一声，解开了安全带。

"保密？凭什么？"他语气低沉，说话时的气息将她耳朵上绒绒的细毛都吹了起来。

"我不想被抓到什么特殊人研究中心，他们把我解剖了拿去研究怎么办。你大人有大量，就帮我一次呗。"她语气唯唯诺诺，透着一股焦急。今天出门应该要看黄历的，没想到好巧不巧被逮了个正着。人们对有特殊能力的人会好奇也会恐慌，到时自己就完了。

他俯下身子凑近。这近在咫尺的距离让此时此刻的她，身体有些颤抖，只好柔弱地哀求着。

听着她的求饶声，宋灵均的心莫名被拨动。

他嘴角勾起一抹弧度："你害怕？你不是胆子很大吗，我还以为你对我有意思呢。"

"不好意思让你产生了误会，我是吃土上脑了，你多担待一下。"

"吃土上脑?"他眸色一沉,胸口一阵窒涩,咬牙道,"莫依斐,以后别让我再见到你了。"

"好,我发誓,以后看到你,一定马上掉头就走,跟你保持十米的距离。"

听到她这样说,他脸色顿时变得更加冷厉。莫依斐打了个寒噤,连忙下车走了。

宋灵均觉得最近自己的心情总是上上下下,起伏很大。

而始作俑者,似乎是她。

他搭在方向盘上的手指紧攥,冷静了几分钟后,这才开车离去。

思瞬设计所的工作日,往往都是忙得天昏地暗的。

宋灵均看了看纹丝不动的手机,这一段日子以来,他手机很少响起。没有了莫依斐的打扰,本该是开心的,他却觉得心里有一种说不上来的不舒服。

"老大,你在等邹先生的设计要求吗?他已经发到我邮箱了。"耿超看着这几天时不时盯着手机的宋灵均,想了想说道。

宋灵均敛了敛眉眼,表情却有些不自然:"嗯。"

"作为一个超级富豪,邹越竟然没有选择富人扎堆的蓝水湾半山腰,而是看中了一块不毛之地,着实令人费解。"耿超拿着一摞设计稿对着宋灵均说出了自己的疑问。

宋灵均接过他手里的设计稿,一边看一边说:"他要求在地面上抬高几米,引入山泉?"

"可不是嘛。你也知道那地方,光是抬高地面这一项,就是个庞大的工程。"

宋灵均点点头:"每个人都有每个人的喜好,房子可以反映屋主的性格取向。"

"那他的性格是怎么样的?"

"这是我遇到最不按常理出牌的,从环境的利用角度来说,完全不必要如此大动干戈。"宋灵均蹙起了浓眉,就连他也有点看不懂这个邹越。

"但顾客就是上帝啊。对了,老板,今晚考古队跟我们联谊,你会去吧?我这个单身狗是一定会去的。"

"联谊?"

"他们得懂点人情世故啊,我们的工程因为他们,一停就是两年,他们请我们吃饭也是应该的,听说是他们那个组长莫依斐发起的。"

宋灵均听了,下颚的线条一绷,话不自觉地就说出了口:"几点?"

宋灵均打开设计室的窗户,外面燥热的风灌了进来。

自从上次警告她后,她倒真是很守规矩,再也没给他发过微信。

可是为何这段时间以来,每每深夜回到家中,他总觉得胸口无比烦闷。有时候,他会拿起手机,也不知道自己在期待什么。

自己,是着魔了吗?

夜晚很快就来临了,联谊聚餐的地点就选在体育馆不远处的一处湖边餐厅。

微风阵阵,树影婆娑,环境清幽,又能满足吃货们的要求。

博物馆那边龙庭和瞿薇薇一席人很早就到了,莫依斐因为收尾工作,加之她吹毛求疵的性格,一个人在办公室折腾,说自己晚点到。

看见宋灵均出现在了聚餐地点,博物馆的女员工们一个个赶紧暗中补妆。

瞿薇薇瞥了瞥宋灵均,她觉得,今晚的宋灵均,好似有些奇怪。

早就听说宋灵均性格孤清冷傲,不喜欢喧哗的场所,倒没有预料到他会来。

宋灵均穿着白色亚麻短袖衬衫、卡其色长裤,略微凌乱的头发明显打理过,面庞俊朗醒目,却对周遭的欢声笑语心不在焉,还时不时四处瞟上几眼。

他在找谁?瞿薇薇暗自诧异。

"依斐姐真磨叽,这都要上菜了,我出去打个电话给她,你别忘了帮她叫一瓶依云矿泉水。"龙庭对她说道。

"知道了,依斐姐离不开依云矿泉水。"瞿薇薇笑着说,音量有点大。然后,她捕捉到了宋灵均深邃沉静的眸子里因为龙庭的话而出现的涟漪。

龙庭刚走到餐厅门口,就看见了准备进门的莫依斐,他挥挥手,莫依斐见后一脸疲惫地走了过来。

瞿薇薇专业能力不过硬,莫依斐替她改了一大堆材料,脸色有些疲惫。

"依斐姐,你怎么了?"龙庭搀扶着她。

莫依斐抬眸看他,语气尽显疲惫:"没事,有点累。"

龙庭搀着莫依斐进来的时候,思瞬的设计师们和考古队员们已经打成了一片,众人涮着火锅,一片欢声笑语。

唯有宋灵均,侧身坐着,一个人擎着瓷杯,目光沉静。

待他看到她,捏着瓷杯的手不自觉就紧了几分。

"依斐姐,这里坐。"瞿薇薇挪了一个位置,这样她和宋灵均之间就空出来了一个位置。

莫依斐点点头,径直坐了过去。

宋灵均看着她又是一副心不在焉的样子,心里很不是滋味,只好将矿泉水倒进她面前的瓷杯里,淡淡道:"喝吧。"

他怎么会来？

她接过他递过来的水杯，心中有些忐忑。

"宋建筑师，我们依斐姐说了，我们的工作离不开你们的支持，所以今天，我们做东，特别感谢你们对我们考古队的支持，大家尽管敞开肚皮吃好喝好。"

"不好意思，我以为今天你不会来。"莫依斐淡淡颔首，小声地对旁边的人说道。

宋灵均听了，眉心紧蹙，在她耳畔道："你欠我的地方多着呢，你以为躲着不见我，就两清了？"

她听着他的指责，觉得莫名其妙，于是偏头看向他："你不是不想见到我吗？"

龙庭见两人之间的气氛有些怪，连忙招呼服务员加菜。

莫依斐咬牙，说了今天她请客，龙庭他是要吃穷她吗，真是猪一样的队友。

宋灵均察觉她真的没有想再见到他的意思后，突然觉得自己就像个傻子，心中顿时五味杂陈，手不自觉地攥紧了手中的瓷杯，胸口一缕闷气无声缠绕。

众人涮着火锅，其乐融融，只有宋灵均在闷头喝茶。

龙庭又叫了牛排，莫依斐坐不住了，找了个借口起身，连忙去了前台："服务员，56桌不要加菜了！"

"56桌随他们加菜，到时候我买单。"身后熟悉的男声响起，她转身，就看到他灼灼地看向自己。

他嘴角勾起一丝讥讽："莫依斐，你就这么点出息？"

她讪讪一笑："拿死工资的，怎么跟你们这种精英比。这钱，我下个月还你。"

"你跟我出来。"他语气中透着一股不爽。

"宋先生,饭钱我微信转给你吧。"漪市的湖边,暮色降临后,风有点大。

听到她的话,宋灵均停了下来,转过身,风吹动着他略带凌乱的短发,昏暗的光线中,他高大轮廓如同冷峻的画。

第四章
莫名其妙的人扰乱了他的心

Sweet love

他往她的方向走来,她抬起头,在他漆黑的瞳孔里,能看到自己的倒影,她突然有点不知所措。

"莫依斐,向我道歉。"

"啊?我道过歉了啊。"她有点蒙。

"你知道你哪里错了吗?"

"就是、就是灌汤让你睡着,偷了你的钥匙呗。"

他俯下身子,那让他困惑多日的人近在咫尺,这样纤细孱弱的女人,怎么就会有那么奇异的身体构造?还有,明明知道她异于常人,他为何竟然会觉得她漂亮?不单单是漂亮,是有魅力!

可她为何说不见就不见!难不成真的对自己就没有一点点其他的想法?

他有些生气,有些恼怒。

"你偷了我很多东西,你知不知道!"

"什么呀。"她正要申辩,他突然走上前,一个用力,她的手腕被他的大掌扣住了,宛如被铁钉钉死。他的气息宛如一阵飓风,在她的周围呼啸着，莫依斐从没和男人这样靠近过，她根本动弹不了。

"你弄疼我了！"她低哼一声，有些惶恐。

"对不起！"他闻言立即放开了她的手，眼中满是焦灼，夹杂着一些懊恼。

他将她的手拿起，放在自己掌中细细查看是否弄伤了她，她的皮肤晶莹细薄，上面已经有了红色的痕迹。

他心里一阵愧疚，站在旁边有些不知所措。

莫依斐愤懑道："宋灵均，你讨厌我也不用这样吧！你以为我想见到你吗，我已经尽量避开你了！"

"老大？你们在吵架吗？"赶过来的龙庭一脸吃惊地望向两人。

"没有！"宋灵均脸色一变，连忙否认。

"有的人啊，看上去仪表堂堂，其实啊，小肚鸡肠得很。"莫依斐揉揉自己的手腕，大步往前走去，没有再看宋灵均一眼。

龙庭走到宋灵均身边，担忧地问："宋先生，你对我们老大有意见？"

"没有。"宋灵均攥紧了手，跟着莫依斐往前走去。

龙庭瞅着宋灵均和莫依斐，这两人到底是什么情况，他有些搞不清楚。

吃完饭大家提议去唱K，喜欢唱歌的莫依斐自然是举双手赞成。

耿超看向气场和周围格格不入的宋灵均，忍不住说道："老板，你不去吧？"他了解宋灵均，老板是最不喜欢唱歌的，思瞬每次聚会唱歌他从来不参加，他们谁也没听他唱过歌。

"宋建筑师会去吧？他唱歌一定好听！"考古队的小姑娘们一脸欢呼雀跃。

"去啊！我喜欢唱歌！"宋灵均肯定地回答着众人。

耿超："……"今儿个太阳从西边升起了？

莫依斐瞥着他，心里觉得怪怪的，宋灵均的举动，真不像她认知中的他。

到了 KTV 包厢，众人就开始进入劲歌热舞状态，宋灵均睨着台上扭动着腰肢的莫依斐，觉得有些燥热。这就是平时的她吗，还挺活泼的。

这时，瞿薇薇拿了一杯酒走了过来，坐在宋灵均旁边搭讪道："宋先生看起来很少来这种场所？"

宋灵均淡淡地点了点头。

瞿薇薇看着他那追随着莫依斐的眸光，淡淡一笑："莫组长最喜欢组织大家一起唱歌了，听说她交过的男朋友，都是通过唱歌认识的。"

他一听，眸色一凛："唱歌认识的？"

"男女之间相互吸引，得有相同的兴趣爱好啊。像我呀，天生就五音不全，所以只能在台下给他们鼓掌。而莫组长就不同了，她天生一副好歌喉，又喜欢热闹。对了，宋先生平时有什么爱好呀？"瞿薇薇放下酒杯，朝他妩媚一笑。

相同的爱好？唱歌？

他拿起面前的酒杯，一饮而尽道："不好意思，我要唱歌了。"

当宋灵均的歌声回荡在包厢里的时候，整个包厢的人都惊愣了。

莫依斐揉了揉眼睛，看着在舞台上站得笔直，唱着周杰伦歌曲的宋灵均。这真是奇才啊！整首歌就没有一句在调上。

嘻哈情歌，被他唱得一言难尽。他却一脸深情，完全沉浸在自己的宋式情歌里。

完全不在调上的歌声配合他深情款款的表情，众人笑得前仰后合，还有人笑到肚子疼。

耿超冒出一头冷汗，一直安慰自己：老板喝多了，肯定是喝多了！

回去的时候，宋灵均已经有点神志不清，走得左摇右晃，还拉着莫依斐的手不放。

耿超在前面开车，莫依斐挣脱不掉，只好在后座搀扶着醉意迷蒙的宋灵均。

她皱眉道："我说你们老板也是奇怪，不喜欢吃火锅，还五音不全，那他干吗要来联谊！"

耿超从后视镜看了后座的两人一眼，苦笑着解释："我还是第一次见到老板这样，莫小姐，该不会跟你有关系吧？"

"怎么可能！关我什么事啊！"她争辩。

车子一个转弯，宋灵均的头猛然撞向她怀里，他突然喊道："莫依斐，你为什么要让我这么难受！你告诉我，我该怎么办？"

莫依斐有些慌乱，她心想，他该不会要把她的秘密说出去吧？耿超还坐在前面呢！真是喝酒误事啊。

她顿时如坐针毡。

想到这里，她赶紧用手将宋灵均的身体扶正，可是没过几秒他的头又蹭到她的肩膀上，然后，猝不及防地，他小声地说道："莫依斐，你吃土的样子，真漂亮！"

她脸色瞬间就白了，耿超笑道："老板真是喝多了！"

莫依斐挤出一丝笑意，尽量让自己的声音自然一些："你们老板酒品不好，喝醉了就说胡话。"

她一边说着，一边往宋灵均的后脑勺上狠狠敲了一下，见他不说话了，这才放下心来。

耿超将车开到了莫依斐的宿舍楼下，想了想，还是对她说道："莫小姐，我们老板是认真严谨的人，如果不是放在心上，是不会轻易评价人的。就算喝醉了，也通常是肺腑之言。"

　　肺腑之言？莫依斐心下一紧，瞥着已经被自己打晕、不省人事地躺在后座上的宋灵均，复杂中夹杂着愧疚的感觉浮上了心头。

　　这一晚上，她回想起宋灵均异样的举动，耿超的那一番话，还有自己刚刚打宋灵均的那一拳，翻来覆去地睡不着。

　　宋灵均说她漂亮，这也太不合常理了吧。难道自己大口啃泥土的样子倾国倾城？

　　第二天一大早，莫依斐顶着黑眼圈刷牙，努力回想着昨晚的一切，想着想着，脸上又不自觉染上了绯红。

　　以往和历任男友在一起的时候，每次约会前她都会很认真刷牙，就怕有泥土粘在牙齿上。有一次没有注意到，粘了一小点，那个男朋友提醒她牙齿没刷干净，她只好骗他是巧克力。

　　后来没过多久她就被甩了，理由是他觉得她不修边幅。

　　男人甩女人的理由，真是无奇不有。

　　同样，男人爱上女人的理由，也无奇不有。

　　这个宋灵均，到底什么意思？真的觉得她好看？

　　莫依斐洗漱完打算下楼去买早餐，刚走出公寓大门，就看到了一抹熟悉的身影。

　　她有些不敢相信，揉了揉双眸，仔细看了看，没错，是他。

　　他穿着白色短袖、牛仔裤，宽肩窄腰长腿，姿态闲适清爽，阳光倾泻在他头顶上，让他像是从广告里走出来的男模一样。

　　和往日的商务高贵风又不一样，现在多了几分温润和阳光。

　　"宋灵均？你怎么在这儿？"

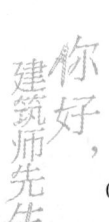

"莫依斐,昨晚你打了我对不对?"

两人差不多同时开口,又同时息了声。

莫依斐连忙解释道:"绝对没有,昨晚你醉酒,我一直照顾你,怎么可能那么没有人性?"

宋灵均睥睨着她狡猾的样子,摸着自己后脑上还隐隐作痛的地方,绝对错不了,一定是她将自己打晕的。

"你做一顿早餐给我吃,这事就算了。"他淡淡地开口。

莫依斐只好去小区超市买了面条,然后赶紧跑到厨房开始给在客厅东看西看的宋灵均做早餐。宋灵均在客厅里左看看右瞅瞅,一脸好奇宝宝的样子。

莫依斐在心里默默吐槽,她这家,装修简陋,真不知道有什么可看的。

想到昨晚他说过的话,莫依斐还是按捺不住好奇:"宋灵均,你还记得你昨晚说过什么吗?"

宋灵均在她的沙发上坐下,选了个舒服的坐姿后,方才开口:"我喝醉了,说过的话哪里会记得?男人喝醉酒说的话都是假的。"

"假的?"莫依斐一听,心情顿时很不好。

丢下锅里冒着热气的面,莫依斐径直走到他面前,挑了挑眉头:"可耻超告诉我,你就算喝醉了,说的也是真话。再说了,常言道酒后吐真言,你不会这都没听过吧!"

宋灵均神色微敛,站起来,高大的身形笼罩了她:"我说过的话,一定会承认,可你把我打晕了,我什么也不记得了。"

"你!"莫依斐噘起嘴,心里一阵焦躁,这男人怎么这样。

宋灵均睨着她浅嗔薄怒的表情,心里顿时舒服很多,嘴角也噙上了一丝笑意。

于是,宋灵均将两只手搭在了她的肩膀上,把她拉着靠近了自己一些。

室内突然安静下来,莫依斐顿时觉得有些热。他的气息绵密地萦绕在她的鼻息中,带着淡淡的薄荷味的蛊惑,她脸上也染上了一丝绯红。

她微微仰起脸,两人靠得更近了一些。

"面熟了。"他微微带着戏谑的声音响起。

她被惊醒,慌忙转头:"我、我去盛面。"

宋灵均看着她惊慌失措宛如小兔子一样的背影,嘴角的弧度蜿蜒扩大。算了,先放她一马。

一晃一个月过去了,两人每天都有微信来往。

莫依斐起初接近他是为了打探土地情报,后来秘密暴露了,他也没去检举她,那天还说了她好看这种话,有时候还会主动带她去工地上吃土。慢慢地,她就觉得他也没那么讨厌了,有时候回家没有收到他的微信还会有一点小失落。

这天下班时分,莫依斐看着宋灵均发来的一条微信:"我最近脑袋时不时有点疼。"

她的心微微一紧,暗暗担心。

回想起那晚在车上她打他的那一拳,等等,他脑袋疼该不会跟那天她打他有关系吧?

想到这里,她立马回复了一条:"脑袋疼是大事。我陪你去医院看看。"

宋灵均秒回了一只温顺的小狗动图:"好呀。"

莫依斐忍俊不禁,而另一边的宋灵均嘴角也绽放了一丝笑意。

这一个月每天晚上聊微信,他慢慢发现了她的可爱之处。

他脑袋不疼,就是,想见她。能约的理由都用烂了,这会儿临时编了一个。

两人约好在市中心的一家餐厅见面。

"宋灵均，都一个月了，你脑袋疼怎么不早点去看医生呢？"莫依斐坐下担心地问。

"我脑袋疼是因为……都一个月了，你有没有发现什么？"他看着对面的她，慢慢地开口，观察她脸上的表情。

"嗯？我发现什么？我俩又没共用一个脑袋。"她托着腮，有些疑惑。

难道她就没有发现自己在追求她？宋灵均调整了下表情，正要开口说话，莫依斐的手机铃声不合时宜地响起，她一看，是馆长发来的短信，说是有重要的任务，让她速回博物馆。

"不好意思啊宋灵均，我有点事要先走了，你自己去看医生吧，医药费找我报销。"她一边说着，一边拿起桌上的饮料囫囵喝了几口，扭头就飞奔了出去。

"喂，你！"他轻拧眉头，心情很不爽，可一看，莫依斐的手机还躺在桌子上。

这马大哈，丢三落四的。他拿起手机，手机响了一下，拿起来一看，显示"微博新消息"。

他再一瞥，发现了莫依斐的微博昵称是"盘丝洞女妖精"。

原来是她！那个在网上求助"如何追求怕蜘蛛的男人"的女人。

那那个"怕蜘蛛的男人"，不就是他吗？

想到这些，他的脸色沉了下来。

莫依斐忙完博物馆的事情回到宿舍已是夜里。

宿舍门口的保安将手机递到她手里，她想一定是宋灵均送还过来的。万幸万幸，明天再请他吃饭吧。

她发了一条微信问他看医生了没，可左等右等就是没有回复。她的心七上八下的，自己最近好像是越来越在意他了？

这时，"围墙外的世界"发了一条微博私信："你追到了那个男人吗？还是只喜欢他的外表？"

她想了想，回复道："喊，你又不了解我。我现在，喜欢上了他的一切。"

原本坐在电脑前看资料的宋灵均看到这条回复后，刚刚还闷闷不乐的心情，顿时一扫而光，冲上云霄。

"哦。妖精也有爱了？感觉如何？"

"我是人，人心都是肉长的。唉，感觉七上八下的，也不知道他对我有没有意思。"

"他对你如何你感觉不到？"他骨节分明的手指在键盘上一个字一个字地敲着。

"他常常骂我愚蠢，有时候又给我个甜果子吃。我想我还是放弃算了，要是说出口，我怕连甜果子都吃不到了。"

宋灵均原本扩大的脸部括约肌顿时宛如漏气的气球，骤然紧缩成一条直线。

她这是什么态度？

他起身直接拨通了她的电话。

"宋灵均，你去看了医生吗？医生怎么说？"

"说是大脑受到撞击受到损伤了。"

"什么，有这么严重？我打得也不重啊。"

"莫依斐，你要负责，不准逃跑。"

"我当然会负责啊。"莫依斐右手拿着手机，另一只手绞着裤管，唯唯诺诺地点头应允。

"我的大脑,现在因为你的重击,分泌了多巴胺和血清胺,才会时不时给你甜果子吃。你要想永远有甜果子吃,就要用发展的眼光来看待问题,不能做缩头乌龟。"宋灵均眯起狭长的眼睛,一字一顿地说着。

多巴胺?血清胺?什么意思?甜果子?这话怎么这么熟悉?她疑惑地回想着。

他等了半晌,见她没动静,有些着急便直接把脑中的想法说了出来:"你既然是盘丝洞女妖精,怎么一点胆识都没有。猎物送上门来了,你看不见吗?"

莫依斐一听,脸立即涨红了。她讷讷道:"你、你是'围墙外的世界'?"她咬了咬嘴唇,自己只是想在网上抒发一下心情,没想到被他发现了自己那些言论,真是羞死人了,"你、你什么时候知道是我的?"

"上午你手机掉我这里。"

"你、你干吗乱看我手机?"

"我是怕你回来找才看的。盘丝洞女妖精,你对我到底是不是认真的?是不是只看上了我的脸?或者是为了吃土?"他加重了语气。骨节分明的手将手机攥得紧紧的。

他语气虽然冲,心里却很忐忑。从来没有像现在这样,一颗心提到了嗓子眼。

"不是不是!刚开始是想吃土,现在不是。"她将头摇得拨浪鼓一样,心有些慌乱。

"那现在是什么?嗯?"宋灵均下颌的弧度稍微放松,心想也不能将她逼得太紧,语气缓和了一些。

"现在、现在……"她舌头有些发烫,他这是,请君入瓮?

"莫依斐,把你刚才在微博上的话,重新说一遍。"他命令着,心情却大好。

"我刚才说什么了,我、我忘记了。"她双脸绯红,吞吞吐吐地狡辩着。

平复了一下心跳,她庆幸自己悬崖勒马。女人不能轻易向男人表达爱慕,谁先开口谁先输,情感大V说的。

宋灵均原本上扬的眉头刹那变成平挑。

这女人怎么翻脸比翻书还快?

她总能轻易地让自己的心情像坐过山车一样。

"宋灵均,我累了,先挂了。"她避之不及地掀掉手机,整张脸像煮熟了的虾子一样。

好不容易顺平了呼吸,她拿起手机查了一下:

陷入爱情的阶段就会分泌多巴胺和血清胺,它们能让人处于疯狂的状态。

"啊!"她猛地跳上床铺,双手捂着自己发烫的脸颊。

他喜欢她!因为她才分泌了多巴胺和血清胺!一股滚烫的气流在四肢内流淌,她忍不住打开手机音乐,像一个初次被喜欢的人告白的小女孩一样跳起了舞。

真是的,告白就告白,干吗说这种她听不懂的话!害得她还要百度!自己刚刚是不是太过决绝了?是不是不太好?

这天晚上,两人都翻来覆去睡不着。

接下来,莫依斐觉得自己度过了最煎熬的一周。

宋灵均还是会发微信给她,但就算是简单的问候,也能让她开心很久。

周日的早晨,当第一缕阳光洒进卧室,阳光将窗棂照得格外清透干净时,莫依斐睁开惺忪的眼睛,打开手机看到了宋灵均的微信:"今天天气很好,想去格林岛上看海吗?"

漪市这个地方,依山傍海,格林岛是全国有名的海上岛屿,她一直想去来着。

她一个激灵坐了起来,手指飞快地打着:"好啊,我也想运动一下。"正要点击发送,又觉得秒回显得不矜持。于是,她火速冲往洗漱间,刷完牙洗完脸,才点击了发送。

已是夏天,炎热的风从窗口灌了进来,莫依斐化了一个粉色系的妆,穿了一条米黄色的裙子搭配藤帽,背了一个白色的双肩包,这才出了门。

两人约在轮渡中心见面。她进去大厅没多久,就看到宋灵均站在大厅一角,白色的短袖,配上牛仔裤,整个人看上去十分清爽。

她正要朝他招手,却看见几个女生围着他问东问西的。

她皱着眉,心想,有问题不会查手机吗?现在的女孩都这么主动吗?

"斐斐!"熟悉的男声响起。

这时围着宋灵均的女生们循着声音一望,心里暗暗泄了气。

莫依斐愣了愣,他是在叫她?

"斐斐,这里!"宋灵均加重了语气,向她走过来。

她胸口犹如被注入了甜蜜素一般,怎么叫得这么亲热?

他将一张船票递给她:"你的票。"

莫依斐接过,来的时候她看了网上说格林岛这种旅游胜地不提前买票是要等很久的,看来他早就计划好了。

"宋灵均,你刚才叫我什么?"她嘴角噙上一丝笑容,偏头看他。

这亲昵的称呼让她心口一热,笑容越发甜蜜。

"有一部动画片,有一只傻兔子叫小兔菲菲。我觉得,跟你挺像的。"

莫依斐:"……"傻兔子?她笑容立即僵住。

宋灵均睨着她生动的表情切换，嘴角不自觉噙了一丝宠溺的笑意。

登船的时候游客鱼贯而入，莫依斐感觉有人在后面推搡着她，宋灵均轻轻地揽住了她的肩膀，顿时她感觉自己犹如被一张罩子罩住，安全感一下子就满格了。

"我们去二楼。"

"好。"她被他搂着肩膀上了二楼，他挑了右边靠海的外置。

他轻轻问她想坐外面还是里面，此刻她心情有点飘，心不在焉地选了外面。

刚刚他搂着她肩膀的时候，她闻到他身上的气息，是清爽的男人味，她居然脸红心跳了起来，她赶紧用手扇了扇脸颊，吁出一口气。

"你很热？"他低头，灼热的呼吸声随风拂在她的脖颈上。

"嗯。"

他墨瞳一沉，将她的羞赧娇俏尽收眼底，在网络上张牙舞爪的盘丝洞女妖精，看来是只纸老虎啊。

船开了。

海风徐徐吹来，碧波荡漾的海面上，依稀可见一处花木扶疏的岛屿，那就是漪市有名的景点——格林岛。大学时莫依斐忙于勤工俭学，没机会来，工作了又因为忙，也没能来成，今天还是第一次来。没想到第一次来，是和宋灵均。

"待会儿先去吃东西，然后休息一会儿，再去爬晨光岩怎么样？那里是岛上的最高峰，也可以眺望远处的漪市。"本来莫依斐还想临时上网查一下不让自己显得那么孤陋寡闻，这下好了，他什么都计划好了，她跟着就好了，多惬意啊。

下岛后，宋灵均带她去吃了岛上的网红海鲜店，她从没想过他这样一个大忙人，做事能细致到极致。大概是提前预订好了，都无须等座。

"你喜欢做旅行攻略？"她一边大快朵颐着海鲜面，一边好奇地问他。

"没有，我从来不做攻略。"他一边吃面一边摇着头。

"那你怎么会提前买好票，还有预订餐厅？"

"我没预订啊，吉人自有天相吧。"他支吾地答道，脑中却想到了昨晚为了这个计划，他在群里问了思瞬的员工，还被大家笑了好久。自己平生第一次约女生，当然要事无巨细面面俱到。

这时，一名穿着工作服的年轻小伙子带着好奇的目光走了过来："请问您是宋灵均先生吗？"

"是的。"

那年轻小伙一听，双眼放光，激动地说："您好，我是漪大建筑系的大学生，是您的粉丝。昨晚在预订平台看到您的名字时我就想不会这么凑巧吧，没想到真是你本人，我有一些建筑的问题可以问一下您吗？"

莫依斐倏然一笑，呵呵，吉人自有天相？

宋灵均正襟危坐，看着她一脸了然的神态，转身对那大学生说："可以的，等下你加一下我微信就好了。对了，那以后我们每次来吃饭有优惠吗？"

"肯定的。您是第一次过来不知道吧，我们店情侣能打折，等下我给你们录名字备注，每次来都给你们情侣打折价。"小伙子拍胸脯保证。

莫依斐一怔，正要开口说话，就听到宋灵均开口道："成交。"

莫依斐瞪着他，他耸耸肩："多划算。"

等等，她怎么有种被卖了的感觉？

下午攀登晨光岩，爬了一小段，莫依斐不禁暗暗叫苦：早知道就不穿高跟鞋了，搞得现在爬山一点也不方便。

宋灵均瞥着她小心翼翼迈着步伐的样子，停了下来："要不，我们不爬了吧。"

"不行不行！来晨光岩怎么能不登最高峰！怎么也要上去打个卡！"她将头摇得像个拨浪鼓。

"以后再来就是了，不急一时。"他柔声道。

听他这样说，莫依斐抬眸望向他，他深情的双眸里全是柔情蜜意，他说以后再来？其实他对女生好起来，还是很温柔体贴的。

她顿时也没那么在意形象了："可我今天就是想上去呀。"

"要不，你不介意的话，我背你呀。"他开口道。

"好呀！让我先爬一段，待会儿实在不行了，你就背我。"莫依斐笑得很开心。

话落，莫依斐就看到宋灵均的耳朵立即染上鲜红的色彩，像兔子耳朵一样。

他本来只是试探性一说，没想到这小妮子居然照单全收，羞窘的反倒成他了。

"宋灵均，我看你才是兔子吧。"她戏谑道。

"走吧。"他双手插兜，故作酷状。

哈哈，酷哥一秒变兔子。她上午那些紧张羞赧的情绪顿时一扫而光，原来紧张的不只是她。

为了配合她，他明显放慢了步伐。他伸出手，她笑着将手交到他手中。他的手修长有力，带着温热的温度。

两人的速度落后于普通游客，他一米八几的大个子，就这样陪着她慢慢走着。等终于快到终点时，莫依斐看着天色有些暗，看来马上就要日落了。

"宋灵均，你背我上去吧。要不然，我们都拍不清漪市全景了。"

她话音刚落，就感觉自己腾空了，然后身体就触碰到坚硬炙热的男性躯体。

"抓紧了。"

"嗯。"她将头抵在他的肩头，脸上带着笑意。

宋灵均背着她拾级而上，莫依斐有一种从未有过的安全感。

没多久，他们就到达了目的地。莫依斐看向远处天边的水纹云中，浮着一轮红日，而海对面的漪市，高楼星罗棋布、纵横交错，在夕阳的照射下宛如童话里的小房子一样。而海平面又是另一番光景，碧波荡漾，金色的余晖挑染了整片大海，绵延起伏宛如橘红的锦缎。

"莫依斐，我身上这么舒服？"他戏谑道。

她这才反应过来自己还在他背上，立马跳下来，感叹道："在大自然面前，人真渺小。"

"所以要珍惜每一刻。"他望着她，目光里带着笑意。

她低头浅笑，这时身边传来一道突兀的女声："有什么好珍惜的？生不带来死不带去的，不过转瞬即逝。"

她偏头一看，只见一名摩登女子，烈焰红唇，戴着墨镜，双手抵着栏杆，望向远处。

莫依斐想起自己以前也常常一个人旅行，也在心里嘲笑过那些你侬我侬的情侣。所以她也不在意，笑着说："言之有理。"

宋灵均冷哼一声，在她耳边嗫嚅道："别理她。我们来拍照吧。"

莫依斐点点头，打开背包才发现自己忘带自拍杆了。

"怎么办？我们怎么合影？"她着急地说。

她望了望四周的游客，基本都已经开始往山下走了，只有那个奇怪的女人还倾靠在栏杆上。

她信步走到那女人身边："美女，能帮个忙吗？帮我们合影一张。"

那戴着墨镜的女人一听，顿了顿，伸手摘掉了墨镜。她有一张艳丽的脸，只是表情总透着淡淡的疏离。

看到红衣女子摘掉了墨镜，莫依斐感觉眼前的人有一丝眼熟，但是又想不起是谁，只好将之抛之脑后。

那女人接过莫依斐手里的手机，睨着莫依斐和宋灵均，嘴唇轻抿，风情流露："好啊。"

拍完照，莫依斐查看手机里的照片，两人依偎在一起，只见宋灵均轻轻揽着她的肩膀，笑容灿烂，真像一对平常的情侣。

她正想开口说谢谢，没想到那女人已经转身下山了。

"宋灵均，你看，她拍得多好，可惜没来得及跟她说谢谢。"

"那是我们俩长得好看。"

"……"

一天的行程虽然让莫依斐身体疲倦，内心却十分满足。她好久都没有这样放松过了，通过这次游玩也让她发现了宋灵均的另一面。

一走进他在岛上订好的五星级酒店，莫依斐就有些心慌，她还是头一次跟男人一起度假，也不知道他订的是什么房间。

"你在想什么？"低沉悦耳的男声拉回了她的思绪，她抬起头，就看到他双手插兜，微微低下头，解读着她脸上的每一寸表情。

她的脸立即火烧火燎起来："我、我什么也没想啊。"

他伸手在她额头上轻轻一敲："莫依斐，房卡拿好，我在你隔壁房，睡前关好门窗，有事打我手机。还有，"他靠近她的耳畔，喃喃道，"不准偷看。"

"宋灵均！"她鼓起腮帮子，伸出粉拳。

他不费吹灰之力轻轻用大掌挡住她的粉拳："先去吃饭。"

第五章

神秘的小说家

Sweet love

花团锦簇的喷泉缓缓流动，欧式水晶灯明亮澄澈，餐厅中央有穿着燕尾服的乐手拉着小提琴。宋灵均和莫依斐靠窗而坐，宋灵均抬头一望，她虽然坐姿娉婷，但吃的速度却很快，看来真是饿坏了。

"再点一份鲑鱼排？"

"唔，好。"她一边吃着，一边点头。

他哭笑不得："你慢点吃，细嚼慢咽。"

"哦。"她意识到什么，抬起头，暂时放下食物，朝他眨了眨眼，"你请我吃饭，下次我也带你去吃好吃的。"

"行啊，只要不带我去工地就好了。"

"宋灵均，你怎么能这么想我呢，我是这么小气的人吗？"她正开口辩解，突然大厅嘈杂了起来。

举目望去，只见一名红裙女子正对着餐厅一隅的一名男士大声说着什么。那名男子戴着金丝眼镜，气质不凡，但是看向红裙女子的目光极为不耐烦。

宋灵均认出那名男子，正是这家五星级度假酒店的老总，山田。山田曾经有意聘请他设计酒店,但他觉得山田太注重经济效应而不重视环保,所以拒绝了。

山田是商界名人,性格极其古怪,外人也很难窥透。

"咦,这不是今天下午帮我们拍照的那名女士吗?"莫依斐认出红裙女子来。

"山先生,我只想耽误您一点时间而已。"红裙女子说道。

山田眉心微蹙,轻轻拍了拍手,不多时,几名高大的保安就围了过来。

莫依斐心想,美女主动搭讪,这男子居然这么不悦?

"高小姐,我敬您是名作家,又是我们酒店的VIP客户,一直对您以礼相待。但您再这么纠缠不清,就不要怪我不客气。"山田眼神阴鸷,几名保安立即上前拉住了红裙女子。

莫依斐坐不住了,想起身,宋灵均朝她使着眼色:"别冲动,先坐下。"

像是想到了什么,莫依斐立即拿手机确认了一下,然后对着宋灵均开口说道:"怪不得之前拍照的时候我就觉得好像见过她,原来她叫高小英,是一名悬疑作家。刚刚听了他们的对话我才想了起来。"

这时,高小英爆发出阵阵笑意:"山田先生,你在害怕什么?我只是想采访你而已。俗话说不做亏心事不怕鬼敲门,你紧张什么呢?今天是你们酒店周年庆,不如让我为你送上一份表演吧。各位顾客,你们想不想看我表演啊?"她声音尖锐高亢,带着讥讽。

她这样一煽动,客人们爆发出一阵叫好声。山田也无法太给脸色,他表情始终阴鸷。高小英挣脱保安的控制,对餐厅中央演奏音乐的乐手比了一个姿势。

音乐便戛然而止。

高小英踩着高跟鞋转向餐厅的中心,那一抹鲜艳的红色裙裾,将她的张扬发挥到极致。多年以后,莫依斐仍会记起这幅画面。

高小英拿着话筒,声音高亢明亮:

宁可卑劣,也不愿负卑劣的虚名,
当我们的清白蒙上不白之冤,
当正当的娱乐被人妄加恶声,
不体察我们的感情,只凭偏见。

为什么别人虚伪淫猥的眼睛
有权赞扬或诋毁我活跃的血?
专侦伺我的弱点而比我坏的人
为什么把我认为善的恣意污蔑?

我就是我,他们对于我的诋毁
只能够宣扬他们自己的卑鄙:
我本方正,他们的视线自不轨;
这种坏心眼怎么配把我非议?

除非他们固执这糊涂的邪说:
恶是人性,统治着世间的是恶。

高小英念完这首诗,脸上浮现了一丝明艳的笑容,对面的山田脸色却倏然一变,拂袖而去。

"我怎么一句也听不懂?"莫依斐有些不解,只好问宋灵均。

"这是莎士比亚的诗《宁可卑劣》,暗喻人性的丑恶。"宋灵均不是

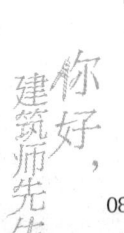

多管闲事的人，但此时此刻，听到这首悲情诗，不知为何他心里浮现出一种淡淡的悲哀。

"看来，这个高小英，是个有故事的人啊。"莫依斐看着餐厅中央的高小英说道。

晚上，莫依斐回到房间，卸了妆正打算睡觉，却通过透视看到了对面房间里有两个熟悉的身影，正是山田和高小英。

莫依斐瞅了瞅自己身上的棉布长衣长裤，想到对面的高小英穿的是丝绸睡衣，同样是女人，真是天差地别。

这时，宋灵均发了一个微信视频过来，她接通就看到他大概是刚洗完澡，头发湿漉漉的，看上去分外性感。

"住得习惯吗？"他问道。

她点点头，突然回想到他们在巴哈马见面的那一次，他可是把自己视为偷窥狂，不禁戏谑道："你现在，不报警抓我了？"

他抿嘴一笑，分外温柔："你看吧看吧，不收你的钱。我亲自来抓你。"

这么会撩！她脸微微一红，连忙转移话题："宋灵均，我跟你说，我对面住的是高小英！她现在，和山田在一起！你说他们会不会，真有一腿啊？"

宋灵均挑挑眉："你打算看十八禁？"

莫依斐正要反驳，却看见对面的两人争吵了起来，高小英仰起头，手里拿着一份纸制品，指着山田，十分气愤。

山田脸色冷鸷，十分不悦。

这两人到底什么关系啊？莫依斐的好奇心彻底被吊了起来，山田却在这个时候，气愤地夺门而出了。

高小英嘴里咒骂着什么，捂着胸口，看得出情绪非常激动。她将纸制品放在床头,莫依斐一看,好像是一本杂志,而杂志的封面——是晨曦。

"莫依斐?"视频里的宋灵均将她的思绪拉回来。

"哦,没事。他俩吵架呢,山田走了。感觉高小英跟他有仇,她手里拿着一份杂志,杂志的封面,是女明星晨曦。"

宋灵均一听,脸色一滞,拿着手机的手也紧了几分。

"我们博物馆有好多同事是晨曦的粉丝,不过这几年没看到她出来了。你说高小英会不会也是她的粉丝?"

宋灵均没再说话,胸口有一股复杂的气流席卷而来。

莫依斐见他不说话,心想今天他背着她怕是也累了,便对他说:"累了吧?"

宋灵均点点头,两人便结束了视频。

这晚他的心情受到影响,想到晨曦,一夜未眠。

莫依斐挂掉手机后,转过身就看到高小英盘腿坐在地上,却不似刚才容光焕发的模样,她靠在墙上,柳眉紧蹙,右手夹着香烟,神情略带忧郁。

这女作家的情绪真宛如六月的天,说变就变啊。莫依斐躺下,翻过身子,背对着高小英,心想今晚注定睡不好。不知过了多久,她总算迷迷糊糊地睡着了。

次日莫依斐起床的时候,发现高小英已经不在房间了。

宋灵均起得比她还早,等她梳洗完打开门,就看到他站在她门前,脸色有些疲倦。

"莫依斐,我们今天不逛了,回漪市好吗?"他声音低沉喑哑,状态不佳。

莫依斐心想,难道是经过昨天的相处,他觉得彼此不合适?顿时各种情绪涌上心头,她"嗯"了一声,心情顿时也复杂起来。

两人刚下码头,天突然下起小雨。淅淅沥沥的小雨,让周围的一切弥漫在雾气里。

气氛沉默得甚至有点尴尬,莫依斐正打算叫个出租车,就看到宋灵均那辆熟悉的路虎车在前方朝他们按了按喇叭,耿超从车窗里探出一颗头,朝他们露出一个狗腿般的笑容。

走到车边,莫依斐有些不好意思,正准备坐后面,耿超却从驾驶室蹿了出来:"老板,我一客户就在这附近,约我谈项目,我先走了。"说完就识趣地走开了。

宋灵均坐上驾驶室,莫依斐正踌躇着,宋灵均命令道:"坐我身边来。"

她"哦"了一声,坐了上去。只见挡风玻璃外的雨刷在玻璃上划出一道又一道半圆形的弧度,她的心情有些压抑。

"其实,你不必送我的。"她有些闷闷地说。

"还记得我跟你说我在等一个人吗,那个人就是我妹妹晨曦,已经失踪三年了。"在车上,宋灵均将晨曦和他的故事,和盘托出。

于是,莫依斐认识到了一个可爱善良的宋晨曦。她会记得哥哥的生日,零点准时发送祝福;她会提醒哥哥不要熬夜,身体重要;她会跟哥哥吐槽演艺界的内幕……莫依斐觉得,如果宋灵均向她介绍自己,自己说不定可以跟她成为很好的朋友。

这样的女孩,绝对不可能这么久不和家里人联系。

莫依斐心里一阵难过:"叔叔为什么反对晨曦当歌手?"

"人无完人,他是老一辈的人,把家族名声看得比什么都重要。我们家都是读书人,他总觉得吹拉弹唱不是正经职业。因此每当父亲的朋友问起晨曦时,他总觉得难以启齿。有一次他打开电视看到了晨曦,晨曦那次只是穿了一件露肩礼服,他就大发雷霆,差点中风。他在气头上,一怒之下写了一封断绝亲子关系的证明,晨曦也倔,二话不说就签了。再后来,晨曦就很少回家了。三年前,她在一次演唱会后就杳无音信,像人间蒸发了一般。"宋灵均揉着额头,从来都是气场强大的他第一次流露出了疲惫和无奈。

果然家家有本难念的经,只是莫依斐没想到宋灵均的父亲宋铮是这样迂腐古板的一个人。宋铮是她高中的校长,那时候她还觉得他很和蔼。当时她和一个同学在他手上签过几次贫困奖学金申请,对他的印象就是慈祥又有风度。

"我小时候家里很穷,别的小朋友要什么有什么,我却只能眼巴巴地看着,可如今听你这样一说,我觉得我算幸运的。我妈妈就算知道我喜欢吃土,也依然爱我支持我。"

"我还好,那个时候就是过得有点闷。不过现在,"他偏头看她一眼,"好多了。"

她心里涌现一丝怜惜:"我要跟你一起找晨曦。"

他心头一热,略带歉意地说:"所以昨天,听你说高小英手里拿着有晨曦照片的杂志,我心情受到影响,本来今天应该带你去玩的。"

"以后你有什么事,都跟我说吧,不要憋在心里,知道吗?"

"嗯。"宋灵均换挡加速,这样向她一倾诉,心情居然没有那么沉重了。

某天下午,漪市警队接到一起报案:悬疑女作家高小英失踪。

报案人是高小英父母和男友,说高小英已经跟他们失去联系三天了。高小英的男友在微博上发布了寻人启事,掀起了网络舆论。

高小英的男友李文伟长相平平,但穿戴很讲究,双眸里尽是挡不住的悲伤。

高小英家里贴着晨曦不同时期的海报，有刚出道时的青涩少女、巅峰时期光彩照人的优雅女人、偶尔搞怪的金发朋克女郎，看到这些，蔺晨不由得百感交集。蔺晨猜想高小英应该是晨曦忠实的歌迷。根据李文伟的叙述，高小英最近一年在写一本女主角是一名艺人的悬疑小说，似乎就是以晨曦为参考的。

重案组的成员讨论了一下午，蔺晨站在办公室的一块贴着各种资料的白板前，分析着："第一，高小英在格林酒店失踪，监控最后显示当晚她走出酒店大门，之后便下落不明；第二，根据李文伟的陈述，高小英最近住在酒店创作一本小说，她曾经透露过小说主角会以女歌星晨曦为原型；第三，根据酒店客人的描述，高小英在酒店期间一直在接近酒店老板山田，山田十分不悦。根据调查，高小英和山田在生活中没有任何交集，是什么目的，让她一直接近山田？"

警队副队长罗昊沉思道："女歌星失踪，的确是很好的创作素材，会不会，高小英找到了什么关于宋晨曦失踪的秘密？"

蔺晨眉头一紧："马上去查山田和晨曦过去是否有过交集。"

在警队忙碌了一天，蔺晨下班之后，接到了冉雪的电话，她约他在警队不远的咖啡店见面。

警队的硬汉，在佳人面前，从来都是有求必应。

"蔺晨，你告诉我，宋灵均是不是有女朋友了？"冉雪美目中透着复杂的情绪，明显是向他来打探情况的。

蔺晨内心苦涩，刚准备开口就听到背后一道熟悉的声音："蔺晨，你怎么不接我电话？"

冉雪抬头，只见对面是宋灵均和莫依斐两个人，很明显他们是在约会，她目光犀利地扫向莫依斐。

蔺晨转过头,心里有些讶异,拿出手机一看才发现关机了:"我手机没电自动关机了,你们俩……"

"我们找你有点事。"宋灵均正色道。

他的这句"我们",让冉雪脸色一变。

莫依斐接触到冉雪锐利的目光,不知道该说些什么。

宋灵均对冉雪说:"抱歉,我们要单独同蔺晨谈。"

气氛尴尬起来。

"宋灵均,我不是外人,有什么事情我不能知道吗?"冉雪表情委屈。

"我们俩有案件线索提供给蔺警官,你不方便在场。"直男直起来,能把人噎死。

"雪儿,待会儿我再去找你吧。"蔺晨连忙打着圆场。

冉雪只好起身,走之前狠狠地瞪了莫依斐一眼。

等莫依斐向蔺晨叙述完上周在格林岛遇到高小英的情况之后,蔺晨兴奋地点了点头:"我们一直在纳闷,为何格林酒店提供的有关高小英的监控视频少之又少,高小英在格林酒店曾和山田攀谈过,这是个重要的线索。"

莫依斐和宋灵均互相看了一眼,两人也有些兴奋。

次日,蔺晨召集了组员调查山田。

"山田是一名成功的商人,商业版图涉及广泛。像山田这样的人,每天都有各种媒体找上门想做采访,他拒绝了很多。高小英被拒绝,也在情理之中,这算不上有过节。"警队副队长罗昊站在一块白板前,白板上用各种颜色的水笔写出了和高小英有交集的人物,盘根错节,密密麻麻。

"身为一名悬疑女作家,高小英住在格林酒店大半年,却一直没有推出新作品,我们怀疑山田和她笔下以晨曦为原型的主角或许有关系,但山田表示,他和失踪的晨曦,只是曾经有过一些商务上的合作,两人并未深交,谈不上熟稔。更不清楚高小英的创作。"一名警员分析道。

蔺晨沉思了一阵,当前最好的办法就是暗中监视山田。

一晃数日过去,警方大范围搜索,却依然一无所获,高小英至今下落不明。

山田的行踪十分规律正常,没有任何可疑。

蔺晨明白,再找不到高小英,怕只怕是凶多吉少。宋灵均和莫依斐也在替这名女作家暗暗揪心。

另一方面,两人的关系也日渐亲密,无话不谈,哪怕有时候沉默相处,宋灵均也觉得十分舒适自在,并不会觉得尴尬,这跟他以往和女人相处要找话题尬聊的感觉完全不同。

郎有情妹有意,是时候捅破这层窗户纸了。

这天,和宋灵均在微信上聊完之后,莫依斐心情惬意地走进办公室,就听到同事们嚷嚷:"御园湾?这不是宋灵均设计的地盘吗?听说那里环境一流。"

瞿薇薇闻言噘起嘴:"这么热的天,我不要去!"

莫依斐听到"宋灵均"这三个字,心里一阵悸动。

"我去!"她笑着说道。

"老大,目前还没确定呢,怎么能让你去。"

"我是组长嘛,冲锋陷阵是应该的。"莫依斐胡诌了一个理由。

龙庭"哦"了一声,还是觉得有些奇怪。这段日子,莫依斐心情特别好,整个人精神奕奕。

与此同时,思瞬设计所。

耿超狐疑地看着宋灵均盯着手机似笑非笑的表情,开玩笑道:"老大,Ada说今晚去唱K,你要参加吗?上次和考古队联谊,你说你喜欢唱歌的。"

宋灵均回过神来,淡淡道:"不去。"

"老大,是不是因为某个人不在啊?"耿超促狭道,一副我什么都知道的表情。

宋灵均睥睨着他,对他做了一个封口的动作。

这时,冉雪出现在门口,疑惑地开口:"灵均,你喜欢唱歌吗?"

宋灵均摇摇头:"我那是赶鸭子上架。"

随即他的手机提示音响起,他将视线落在手机上,是莫依斐发来的微信:"工作需求,刚刚去宋大建筑师设计的楼盘转了转,觉得没什么特别的。"

他笑了笑,手指在屏幕上飞快地划过:"那是你不懂欣赏,我设计的房子都是独一无二的。"

莫依斐:"知道,你的歌声也是独一无二的。"

宋灵均:"……"

这个莫依斐,总是不能察觉到他的魅力!他生平第一次有了挫败感。

她又打来几个字:"出问题了。"

他脸色一紧。

"灵均?"一直注视着宋灵均的冉雪紧张地问,她刚刚看到他嘴角微微上扬的弧度和双眸里的生动热情,这种发自内心的欣喜,她从未见过。

他眉眼敛了敛:"有事?"

他疏淡的神色让她心里一阵失落,随即又恢复了平静:"我来是跟你谈公事的,我们的御园湾项目,整个工程眼看就要动工,却出了个娄子。"

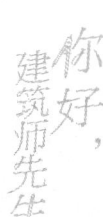

前几天考古队也不知从哪里得到消息说土壤有问题，今天说要派遣专家过来。冉氏投资了御园湾，那些股东可不是吃素的。"

御园湾位于漪市的略偏僻的城南一角。冉雪很有投资眼光，虽然位置偏僻，却环境优美，漪市的地铁项目也延伸了过来，使得这里成为一处富豪居家置业的理想之地。加上由宋灵均设计，更让一众年轻富豪对御园湾趋之若鹜。

但前几天突然传出地下有问题，使得想置业看房的人少了很多。

宋灵均赶到御园湾的时候，看到莫依斐和龙庭正被一群人高马大的男人围了起来，其中有两个高大的男子，脸上皆是愤懑，正对着莫依斐大声叱责。

他立马上前挡在莫依斐面前："我是御园湾项目设计的总设计师宋灵均，这位是我的朋友莫依斐，诸位有什么问题吗？"

莫依斐见到他，脸色稍微放松，没想到他会亲自过来，龙庭也擦了擦被汗水模糊的眼镜。

冉雪不禁有些气愤，她找宋灵均来是安抚股东的，但他一路上没有跟自己沟通任何意见。现在看到这个情景，她心中仿若有无数蚁虫在啃咬。

刚刚那两名愤怒的男子是赵琦和秦文朗，两人都是御园湾的投资商，听到宋灵均的话后，两人立即将目光瞥向了他。

对于宋灵均，他们是熟悉的。

宋灵均设计的房子，生态、人文和经济性并存，很受大众喜爱。也是因为这个原因，他们才投资了御园湾。

赵琦是著名的酒吧投资人，秦文朗是有名的金融操盘手，两人是社会名流，冉雪还是经晨曦介绍才和他们认识，一起投资了一些项目。还有一个投资人，没有到现场，就是山田。他们三人都是大股东，所以怎么会容许掘地三尺这样的要求。

赵琦双手环胸："宋先生,我们是御园湾的投资人,我们都很欣赏你的设计理念,莫小姐说我们这块地下面有问题,要掘地。我们查过了,莫小姐虽然是考古学家,但没有拿出任何法律相关的文件。"

宋灵均转头看向莫依斐,两人对望,她对他坚定地点了点头,他理解了对方眼中的含义,回头道："我信任莫小姐的专业能力,施工队,开挖吧。"

赵琦和秦文朗面面相觑,冉雪也愣住了。

宋灵均是御园湾项目的总设计师,拥有施工决定权。而且他一向思维缜密,三思而后行。而现在,她在他的眼中看到的是他对莫依斐完完全全的信任,没有一丝质疑。

她上前一步,想劝一下他："灵均,你怎么可以这样鲁莽,这个项目……"

"这个项目的损失,我来负责。"他淡淡留下一句,便指挥着建筑工人继续开挖。

冉雪一阵恼火,她和赵琦、秦文朗对看了一眼,三人眼中闪过晦涩不明的光。

秦文朗见此,对着宋灵均嘲讽道:"早听说过莫依斐喜欢和男人约会,建筑界的男人哪个不认识她!没想到连宋建筑师也中了美人计,她说什么就是什么。可真是为博佳人一笑,掘地三尺又何妨。"

莫依斐心里一阵气恼,她之前是约过一些建筑师,一个单身女人约男人,凭什么被他侮辱!

一旁的龙庭听了,眉头一紧:"你嘴巴放干净点!"

而宋灵均却已经上前,结结实实的一记拳头就打在了秦文朗的身上。

看到秦文朗应声倒地，莫侬斐心里大喊不妙。

秦文朗哪里受过这样的气，起身就挥拳朝宋灵均冲过来。宋灵均身体往旁边一侧，右拳击出快如闪电，秦文朗再次倒地，被宋灵均长手长脚压制得无法动弹。

宋灵均有健身的习惯，身体远比一般的男人结实，这秦文朗哪里是他对手。

秦文朗大声吼道："宋灵均，你敢打我，我不会放过你的！"

莫侬斐连忙上前拉过宋灵均，努力劝解："宋灵均，我没关系的，正事要紧。"

宋灵均这才放开了秦文朗。

她仰起头贴着他的耳畔嗫嚅道："宋灵均，谢谢你相信我。"

他低头，脸颊几乎挨着她的脸了，然后轻声说道："别担心，我来处理。"

四周都是眼睛，莫侬斐脸上顿时生出了红晕，感觉有些尴尬。

他却视若无睹，继续摸着她的头发，姿态亲昵。

冉雪看到两人亲昵的情景，脸色凛然一变，心里翻起了巨浪。

地面挖开之后，众人惊呆了——地底居然被掏空，建起了一栋栋的"小房子"。

"这……这是地下室？"众人咂舌。

赵琦和秦文朗面色不善，冉雪也是一脸震惊。

"原本支撑建筑物的土地，被挖空建了很多地下室，不是开发商为了利润，就是业主瞒天过海辟出来的。这是完全无视建筑安全问题，为了私利做出的豆腐渣工程。你告诉我这是怎么回事？"宋灵均环抱着双臂，锐眸似冰霜一样望向冉雪。

"我怎么知道？兴许是业主偷偷改造的？"冉雪咬着嘴唇，她确实不知情,如果不是今天到了这里,她也不知道地下被挖成了这样,"灵均,你不相信我?"她有些失望,宋灵均不满的态度让她很难堪。

"私自破坏我的设计,是违反合同的。你是负责人,我要求你立即动手复原修补,否则,我会提起诉讼。"宋灵均严厉地开口,随后他一把拉过莫依斐的手:"我们走。"

"宋灵均,谢谢你的信任。"在她察觉到土壤下的不同寻常时,没有想到他会在投资人的阻止下无条件地相信她。

他狭长的双眸一沉:"既然了解你,自然就要相信你。有人敢在我的眼皮底下动土,绝对不能容忍。"

莫依斐心里涌起一阵异样的情愫,平时接触到的对上级或者客户虚与委蛇的人多了,这样的硬汉性格,她还挺欣赏的。现在她很是开心,活了二十多年,他是唯一对她的能力给予充分肯定和维护的人。

秦文朗对她冷嘲热讽,他上去就给了秦文朗一拳的举动,简直男人味爆棚啊!

经过这段日子的相处,他体贴温柔、刚正不阿、偶尔还有些小傲娇,这些都让她心动不已。

宋灵均看着她脸色绯红发怔的模样,感觉有一只无形的手在挠着自己的心,于是他戏谑道:"他们说,我是为博红颜一笑,掘地三尺也无妨。你怎么看?"

莫依斐的脸立即红得更甚,抬起头,支吾着转移话题:"这是哪里,这么高级。"

"我家,你可是第一个敢不换鞋就踏进这里的人。"

她愣了愣,看着这纤尘不染的地面,有些歉意。

两人的视线突然交织在了一起,他俯下身子,嗫嚅道:"莫依斐,你是不是喜欢我？"

"啊？"她怔住了，正要辩解，他炙热的唇就覆盖上了她的。

柔软、水润、香甜，她特有的馨香，让他浑身犹如被火点燃了一般，于是不由得加重了力道，大掌也圈住了她纤细的腰肢，有股迷幻的张力在两人之间腾空而起，她觉得自己犹如踩在云端。

她心里有点乱，有点酥，但心里也有点兴奋。被他牵引着主导着，她攀附在他手肘上的柔荑能清晰地感觉他肌肉的紧绷和力量。

男性蓬勃的热力和占有欲望让她浑身都燥热了起来。

他突然手臂用力，将她整个人抱了料理台上，这样两人的高度刚好，她在他墨黑澄湛的眸子里，看到火烧火燎的欲望，而她的脸上已经一片绯红。

面前的他显然并不满足，于是俯下身子，将她整个圈住。她伸出双手，有点不知所措，他双眸一沉，抓住她的双手搭在自己的脖颈上。

两人之间紧紧相贴，半晌后，他才离开那片柔软。他低下头，嗅着她的头发，一只手还紧紧揽着她的腰。

"宋灵均，是你先喜欢我的！"莫依斐清醒过来，双眸里弥漫着水雾。

"是你先撩拨我的！"

"我哪有？"

"反正就是你先撩拨我的！"

她双颊酡红，这段日子两人每天都是在微信上各种怼，但她不得不承认，每晚临睡前，如果没收到他的微信，自己心里就会有些失落。

她看着他的眉眼，伸手握住了他的手。他的手修长又厚实，是典型的艺术家的手。

"宋灵均，难道你不会觉得我很麻烦？"

他双眸幽深，滚烫的额头贴上了她的额头："不会，就喜欢你这傻样。"

"其实，我现在觉得你也挺傻的。好歹你也是个颇有名气的建筑师，结果你上去就给了秦文朗一拳，得罪了那些投资大佬，你不怕以后没有人找你设计房子吗？"她噘着嘴说道。因为透视能力，她有时能看到别人看不到的东西。也因为这种事情，她在职场上不太走运。

"你是不是担心以后跟了我没钱啊？"宋灵均蹙了蹙眉，有些不满。

"我是这种人吗？再说了我要钱干什么，我吃土就行了。"听到宋灵均的话，莫依斐涨红了脸，连忙辩解。

"也是，你放心，你跟着我，保证你吃土不愁的。"他促狭一笑，嘴唇就再次侵袭上来。

这晚，莫依斐不知醒醒睡睡了多少次，当她再次睁开眼时，月光正如流水般倾泻在窗棂上，亚麻色的窗帘被微微吹开，送来了清新的雨后空气。

她侧眸一看，宋灵均躺在她身侧，结实的胸膛依然紧紧贴着她，手臂更是将她圈住，严丝合缝，没有一丝缝隙。

莫依斐吐出一口气，刚抽出一只手，宋灵均却像猎犬失去了猎物一般，很快地把手探了过来。莫依斐无奈地在他耳边嗫嚅："灵均，你别这样，我睡不着。"

闻言，他微微一笑。她浅嗔薄怒的模样，让他整颗心都荡漾起来，这就是他的小女人，真好。

宋灵均前胸贴着她的后背，将头亲昵地凑在她耳畔："这样就不敢面对我了，那以后……"

"停！不要再说这个话题！"莫依斐捂着耳朵，耳朵早已羞红。

"我是说睡吧，你在想什么呢。"身边的人戏谑道，双眸里满是温柔

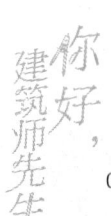

的笑意。

莫依斐脸一红,将被子蒙在头上。

后来的很多个夜晚,他都会想起这个晚上她的温柔缱绻,竟是他最珍贵的回忆。

这晚有人修成正果,也有人怅然若失。

蔺晨忙完警队的活回到家里已是深夜,他没有住在警队宿舍,家境小康的他,在父母的帮助下买了单身公寓,他一走出电梯,就看到家门口蹲了一个人。

"雪儿?"

冉雪抬起头,一双美目泫然若滴:"呜,你怎么现在才回来,我腿都麻了。"

蔺晨赶紧将冉雪扶进屋,冉雪轻车熟路半躺在他沙发上,他给她泡了她最爱的玫瑰花茶,递到她手里。

手里温热的茶让她的心情缓和不少,她看向蔺晨:"宋灵均觉得我和股东们为了私利扩大建筑面积私自建地下室,你怎么看?"

"你不是这种人,你绝对不知情。"蔺晨斩钉截铁道。

冉雪听了,累积了一天的郁闷之情总算消除不少。

今天一天真的累得够呛,宋灵均责怪她,股东大会也在调查真相怀疑她,她这才发觉身边连一个值得信赖的人都没有。只有蔺晨,总是无条件信任她。他对她有意思她很清楚,但她就是对他缺了点火花,只能把他当无话不谈的朋友。

"谢谢你,但其实我真的没有你想的这么完美。有一件事情,压在我心里很久了,我想告诉你,是关于晨曦的。"

晨曦失踪前的一段时间，曾经向她咨询过如何移民澳洲的事情，当时晨曦提出想去澳洲开演唱会，当时他们三人都表示愿意投资，之后晨曦委托她办理过澳洲账户，并将自己不少的钱全部汇入了澳洲的账户。当时她认为是正当的投资，没有放在心上，且晨曦一直要求她保密，她明白宋灵均父母的性格，也就一直没声张。

后来晨曦失踪，她心里惴惴，但想着应该和澳洲的事没什么关系，就一直没提。后来她想办法把那笔钱打回了晨曦国内的账户，宋灵均的父母提取了之后，一直都相安无事。

但今天御园湾地下室事件之后，她不由得对他们三人的人品产生了怀疑。

"他们三人都是不错的生意伙伴，之前都没有出现过信用问题。但这次御园湾事件，我不得不怀疑他们。蔺晨，能帮我的，只有你了。"冉雪揉了揉额心，心里隐隐不安。这个节骨眼上，唯一能站在她身旁并且信任她的人，只有蔺晨。

莫依斐推开门，看到宋灵均站在圆桌上，抬起头正在取头顶上的吊灯灯泡。

她猛地咽了咽口水，都说认真工作的男人最帅，但她觉得嘛，换灯泡时的男人更帅。

他卷起裤腿，显出了他好看的脚踝，宽肩窄腰，体格匀称又结实，还有那衬衫下若隐若现的人鱼线……

她放慢脚步，走上去微微抱住了他的腿："老板亲自换灯泡，要不要我帮忙啊？"

宋灵均愣了愣，听到她撒娇的声音，嘴角勾起一丝宠溺的笑："快放开，今天有客户。"

"宋先生，这位是？"身后突然传来声音，莫依斐吓了一大跳，脸红耳赤地慌忙弹开，视线对上了门口的一个男人。

莫依斐低了头，尴尬地笑道："不好意思。我、我是……"

"我女朋友，一紧张就容易结巴。"宋灵均哂笑道，对门口的男人介绍着莫依斐。

"女朋友？莫依斐？"

这时候，她才察觉这个声音有些熟悉，仔细一望，这男人阴柔秀美，一双眸子澄湛明亮，她好像在哪儿见过这个人。

对面的男人轻轻地朝她开口："莫依斐，还记得我吗？邹永刚。"

"是你？"时隔多年再次听到这个名字，莫依斐有些吃惊，但怎么也不能把眼前这个男人和记忆里那个瘦弱忧郁的少年联系起来。

记忆里的他，总是沉迷寡言，双眸里有着和年龄不相符的成熟，他是她高中的一段朦胧而又青涩的记忆。那时的他们，是全班最穷的两个学生，每年的贫困奖学金申请，两人就坐在一起，交流着。

后来高中毕业，她听说他去了外省打工，之后就再无他的消息了。

第六章
依稀少年时光

Sweet love

"邹越,你们认识?"宋灵均偏头看向邹越。

邹越?他就是漪市有名的商人邹越?听说他是来自澳洲的华裔商人,近期衣锦还乡,在漪市做了很多慈善活动,也投资了很多商业项目,是媒体报道的商业新贵。

居然是他!

"我和莫小姐是高中同学,也是……"

"班干部!我们之前一起当了三年的班干部。"莫依斐扬起脸,连忙说道。

邹越听了,眼神暗淡了一下,没有反驳。

莫依斐心想,宋灵均这个人爱面子,要是知道自己曾经跟邹越关系还不错,估计又得絮絮叨叨个没完,多一事不如少一事。

宋灵均瞟了她一眼:"看不出你这德行,还能当班干部。"

她讪讪地笑了笑,平时这个时候肯定在反击了,可现在,她有些词穷。

宋灵均看着她不安的样子,双眸一沉,邹越的出现,竟让她如此慌乱。

邹越倒是很绅士,对着宋灵均说:"你眼光很好,我上个洗手间。"

邹越离开后,宋灵均轻轻在莫依斐额头上一弹:"装淑女?"

莫依斐心里有些涟漪,但很快就调整好了。

她冲他笑了笑:"我这不是为了让你的客户有个好印象吗?"

说完,她转头往后头洗手间的方向望去,宋灵均挡在了她面前:"你敢看,我把你眼珠子挖出来。"

邹越靠在洗手间的墙壁上,手里夹着一根烟,这么多年过去了,没想到再次见面,竟然是这样的情景。

她依然和那时候一样,开朗活泼,眼睛里仿佛有星星。

但他没有想到,她居然没有第一眼认出自己来。他心里泛起一阵酸涩的感觉,吐出一口烟,透过袅袅的白烟,仿佛能看到她扎着马尾,眼睛瞅着他的样子,笑容明媚,像是能洗涤他身上的阴霾。

而当他终于从阴霾里重生过来后,却发现他们已经被时光的洪流冲得南辕北辙,天各一方,如今她竟然成了宋灵均的女朋友。

呵,真是讽刺。他清澈的瞳仁里逐渐涌上一层阴霾,跟刚才温和有礼的样子,判若两人。

手中的烟快要燃尽时,他便将烟头碾灭,走了出去。

邹越回国发展,大手笔买下了漪市一块地,聘请宋灵均为他打造一处依山傍水的别墅。

两人坐在办公区一起探讨设计方案,莫依斐也听不懂,索性去楼下玩手机。

过了快一个小时,才听到窸窸窣窣的下楼声,她抬眸望去,两人一前一后地下来了,但两人的脸色显然不是很好,有点僵。

以前就没少听到宋灵均嘲笑客户的审美,类似什么"你不懂就不要浪费我时间""你这种要求是不合逻辑的"的话语,她早就见怪不怪了。

"他这个人，有些性急。"邹越走到她身旁的时候，她满脸堆笑，忙着解释。

邹越偏头看向她，眼睛里晦涩不明，几秒钟之后才说："他很专业，我先走了。"

他说完，深深地看了她一眼后，走了出去。

莫依斐瞅着同样脸色疏淡的宋灵均，忍不住问："你是不是又说别人不懂？"

"我们走吧。"他眸色一动，没解释什么，拉着她就走了出去。

漪市街头，两人顺着人流往前走去。

莫依斐的个头娇小，宋灵均长手长脚，两人步伐有些差距，他习惯性拉着她，像是她的牵引绳一般。

"你跟邹越是高中同学，后来就再也没有联系了吗？"他想了很久，还是问了出来，语气中有某种压抑的情绪。

"是啊，我记得高考那年他落榜了，后来听同学说他去外地打工了，之后再也没联系过了。"她抬头，只见他深邃的眸子里闪过了某些未知的情绪。

"你怎么了？"她有些纳闷，他不会因此生气了吧，那些青春期的萌动算个啥事啊。

"没事，去吃椰奶冻？"宋灵均将手顺着她的腰肢箍紧，岔开话题。

刚刚邹越认出莫依斐之后，两人在讨论设计稿的时候，他总觉得邹越频频走神。后来他问了许多设计细节，对方明显心不在焉，答非所问。之前他看过莫依斐高中的照片，那个时候的她真的够丑的。什么情况下，一个人会在和另一个人阔别七年之后，一眼就能认出对方？还有莫依斐，不仅眼神闪躲，还想搪塞自己。算了，先别想这些有的没的了。

两人去到路边的一个冷饮店,莫依斐担心宋灵均习惯不了这里的环境,跟老板要了一个包厢。

莫依斐想了想,还是开了口:"博物馆最近有人事调整,要提拔一些人,我应该又评不上。情感专家说,男女只有势均力敌,感情才牢靠。这种势均力敌,主要包括能力、经济条件等方面,我有时候在想我们两个是不是差距有点大。"她有些沮丧。

宋灵均闻言皱紧了眉:"你是不是想找借口甩了我?"不知为何,今天看到邹越对她的态度,他就很不舒服,隐隐有些不安。

她正吃着椰奶,听到这话,一口椰奶呛在喉咙里,大声咳嗽了起来。

宋灵均无奈,坐到她身后帮她拍了拍后背,又喂她喝水,好一会儿她才喘了口气,忙着解释道:"不是,你会不会觉得我很没用啊?你知道啊,我身体构造有些和常人不一样……"

"你是不是嫌弃我不是超人或者蜘蛛侠啊?"听了她的抱怨,他蹙着眉开口。

"啊?"她傻眼了。

"上天让你这样一定有它的理由,你的确是挺特殊的。如果我把你的秘密捅出去,搞不好可以拿一笔巨额举报费。"

"宋灵均,你!"

他勾起唇弯成一抹邪气的弧度:"所以,别想甩了我。"

她抬起头,看到他深沉的眼睛,试探性地问:"所以,你是因为审美有别于常人,你才喜欢我?"

宋灵均没好气地敲了敲她的后脑勺:"鸡同鸭讲!"

两人彼此对望。

她脸上重新挂上了笑容,他则是一脸无可奈何,心里却有丝丝的暖意,荡漾在心间。

他想着，以自己的收入，应该是够养她了。这丫头又是吃土的，超级好养，以后他还可以带她去土耳其、爱丁堡、摩洛哥等地，吃遍全世界的土。

温馨被宋灵均的手机铃声打断了，宋灵均有些生气地掏出手机，看到是蔺晨后，本想挂掉，想了想还是接通了电话，只是语气有些不好："有什么事？"

蔺晨焦急的声音通过电话传了过来："灵均，出事了，你快打开手机去看微博热搜。"

莫依斐在旁边听到了，连忙打开自己的手机。微博搜索第一的就是晨曦。她点进去一看，才发现是晨曦的视频。

在这段视频里，晨曦衣着性感地躺在桌球桌上，表情迷离。

发布这个视频的人并没有露脸，但是他在视频中的话充满调侃："乐坛玉女晨曦，以甜美的歌喉和清纯的长相获得了观众的喜爱。但她在三年前只发了一封告别乐坛的信笺就离开了演艺圈。几年过去了，她的私人生活从未向公众曝光过。近日，有人向我们爆料了晨曦的私生活视频。视频中的她，衣着性感，跟以往形象大相径庭。看来私底下的晨曦，似乎跟舞台上的她有很大的区别。有人说视频中的她貌似是吸食违禁药品后的症状，神志不清。"

莫依斐仔细看着视频里的晨曦，感到十分生气，网络暴力无处不在，这样恶意传播晨曦的视频，做这种莫须有的臆测，对当事人是巨大的伤害。她握住了宋灵均的手后察觉到他在微微颤抖，表情愤怒，像一头即将要爆发的狮子。

"这个人，到底是谁？"宋灵均声音嘶哑，显然是在隐忍着内心的怒火。

"你是说，有人故意针对晨曦？"

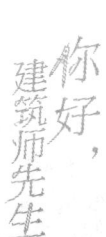

"应该是！"慢慢压制了自己的怒火，宋灵均眼中闪过一抹精光。

周六博物馆依然要上班，莫依斐被派遣到一个明清时期的古建筑群做文献校正工作，馆长特批她工作完可以直接回家。

等她忙完，已是下午时分。

初秋时节，这里粉黛瓦墙、青竹绕墙，院落宽绰舒朗，她兴致勃勃地玩起了自拍，这时有工作人员告诉她说后面不远处有温泉SPA馆，可以去放松下。

她想着择日不如撞日，便走出去沿着指示牌走到了温泉会馆。

这家会馆生意火爆，她进去的时候，被告知只剩下一间双人汗蒸房了，她想了想，汗蒸就汗蒸吧。

交了钱，换了衣服，她走进汗蒸房就看到了冉雪，冉雪露出吹弹可破的双肩坐在那儿，宛如一幅美人出浴图，但这美人在看到她的第一眼，目光就变得咄咄逼人："今儿什么日子啊，什么人都能撞上。"

"冉小姐，林子大了什么鸟都有，金丝雀才会坐井观天。"莫依斐淡淡地怼了回去。

冉雪冷哼一声，嘴角逐渐浮现一丝讥讽的笑意："女人跟女人之间，真的有很大的区别。宋灵均这种完美主义的男人，怎么会看上你？"

莫依斐的脸颊立即红了，想起一句话：体重不过百，不是平胸就是矮。

她，两者都是！

从前她是不太在意形象，现在恋爱了，说实话，她心里还是希望在对方眼里是美丽动人的。

"宋灵均说我很好看！"

"是吗？这种话，他以前对我说过无数遍！从我的头发夸到我的脚趾头。"

"你胡说!"

"我干吗骗你?男人嘛,都是贪图新鲜,宋灵均这种高才生,被压抑得太久了,遇见你,就想换个口味。"

这席话彻底点燃了莫依斐的战斗力。她正要辩驳,外面突然传来一阵男声:"还有汗蒸房吗,我要包间。"

"山田先生不好意思,已经满了。"

莫依斐心中寻思着这男声怎么这么熟悉,一旁的冉雪却起身站起来,披了外套十分气愤地往外走:"老板,我要退房!"

莫依斐也跟着披了衣服往外冲:"冉雪,你把话说清楚!"

两人刚到门口,莫依斐一愣,竟然遇到了山田和邹越。

她有些不自在,旁边的冉雪却猝不及推了她一把,她脚下一滑,就摔了个狗吃屎。

莫依斐咬牙站了起来,眼睛里燃烧起熊熊火焰。

老虎不发威,你当我是病猫?

莫依斐伸出双手揪住了冉雪的头发,冉雪尖叫着,两人扭打在了一起。

山田、邹越和一众服务员蒙了,费了老大的劲才把两人分开。可两个女人仍然势同水火,劝了好半天两人才休战,各自回家。

汗蒸房里,山田和邹越相对而坐。

山田冷笑道:"女人就是这么肤浅,为了一个男人,不惜大打出手,真是可笑。"

邹越两手搭在膝盖上,缓缓合上了眼睛,心中怅然若失,她还是没变,只是,心中的那个人,已经不是他了……

夜晚，冉雪走进蔺晨家，蔺晨像盯着一只企鹅一般看着她：从来妆容精致的冉雪此时头发散乱如一头小狮子，衣服也有了褶皱。

听了冉雪的话之后，蔺晨朝她摇摇头："山田和邹越的谈话，完全正常。"

冉雪沮丧地跌坐在沙发里："山田的行程向来隐秘，我费了那么大的劲装监控，还好巧不巧撞见了莫依斐，加了一场戏，真不知道宋灵均怎么会喜欢上那种母老虎。"

蔺晨哭笑不得："雪儿，你是不是紧张的时候就容易情绪激动啊？"莫依斐风风火火的性格他早就见识过，这两个女人看着都柔柔弱弱的，但其实都不是吃素的。他还是第一次看见冉雪这副样子，倒也觉得挺可爱的。

冉雪听了，调整了一下坐姿，立即柔声淑女地说："蔺晨，能不能帮我沏杯茶？"

看到冉雪又变成了之前的优雅淑女，蔺晨赶紧帮她沏了一杯茶过来。

次日蔺晨回到公安局，重案组工作人员调出了山田和邹越的往来记录，两人在生意上有来往不足为奇。但同时，根据冉雪提供的线索，山田、赵琦、秦文朗，皆为御园湾项目的股东，生意圈都是共通的，那么邹越，很可能也认识他们。冉雪说是晨曦介绍他们和她认识，那晨曦，是否也认识邹越？山田既然认识晨曦，为何女作家高小英在创作以晨曦为原型的女主角时，他非常反感？晨曦几年前提出要去澳洲举办演唱会，澳洲方和她联系的人是谁？这四人之中，唯一有澳洲背景的，是邹越。

但目前看来，邹越的履历，无懈可击。蔺晨皱紧了眉头，陷入沉思之中。

周一下班，博物馆的同事们七嘴八舌地讨论周末秋游的事情。

"可以带家属，我带我男朋友去。"大家兴致勃勃，瞿薇薇瞥向莫依斐，"依斐姐，你带谁去呀？"

大家好奇地瞅向莫依斐。

莫依斐有些尴尬，假装清理桌面上的文件："我没有要带的人。"

"这样吗，我还以为你有了新男友呢。"瞿薇薇疑惑地说。

"没有这回事。"莫依斐摆摆手回答，心里有些酸涩，被冉雪奚落后，不知怎的，总觉得自己和宋灵均之间，有些不真实。

这周恰逢宋灵均出差，晚上睡觉前两人都会视频，虽然莫依斐表面上跟他有说有笑的，但他总感觉她最近有些闷闷不乐。

比如以前他出差她总会让他帮忙打包土壤，这次却一点要求都没提。

"我周五回来，给你带土好不好？"

"不用了，你忙的话就不必提前回来。我周末要加班，土还够吃呢。"

莫依斐虽然在笑，可宋灵均看了却很不舒服。怎么几天不见，他觉得小妮子在跟他刻意保持距离。

他正想质问，她便说自己困了，挂掉了视频。

次日宋灵均上班有些怅然若失，耿超向他汇报完工作后，问了他一句："老大，你周五回去，是赶着参加漪市博物馆的郊游吗？"

"郊游？"

"可不是吗，博物馆员工带家属的郊游，上次和他们聚餐完有个女孩老约我来着，我正踌躇要不要去。"耿超语气中有些骄傲，却在话落后发现他的老板脸色陡然就变了。

郊游？莫依斐说加班？

又想起上次她见了邹越后的表情，他心里就更加不是滋味了。

周六，莫依斐宛如木偶一般跟在同事们的身后，她这一周怎么就觉得心情莫名不好呢？

湖光山色、暖阳斜影，她不停地帮同事们拍照，看着他们脸上绽开的

笑意,她心里觉得特别不是滋味。她跟宋灵均撒了一个谎,可现在,心里反而更难受了。

"依斐姐,我帮你拍张照片吧!"瞿薇薇拉着她,"去前面,那里特别有意境!"

莫依斐被她拉着往前走去,前面是一片树林,有几棵树大概上了年纪,树干一分为二,枯萎凋零的树给人一种萧条之感。

"依斐姐,你可以站在树干上去摆一个造型,这样比较有感觉。我刚上去了,没问题。"

莫依斐"哦"了一声,踩到了那断成一截的树干,突然"咯噔"一声,她的一只脚完全陷了进去。她皱了一下眉,用力抬脚,却发现怎么用力也拔不出来,还有点疼。

"我的脚拔不出来了,你快叫龙庭过来!"

瞿薇薇点点头,立即叫唤道:"大家快过来帮忙,依斐姐的脚被卡住了。"

此时的莫依斐非常狼狈,同事们像看猴子一样看着她,她恨不得找个地洞跳进去。

龙庭捣鼓了半天,摇摇头:"不行啊,弄不出来。要不,打119吧?"

"依斐姐你是不是胖了?"

"我活这么久还是头次看到被树干卡住脚要打119的。"

听到同事们的谈论,莫依斐简直欲哭无泪。

眼看龙庭正要拿出手机,突然,一个声音传了过来:"莫依斐,你在那里干吗?"

众人循着声音望去,只见宋灵均往这边走来,伴随着簌簌落下的银杏叶,宛如一幅移动的画。

是宋灵均!

他来这里干吗啊?

莫依斐有些恍惚,等他走到自己面前,伸出手弹了弹自己额头,她才回过神来。

她有些羞愧地低下头:"我的脚被卡住了。"

他走过去往下一看,那裸露在外的细嫩皮肤已经擦破了皮,他又生气又心疼,没好气地盯着她:"抱紧我。"

"啊?"莫依斐有些不解。

他紧紧抱住她,男人坚硬的胸膛贴上她的身体,一股热浪袭来,她惊慌失措,这儿这么多人呢!

"莫依斐,你真想让消防员来救你然后上电视?"他又好气又好笑地开口。

她这才明白了他的想法,便听话地环住了他的腰。宋灵均已经想好了怎么让她的脚出来,找好角度之后,像拔萝卜一样轻轻地将她的脚拔了出来。

身边的同事发出"啧啧"的惊叹声,龙庭也满脸不可思议,毕竟他刚刚尝试了多种办法,都失败了。

莫依斐看着自己还被卡在树干中的鞋子,顿时羞愤地将头埋在了宋灵均的脖颈里。

"怎么那么倒霉啊。"

"这就是你撒谎的代价,加班?"他抱着她边往前走边控诉她。

"宋先生,请问你是依斐姐的……"博物馆的女同事们羡慕地望着两人。

宋灵均平静地回答:"男朋友。"

众人一片哗然。

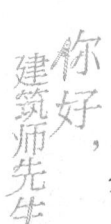

回到家，宋灵均抱着她放在床上，又拿了药膏替她抹上，这才放下心来。

他又替她拿了一双粉红色的小猪拖鞋："没有伤到骨头，涂几天药膏就会好。你试试，这是帮你买的。"

莫依斐挑了挑眉，第一次来的时候她就注意到了，这里没有任何女性生活的痕迹。

换上拖鞋，她心里又喜又羞怯："宋灵均，我错了。"

"你哪里错了？"

"我撒谎骗你说加班，是因为有天在温泉馆碰到了冉雪，她说你夸过她漂亮，我吃醋了。"

宋灵均听到后想了想，回忆道："那个时候是在一个企业的年会，她让我评价她的打扮，我说的是'你从头到脚看起来像一只贵宾犬'。她喜欢养狗，大概是觉得贵宾犬漂亮吧。要打电话对质吗？"

莫依斐强忍住笑，宋灵均这种直男真是不会对他不感兴趣的女人阿谀奉承的。

"不用，不用，我信你。"

"出来吃饭。"

"哦。"

等她走出来，只见红木的餐桌上放了几枝鲜艳欲滴的玫瑰，旁边摆放了几个别致的瓷杯子，她好奇地坐了上去。这才发现，这几个瓷杯子里，分别盛满了新鲜的土壤。

水晶高脚杯里，盛着她最爱的红酒，绽放着琥珀色的光芒。

而他坐在她对面，面前却是简单的一碗面条。

"吃饭。"

她愣了愣:"你和我一起吃?"

"一起吃饭啊。"他澄澈的瞳仁,一派清隽明亮。

她心里一阵诧异:"可是,我从来没有光明正大地当着别人的面吃过土。"就连她妈妈虽然支持她,内心深处还是接受不了,从来不允许她在家里吃土,更别提在一张桌子上吃了。

"那就从今天起好好习惯。"他稀松平常地说完,自顾自地吃起了面。

看着眼前名贵的餐具,莫依斐心里有涓涓的热流流过,他是第一个知道她秘密的男人,也是第一个给她准备泥土餐的人。

"这泥土的气味,会不会影响你的食欲?"

"我觉得比榴梿的味道好多了,你记住,家里不能有榴梿,除了这个,什么都可以。"

家?她怔了怔,这个词,让她愣了愣。这男人今天当着那么多人的面,说他是她的男朋友。二十几年来,第一次有人这么维护她,还给她做泥土餐,她心里一阵热乎。

她脸上涌上惆怅,想了想还是开了口:"有件事情我必须向你坦白,我不吃土的话,除了透视能力消失,我还会慢慢来不了大姨妈,会影响生育。所以,你还是要好好考虑清楚,要不要继续跟我在一起。"

莫依斐说完,心里有些忐忑,只好低下头掩饰自己内心的情绪。

宋灵均慢慢踱到她身边,将椅子轻轻拉开,将她的头揽进自己怀里:"那我就为你提供一辈子的土壤。"

她会心一笑,趴在他怀里,倾听着他强劲有力的心跳声。

"宋灵均,你为什么那么想建成万人体育馆?"吃完饭,她好奇地发问。

宋灵均愣了愣，说道："因为这是晨曦的梦想，也是我的梦想。你可以为了一座墓，没日没夜地工作；晨曦可以为了练一首歌，一个舞蹈，孜孜不倦地练习。你们都有相同的地方，即'热爱'，因为热爱，你们的人生才会完整。她曾经跟我说过，她希望有朝一日，可以在我设计的可以容纳几万人的体育馆里开唱。我就想着，如果我真的做到了，她是不是就会回来？"

莫依斐听着他讲述事情的缘由，心里涌上阵阵酸涩，他一直都是这样一个重情重义的男人，很幸运自己能遇到他，同时也为晨曦的去向暗暗揪心。

突然，一些思路涌了上来，她急忙问道："灵均，你还记不记得，那日在格林酒店，山田面对高小英时排斥的表情？我查过一些资料，高小英是一名作家，她的微博上经常会出现一些采访名人的视频。她这么有名，在名流界也很受欢迎，但那日为何，山田见到她，一副唯恐避之不及的模样？"

宋灵均点点头："她那日吟诵的诗句，里面有很深的讽刺寓意。难道是在讽刺山田，表面冠冕堂皇、背地里污浊不堪？"

"对了，那日我在温泉会馆，见到山田和邹越，他们也是认识的。"

宋灵均眸色一沉："邹越？"

莫依斐想了想，索性将高中时邹越的为人处世都说了一遍，省得他又心生不悦。

宋灵均听完，觉得邹越不过就是一个平凡的成绩优异的贫寒学子，但那日邹越看莫依斐的表情，让他很不舒服。

他们的过往故事，他可不想再听。

宋灵均去浴室洗完澡出来，看到她已经倒在沙发上，看样子是已经睡了。

想到她因为吃醋冷落自己的那几天,他感到了前所未有的烦躁不安。今天她坦白了,他心里又有些因为她紧张自己而吃醋的喜悦。

从来没有人,可以这样影响他的心情。

她翻了一个身,纤细的一条腿就横亘在他大腿上。

女人细腻如羊脂玉的肌肤让他浑身都燥热了起来。

莫依斐嗅到一股清爽的气息包围了自己,然后男性滚烫的躯体紧贴着她,她身体瞬间被点燃了。

他双手揉着她的头发,有无数的电流忽然划过她的头皮,让她浑身酥麻又亢奋。

她睁开双眸,只见宋灵均略微凌乱的头发紧紧贴着头皮,清幽的灯光下皮肤宛如白玉一般透亮,深邃的双眸幽深逼人,她的心没来由地一跳。

又是一夜旖旎。

夜半时分,宋灵均看着在自己怀里摆开一个大字形的女人,不由得笑了。

她睡相不好,简直是个"床霸"。

从前他很注重床的舒适度,买床都要测试硬度。

但如今有了她,他的一切生活习惯都打乱了。

可他,甘之如饴。

这感觉,像是经历了漫长的不经意的等待,终于在某一个瞬间,两条线找到了彼此不可代替的交叉点一样。

这一个月来,莫依斐陷入了有生以来第一次真正意义上的恋爱。宋灵均知道她所有的秘密,她无须隐瞒自己,生活从来没有这样轻松过,她也有了这二十几年来头次展露女人味的时候。

没办法，宋灵均实在太受女人欢迎了，她如果不拾掇一下，就要时时刻刻遭受人群中那些女人"好白菜被猪拱了"的白眼。

有一次两人去看电影，电影开始没多久，旁边一吊带短裙的女孩就暗暗瞄上了宋灵均，居然当她不存在，直接撒娇卖萌央求宋灵均帮她拧开矿泉水瓶盖。

莫依斐火冒三丈，心想如今的女孩真不是省油的灯，正打算出手，宋灵均却伸手搂住了莫依斐的肩膀，淡淡地对那女孩说："我的手要为我女朋友服务啊，看你肱二头肌的发达程度，应该是体校的吧，建议你自己的事情自己做。"

然后，她就看到了那女孩瞬间石化的表情。

"宋灵均，你怎么能判断人家就是体校的？"

"这种烂借口，我听过不下一百次。那是我随口说的，我总不能说，你这么胖会没力气这种话来伤人家自尊吧？"

莫依斐挽着他坚实的胳膊，笑得没心没肺："你还知道给人家留面子？当初我跟你套近乎的时候，你怎么就没有怜香惜玉？"

他伸出手往她后脑勺上一敲，接着说道："你也不想想你自己那时的态度和形象，也就是我这种受虐体质才能忍受。"

"所以，我们两个都是重口味咯，果然是绝配！"她将头靠在他胸膛，想起一句歌词：哥的胸肌，如果你还想靠。

如果可以，她想一直靠下去。

很少穿裙子的莫依斐，也开始破天荒地穿裙子、化淡妆。

宋灵均见了，发现她确实比从前精致耐看了，而且他也见识到了她温柔细腻的一面。

比如他是个大忙人，虽然有做饭的兴趣，却不喜欢花时间在无谓的事情上，连内裤和袜子，都是一次性的，穿完就扔。

有天，莫依斐提了一个大袋子东西回来，笑脸盈盈地对他说："快看我给你买了什么好东西。"

打开一看，全都是精梳棉的袜子，浅色的深色的都有，她笑着对他说道："以后，你的袜子和内裤，都丢到浴室我买好的分类篮子里，我下班回来就给你洗。"

浅浅的灯光照在她脸上，当初狡黠的眼神，现在对着他，已经变成了温柔和静谧。

他心满意足地大手一捞，她温顺地趴在他的胸口上。看到她这副乖顺温柔的样子，男人的征服欲彻底得到了满足：看，小野猫因为他，变成了小家猫。

夜深，邹越矗立在五星酒店的总统套房内，隔着透明的玻璃，俯瞰着万家灯火。

想起和莫依斐的重逢，她对他的陌生与疏离，她和宋灵均之间的你侬我侬，他浓眉紧拧，神色凛冽："看来，你真的把我忘了。"

他右手擎着一个玻璃杯，里面盛满了红酒，倏地转身，将玻璃杯狠狠地投掷在地上，那玻璃碎了一地，传来清脆的响声。

收拾玻璃的时候手机突然响起，他接通了电话，电话里的声音温柔中又略带忐忑："邹总，是我。我跟你秘书要到了你的电话，你现在方便吗？"

是莫依斐，听到她的声音后，他全身突然紧绷了起来，五脏六腑内有气流在上升："你说。其实你不需要这么见外，叫我名字就可以了，我记得以前……"

"以前的事情就不要再提了，邹越，你最近和我男朋友有一些合作，宋灵均这个人有些龟毛有些挑剔，但总体是好的，我想拜托你一件事情。"

"你说。"他握住手机的手微微有些用力。

"拜托你别跟宋灵均提起我们在高中时关系不错,他这个人爱唠叨,我怕惹来不必要的麻烦。而且,这确实不是什么事。"她温柔的声音带着几分恳求。

"不是事?"他眼神一沉,口气紧了几分。

"那是我们,年少无知。"她讪讪道。

他听了,捏着玻璃的手微微用力,直到殷红的血液慢慢晕染到手指,他才抿了抿唇,语气温和却十分寡淡:"好。"

而此刻在宋灵均家的莫依斐却暗自舒了一口气,邹越现在是成功人士,应该不会计较这件小事吧?

"这群网络喷子,成天吃了饭没事做!瞎嚷嚷什么!"罗昊不满地看着电脑里跳出来的新闻嚷道。

自从晨曦那段"疑似神志不清的视频"在网络上疯传之后,网络上关于晨曦的去向讨论就没完没了。有说她也许在国外加入了秘密组织的,也有说她兴许早已结婚生子的;另外一个热点就是高小英失踪这件事了,迄今为止,高小英依然下落不明。

"你过来!"蔺晨叫唤道。

罗昊走过去,蔺晨一手搭在桌面上,另一只手滑动鼠标,当电脑里显示出晨曦上了锁的日记后,重案组的成员个个都兴奋了起来。

这台电脑,是莫依斐通过透视能力在晨曦的豪宅中的阁楼夹板里发现的。宋灵均第一时间交给了警方。

晨曦的日记记载了身为一个歌星内心的喜怒哀乐。

虽然表面上风风光光,但私下的她,跟普通的女孩一样,会自卑,会紧张，觉得没有人能够了解她。唯一支持她的哥哥远在国外，所以她常常感到很孤独。而后面的日记，则提到了一个叫"J"的人。J先生的出现，让她觉得是"最美丽的意外"。

蔺晨心想，晨曦最敬爱自己的哥哥，这些日记应该让宋灵均看到，这样他能更好地了解自己的妹妹，也说不定能找出什么线索。

忙完手头上的事情，走出办公室，又是晚上九点了，他想也没想就径直去了宋灵均家。

敲开门一看，他就尴尬了，这屋里萦绕着一股温馨的两人世界的气息。

莫依斐坐在沙发上，见他进来，笑得有些羞涩。

宋灵均吩咐她去冰箱拿冰啤酒，这两人宛如老夫老妻一般，蔺晨连忙制止道："不用不用，我今晚是过来说正事的。"

莫依斐正想回房间回避，宋灵均对她说："依斐，是晨曦的事情，一起听吧。"蔺晨心想，看来宋灵均什么事情都告诉了莫依斐，他顿时有一种不习惯的感觉。想当年他们两个单身汉常常半夜三更跑到对方家里去喝酒，现在看来，以后要注意点了。

当他将拷贝的晨曦的日记展开时，宋灵均眼里噙了一丝泪花，莫依斐鼻头也有些酸涩，她拿了纸巾替他擦了擦眼角："认真看，她一定在等着我们。"

宋灵均点点头，两人便聚精会神地看了起来。

"这名J先生，占据了晨曦的内心。在晨曦眼里，他气质高雅、才华横溢，还是个电脑高手。但奇怪的是，晨曦在世界各地入住的酒店，从来没有出现过对方的记录。他明明知道晨曦是女明星，为何从不用自己的信息登记？可见晨曦对这段感情，略显卑微。冉雪坦白帮晨曦办理过澳洲转账，所以我们怀疑，此人是否有澳洲背景？我们锁定过邹越，但他虽然和山田认识，却表示从未见过晨曦。他是杰出企业家，履历无懈可击。目前暂时排除。你是她哥哥,有任何线索,记得通知我。"

他瞟了莫依斐一眼:"我先走了。"以往是可以在这儿留宿的,可今非昔比喽。

莫依斐正想挽留,宋灵均已经转头对蔺晨道:"辛苦你了,不送。"

蔺晨一边往外走一边耸耸肩,留在这里,简直会虐死单身狗。

宋灵均和莫依斐看完晨曦的日记已经是凌晨时分,后半夜两人都睡不安稳。笼罩在晨曦身上的谜团越来越多,而种种迹象都似乎在预示着——晨曦处于非常危险的境地。时间拖得越久,晨曦就多一分危险,可现在,他们似乎被某种看不见的力量遮挡,这让宋灵均如何睡得安稳?

而莫依斐,也是发自内心地为晨曦担心,不知为何,虽然跟对方没有面对面接触过,但她在心里早把晨曦当成了自己的亲人一般。

第七章
香消玉殒

邹越将莫依斐的资料打开,上面有她从大学到工作后的所有记录。

从青涩到成熟,唯一不变的,是她眼里的清澈。

山田敲了敲他办公室的门,他低声道:"进。"

山田将门带上,脸色复杂道:"警方那帮人,已经在调查你的澳洲背景,包括你的工作记录和工作证明。还有那个女考古学家,是个棘手的问题,不如……"

"你敢动她一根手指头试试。"邹越抬起眼睛,原本平和的眼睛浮现冷鸷的阴气。

就算现在,她和他站在对立的两个方向,他也不能容许,任何人伤她一丝一毫。

深秋的漪市,阴雨绵绵,万物萧条。

考古发掘组今天宣布了这次晋升人员名单。

龙庭略带不满地看着瞿薇薇的名字,他们这组本来最有资格晋升的是莫依斐,谁知瞿薇薇居然直接拿到了领导的推荐。今天她找莫依斐签名,却遭到了莫依斐的拒绝,瞿薇薇脸色就很不好。

龙庭明白各种道理:莫依斐行事太过冒进,领导心有顾虑。而瞿薇薇,嘴甜,擅长经营人际关系。

龙庭想了一会儿,还是发了一条微信给莫依斐:"不管别人怎么看,组长你在我眼中,是最称职的考古专家。"

莫依斐收到后,对他比了一个"V"。龙庭这小伙平时看着傻乎乎的,生活中也有暖男的一面。

不过,现在她可没精力应付什么职场危机,她整个心思都被晨曦占满了。

还有就是宋灵均,自从那次在公园跟她告白以后,她就没少被女同事八卦。

吃中饭的时候,莫依斐被一群女同事包围了。

"依斐,女人最重要的是嫁得好,这次没晋升有什么关系啊。依我看啊,当建筑师太太,更加有诱惑力。"

"就是啊,人家设计一栋房子的报酬,够咱们多少年的工资啊?"

中午在食堂,莫依斐被一群玛丽苏情怀的女同事包围着,她们叽叽喳喳地劝她想开点。

婚姻?她可从来没想过。

"太太?我没想过结婚。"

"啊?"众人面面相觑。

莫依斐揉揉额头:"我是不婚主义者。"

众人一阵哗然,她感觉众人看她的眼光,像看珍稀动物般。

瞿薇薇正好经过,冷笑了一声:"有时候不按常理出牌,倒是很能诱惑男人。"

莫依斐站起来,目光锁定她:"瞿薇薇,你是在说我吗?"

她真是有些忍无可忍,明明都是女人,为何要说一些贬低女性、物化女性的话?她教瞿薇薇专业知识、为瞿薇薇修改材料,瞿薇薇却只想着用各种关系为自己铺桥搭路。

莫依斐径直朝她走过去:"你是不是认为我没有给你的推荐签名,是我的不对?但你有没有想过,要胜任一份工作,需要什么样的专业素养?就好像你认为我试图用手段吸引男人,那你有没有想过,为什么他会选择我,而不是别人?这些道理,其实都是相通的。我不知道你是怎样拿到的晋升推荐,自己想要的东西努力去争取这没错,但有一点我要提醒你,没有金刚钻别揽瓷器活,不是所有的女人都想靠男人获得归属感。"

瞿薇薇的脸一阵红一阵白,莫依斐没给她的晋升推荐签名,她心里一直不平衡,这会儿被莫依斐当着大家的面奚落,更让她难堪。

龙庭沉默着,想到莫依斐和宋灵均在一起,他心里也不是滋味。

下班时分,莫依斐接到了高中同学六月的一个电话,说今晚有个同学聚会,几年没见,叫她一定要出席。

她想了想,在学校的时候,六月没少帮她,于是就答应了。

"跟你说啊,你的初恋也会来,你还记得不,就是邹永刚。不,现在应该叫邹越了,全球知名富豪,真想不到啊,依斐你当初就应该抓紧他。"六月在电话那边雀跃着。

莫依斐听到后眉头一紧,突然有点不知所措。邹越也会来?那就别告诉宋灵均了,就发条微信给他说今晚博物馆开会好了。

打定主意,她随便收拾了一下就出发了。

去到酒店很顺利就找到了同学聚会的大厅,人已经来了一大批,六月看见了她便朝她招了招手:"依斐!"

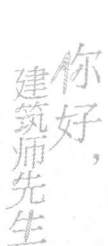

她连忙走了过去，这时候不少同学都认出了她，冲她打着招呼，她也一一回应。

应付完同学之后，六月拉着她坐到了一起。

看着六月意气风发的脸，莫依斐笑着打趣："你还是老样子啊。"

"哪里，依斐你倒变了不少。谁能想到，当初你看个鬼片都会尖叫，结果现在每次约你，你都待在墓里。"

莫依斐"扑哧"一声笑了出来，回忆起那段青涩时光，时光荏苒，一晃大家都变了。

这时大厅里一阵喧哗，莫依斐循着人声望去，只见邹越穿着一身手工剪裁的西装，在一众发福的男同学中，格外醒目地走了过来。

模特般的身材、俊美的容颜顿时引来了女生们的窃窃私语。

六月凑在她耳畔，小声道："当初的校草变成了胖子，不起眼的男生倒是蜕变成了男神，真是人生如戏啊。今天聚会的花销，邹越说他全包了，还给每个女生准备了一个 LV 包包。我还听说啊，当年高考，他分数线其实挺高的，却没去上学。不过也没关系，你看，是金子总会发光。"

莫依斐一阵诧异，当年邹越上了重本分数线？

那为何……

她正想向六月再打听时，邹越已经径直坐到了她身旁的座位上。她偏过头，看到他澄澈的目光里有淡淡的笑意，她便也浅浅一笑。

"哎，莫依斐，当初高中的时候，你是不是一早看出了邹越是潜力股啊？我记得那会儿，春游你们都不参加，后来有人说撞见你们在朝阳街一起玩呢。你们，是谁先主动的啊？"有一个女同学在一旁打趣道。

同学们听了便起哄，有人继续戏谑地发问，让莫依斐不知所措。

她觉得尴尬极了，正要开口解释，一旁的邹越开了口："是我。"

周围又爆发出阵阵惊叹声,莫依斐表情尴尬,只好拿起桌子上的杯子喝水。

他看向她,眼里翻腾起她看不懂的波涛:"难得聚会,随他们吧。"

吃吃喝喝了一阵,莫依斐实在是觉得气氛有些尴尬,便跟六月打了个招呼,准备回去。

拿出手机看了看,刚登上微信就看到宋灵均的微信一条接一条,最后一条是:"我到博物馆了,没看到你。"

她倒抽一口冷气,这条信息发出的时间,距离现在已经过去了半个小时。

没有再停留,莫依斐赶紧走到路边,正准备打车,邹越在背后叫住了她:"莫依斐,我有些话想对你说。"

他声音温润低缓,莫依斐便停住了步伐。

"我知道高考结束后,你去过我家找我。我很抱歉,当年不辞而别。"

他的这席话,让她有些茫然,不知道该怎么回答。

他上前,男人复杂的气息窜进了她的鼻息:"对不起,是我错了,当时我觉得,既然给不了你未来和希望,那还不如不见。"

莫依斐攥紧手,搜肠刮肚地组织着语言:"邹越,那是好多年前的事情了。当时的我们太年轻,我是难过了一阵子,但你并没有犯什么错啊。如今事过境迁,大家各自安好,往事就不必再提了。"

邹越听了,眼神逐渐暗淡了下去。他看着眼前的她,脑海里的她和七年前的她交织在一起,他终究还是来晚了。

莫依斐正站在公路旁边,这时有尖锐的汽笛声响起,明晃晃的车灯在两人之间形成恍惚的光圈,她脸上微微变色,邹越一个箭步上前,一个回旋避开了急速驶来的面包车,将她牢牢箍在了怀里。

莫依斐惊魂未定,抬头就看到不远处一个熟悉的高大身形,那人双眉紧蹙,望向被邹越抱紧的她,就那样站在那里,不知道站了多久。

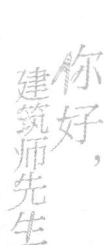

此时的邹越，在触碰到莫依斐的一瞬间，整个人都愣住了。

曾几何时，他一直在梦寐以求这个场景，但当这一切来临时，他却觉得有种不真实的感觉。

而当她从他怀里挣脱，叫出宋灵均的名字时，他脸色一冷，抬眼就看到宋灵均大步朝这边走来，大力地将她一拉，拉入怀里。

两人四目相对，宋灵均眼中满是怒火，而邹越浅褐色的瞳仁里聚集了挑衅。

莫依斐心想这下完蛋了，于是小心翼翼伸手拉了拉宋灵均的衣袖，在他耳畔呢喃道："灵均，刚刚是我没看到后面的车辆，是邹越救了我。"

宋灵均没有回她，眼睛还是看着邹越："谢谢你对我女朋友的'关心'，你真细心，就是这份心，不要用错了地方。"谁都听得出他话里有话。

她忐忑地抬起头，男人都爱面子，宋灵均更是超级爱面子。

她几乎是被他拉进车里的，她内心整理了一下说词，将脸部肌肉调整到柔和的状态："灵均，对不起啊，我今天骗你是因为……"

"莫依斐，你知不知道我找不到你有多着急！你居然骗我！我像个傻子一样在博物馆门口等了你一个小时！而你居然在参加同学会！你是不是特别懊恼我打扰了你们旧梦重温？"

他将车速提高，她被窗外灌进的大风吹得脸凉飕飕的。

就这样听他一路发飙了半个小时，最后车子拐弯，在她宿舍楼下停了下来。

宋灵均偏头："解释加道歉！"

莫依斐揉着一头宛如狮子般的乱发，点点头："我承认，当年我和他是很聊得来的同学，但没有任何僭越，后来一别两宽，各生欢喜。今天我去同学会，因为是一个高中对我特别关照的女同学约我去的，我想着无论如何要见见她。同学聚会，少不了说起过往，我怕你多想，就对你撒谎了。那些曾经都烟消云散了，在我心里激不起一丝水花。我男朋友才是男人中的极品，有了他，其他的男人只是浮云。"

先做检讨，再捧高对方，这是她总结出来的经验。

宋灵均睨着她黑白分明正骨碌碌转的眼睛，心软了几分："以后不准再犯了。"

她点头如捣蒜，像只猫咪般蹭到他的肩膀上："其实我今天觉得特别无聊，也特别想你。以后啊，我去哪儿都要黏着你，让大家见识见识我男朋友的高大形象！"

宋灵均："……"

一席话拨动得宋灵均内心柔情万丈，再强硬的男人也招架不住。刚认识她那会儿，觉得她狡猾奸诈，现在只觉得可爱得不得了。

这小妖精，成功地让他的不快烟消云散了，于是两个人一起上了楼。

莫依斐回到宿舍，一开灯就吃了一惊，昏黄的灯变成了最新的节能灯，屋里的家具也焕然一新，实木质地的餐桌和真皮沙发，在灯下闪闪发光。

"这是我宿舍？"

她回头便看到宋灵均斜靠在门口，双手环抱在胸前，眯着狭长的眼睛："我最近会过来住，就稍微改了一下。"

他瞅着她，这妮子最近频繁加班，说什么不想让同事议论不让他去接就算了，晚了还不愿意回他那儿，他只能走这步棋了。

"我说你这个人怎么过得这么粗糙，电灯不亮，水龙头和淋浴头都堵塞严重，这你也能受得了？"他皱着眉走进来，"去浴室看看。"

莫依斐走进去，立马发出一阵惊叹，他给她安装了一个玻璃门，还有超大的淋浴头，舒适又卫生，再也不用担心整个浴室弄得湿湿的了。

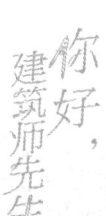

宋灵均就是宋灵均,既有理工男动手能力强的一面,又有艺术格调。

"就剩你这浴室灯我还没换,去客厅把茶几上那个工具箱拿过来。"他站在盥洗台上,转过身指挥她道。

"哦。"她上次就把钥匙给了他,现在他俨然一副男主人的样子,好有男人魅力啊!

她拿着工具箱,望着站在水台上脱了衬衫的男人,宽肩窄腰,双腿笔直颀长,还有那完美的背部线条,让她看得入了迷。

他连说了几句递螺丝刀,发觉没反应,转过头就看到她盯着自己痴迷入神的模样。

"喂,灯亮了,你才能更好地做你脑袋里想的事情。"他低沉磁性的嗓音,带着戏谑。

莫依斐一张脸涨得通红:"我才没有。"

"没有什么?"他低头俯视她红润的潋滟的脸蛋,嘴角勾起一抹邪气的弧度。

装好灯泡,白炽灯明晃晃地亮了一室。莫依斐望着他宽阔的后背,听着他命令自己的语气,突然感觉很温馨。

"你发什么呆?"他跳下来,站在她面前,她却一副神游太空的模样。

"你真的要住这里哦?"

"嗯,这里都是我的。"这种旧房换新颜,对他一个拿过美国建筑大奖的建筑师根本不算什么,等以后她看了他设计的新房,肯定会跳到他怀里对他说一堆崇拜的话,想想就带劲。

莫依斐笑了笑,突然瞅着浴室那块隔离玻璃:"宋灵均,为什么这块玻璃不是透明的?"

他挑挑眉:"防火防盗防色狼。"她能透视墙,他总不能一切都在他媳妇眼皮子底下无处遁形吧?

莫依斐:"……"

睡前两人说了说今天工作上的事情,莫依斐主动谈起了晨曦的日记。

"我原以为我和周围人的格格不入是因为我性格中的一部分缺失,但他居然出现了,他能理解我所有即兴的冲动和疯狂的念头。认识你真好,J。"宋灵均读到晨曦写的这句话时,深深为自己没有关心妹妹而自责。

莫依斐皱紧了眉头:"这个J,似乎左右了晨曦的内心。可如果只是普通的交往,为什么会找不到J的蛛丝马迹?"

"我总觉得他有不可告人的目的。"宋灵均的眼神明明灭灭,右手攥紧成拳。最近发生的一系列事情,让他心里隐隐透着一股阴霾。

宋灵均揉了揉额心,神色焦虑:"晨曦她很有艺术天分,很敏感,但有时候也会反复无常。比如说有时候全家说好去看文艺电影,但去到那里,她又会突然要看恐怖电影。父亲责骂她,认为她不稳重,长此以往,她就养成了不在人前表达喜好的习惯。后来我去了美国学建筑,父亲觉得学理工科才是正道,我因此压力颇大,只好没日没夜地学习。因为时差的关系,她几次深夜打电话给我,我状态都不好,也就没有好好听她倾诉。"他说这话的时候,双眸暗淡,悔恨、焦虑、惶恐的情绪在里面一起翻滚,她在他的眼睛中第一次看到了害怕。

血浓于水,骨肉亲情是世界上最难以割舍的联系枢纽,晨曦是他唯一的妹妹,让他如何不忧心。

他皱着眉:"依斐,对不起,因为这件事,让你也没能休息好。"

"我没事,我也很想见到晨曦。我觉得,我可以跟她成为很好的朋友。到时候,你一定要好好介绍我们认识。"

宋灵均低下头,下巴顶着她的头,她的温柔是唯一可以慰藉他的冲剂,她也是他唯一可以倾诉的对象。对着她,就能让他疲惫尽散,千言万语,只想对她一人诉说。

月黑风高,乌云缭绕,当他们互相依偎之时,楼下的某处角落,有一道幽深锐利的目光,伴随着望远镜的镜光,散发着阴冷的气息。

翌日,莫依斐起床就觉得头有些晕晕的,整个人的状态非常不好。

通常她状态不好的时候,就说明会发现——那种东西。

"依斐姐,告诉你一个好消息,今天咱们的发掘地又挨着宋建筑师的工地哦。听说宋建筑师要给知名企业家邹越设计别墅,离咱们文物发掘地不远,很多女组员都报名了这次发掘。"一名男组员见到她之后,就告诉了她这个消息。

莫依斐皮笑肉不笑,名草虽有主,还是有人想来松松土!

那次宋灵均在公园承认她是他女朋友后,她就成了女同事们议论的焦点。她这个人不习惯成为焦点,能低调就低调,所以拒绝了宋灵均接送她上下班。

他抱怨跟她相处跟打游击战一样,接送她都要把车停在博物馆前面的前面的停车场。他说从来没见过她这样的女人,一点危机意识都没有。

可如今看来,是时候把关系升级了。

主意已定,趁着中午休息的时候,莫依斐拎着一瓶柠檬水就去了宋灵均的别墅建筑用地。远远就看到了他,他身上穿着剪裁合体的大衣,身形高大挺拔,正和他身旁的一个男人说着什么。

她笑着走过去:"灵均!"

两个男人回头,一个温柔一笑,一个目光沉静。

沉静的那个,是邹越。

莫依斐微微颔首:"你也在这儿。"

邹越点了点头:"嗯,这里就是我拜托宋灵均帮我设计别墅的地方。"

莫依斐循着他的目光望去。

那是一片空旷的不毛之地,看起来和普通的工地没啥两样,泥土上长满了灌木,有一种凄凉之感。

不久之后,它就会变成邹越的别墅,山泉鲜花环绕。

随即,她的脸色发生了巨大的变化。

莫依斐脸色苍白,浑身颤抖,握着她手的宋灵均察觉到了她的变化,偏头紧张地问:"你怎么了?"

烈日高悬,残垣碎石。

她分明看到,那灌木丛生、锐石嶙峋的泥土底下,有一具姿态痛苦的女尸,分外凄厉。

她走上前,费力拨开草丛灌木,低头通过层层土壤与女尸对视,当看到女尸脖颈上的项链时,她瞬间怔住了。

这项链和宋灵均脖颈上的项链是一对,他跟她说过,那是晨曦特意定做的。

"灵均。"莫依斐回头,胸口不受控制地在起伏。

宋灵均被她的情绪感染,心头突然传来一阵窒息的钝痛,抬眼望去,却只看见高低起伏的山石。莫依斐手指的方向正是邹越要求填土架高楼引入山泉的正中心。

四周怪石嶙峋,他的心突然陷入莫名的难以言喻的悲伤之中。无形之中有一种强大的力量,在撕扯着他的内心,指引他靠近那个地方。

"施工队!开挖!"他敛了敛眉眼,立即指挥周围的工人动手,并转身从施工工具里拿了一只铁锹,开始清理灌木。

邹越身边的助理见情形不对,立马上前询问宋灵均,却不想对方根本不搭理她，她只好选择报警。

"老大，邹越跟我们签署的合同上明确表示，不能轻易动土，只能在原地的基础上扩建。违背合约要付违约费的，他们已经叫了警察过来。"耿超忐忑不安地开口。

这时，宋灵均只和莫依斐交流着，丝毫不理会旁边的人，两个人全神贯注地清理着面前的灌木杂草。

邹越蹙紧了眉，表情一阵萧瑟。

身后的耿超总觉得，今天的老大，浑身充满着悲伤和杀气。

警方的人到达的时候，工人们已经在莫依斐指定的位置上挖掘了好几米。蔺晨率领着组员走了过来，迎面就看到宋灵均正和工人们一起动手挖地，眼中满是焦急与不安。

"灵均，我们接到报警，这块土地属于邹越先生私有，你们这样做是不符合产权保护法规的。"

宋灵均对他的话置若罔闻，拿着铁锹的双手，已经渗出了血迹，而他依然小心翼翼地铲动着，不时地和身边的莫依斐交流。

"莫小姐？"蔺晨诧异地望向她，这两人最近形影不离啊。

莫依斐对他点了点头，也没跟他多说话。

"老板，停止吧。再这样下去，对方如果控告你们，就不只是赔偿金的问题了。"耿超继续在一旁劝阻，却丝毫没有作用。

邹越的助理见状，对邹越说道："老板，需要马上起诉他们吗？"

邹越蹙紧眉心，浅褐色的瞳仁弥漫着晦涩不明的波涛："由他们去吧。"

泥土坑里的土一层层地被铲出来，莫依斐伸手握住了宋灵均满是血迹的手，表情十分不适："她就在这里。"

"莫小姐,你说什么?谁在那里?"蔺晨不解。

宋灵均表情复杂起来,瞳孔极速扩张,呼吸也急促起来。他命令工人们小心地铲动地下的泥土,不多时,一股扑鼻的腥臭味散发出来,一具尸体显现在了众人眼前,根据身形初步判断,死者应该是一名女性。

有工人大叫一声,显然是受到了惊吓。而身为警察的蔺晨则感到十分震惊,一旁的邹越面容冷峻,脸上看不出什么情绪。唯有宋灵均神色激动,目光停在女尸身上,眼泪不自觉地落了下来。

"马上通知法医,封锁案发现场!"作为漪市警队的队长,蔺晨干净利落地指挥起来。

宋灵均眼神锐利无比地在眼前的女尸上梭巡,目光落在女尸脖颈处显眼的金项链处,他翕动着嘴唇,眼泪不止。

蔺晨仔细看着那条项链,很眼熟,片刻之后他才想起这是晨曦的项链。眼看宋灵均低头想靠近女尸,蔺晨一把拉住他:"灵均,别冲动,不能破坏现场。"

宋灵均屏住呼吸,浑身犹如在冰窖里浸泡着,遍体难受。莫依斐走上前,快速地替他包扎还在流血的手指。他的手冰凉无比,他的目光也寒彻心扉,她能感受到他内心深处的痛楚。这让她想起,很多年前,母亲突然走了的那一天,她也是如现在这般,钝痛无比。

宋灵均将头靠在她的肩头,释放自己的情绪,两人依偎在一起。

天空像是感应到了他们的悲伤,顷刻间下起了倾盆大雨。

蔺晨走过来:"灵均,法医会对尸体进行检测,估计需要一周的时间。现在你和莫小姐需要跟我们回局里进行调查,你必须保持镇定,这并不一定是晨曦。"

宋灵均没有说话,脸色苍白,眼里像覆盖了一层冰霜。

冉雪撑着一把雨伞走了过来,在接到蔺晨的电话后,正在出席一个慈善宴会的她立马赶了过来。

蔺晨关切地对她说:"雪儿,他们俩要接受警方的调查,你别担心。"

冉雪走近宋灵均,将伞移到他的头上:"灵均,事情还没有出结果,不要往坏处想。"

宋灵均抿了抿干涩的嘴唇,周遭的一切他似乎听不见,他拨开冉雪撑开的那把伞,只偏头看向了莫依斐:"我们走。"

莫依斐点点头:"好。"随即走到他身侧,两人一起往警车的方向走去。

冉雪望着邹越被一众助手簇拥着上车,心想,如果女尸真的是晨曦,要是今天没被发现,她就会一直长眠在邹越的这栋别墅地下,地底阴湿,被虫蚁啃咬,多么可怜。

公安局审问室。

莫依斐从来没有经历过这么冗长烦闷的笔录,整整十多个小时。她被警察翻来覆去地问同样的问题,为什么会出现在女尸所在地?事先知道些什么?

到了现在,她才后知后觉,自己当时光顾着照顾宋灵均的情绪,结果把自己置于一个相当不利的位置。

她又不是警犬,是如何得知别墅地下有尸体的?

这样一来,她身上就有解不开的谜团。而她那一套因为自己是考古学家,所以对土壤有着特殊的敏锐性的解释,始终有逻辑漏洞。

警方觉得她身上有疑点,对她进行了没完没了的心理战术轰炸。

她睁开眼闭上眼,陷阱似的问题,让她差点精神崩溃。

直到次日早晨,她才获准出去。

莫依斐睁着红得像兔子般的眼睛,脚步不稳地往外面走去。一整晚的审问已经让她精疲力竭,而宋灵均估计还在接受审问,她现在只能一个人回家。

才走到公安局门口，突然周围一片骚动，强烈的镁光灯打射在莫依斐脸上，让她不舒服地闭上了眼睛。

"莫小姐，听说是你发现了女歌星晨曦的尸体？情况是否属实？"

"莫小姐，请问你和宋灵均先生是什么关系？"

"……"

铺天盖地的声音和闪光灯，让莫依斐无所适从。

她被推搡着，耳畔被嘈杂环绕，蜂拥的人群将她包围得密不透风。

当事人的绝望和痛苦没人关注，媒体像一堆苍蝇，啃咬着他人的伤口。

莫依斐双手捂着耳朵，无助、焦虑、彷徨一瞬间就包围了她。

突然，身边有人推开了记者，前方终于有了间隙，她抬头就看见对方那双浅褐色的瞳孔，是邹越。

黑衣保镖很快将记者隔开，邹越一把拉住她："我送你回去吧。"

她看了看现在这个情况，点点头："那麻烦你了。"

车里，莫依斐看着微信上发给宋灵均的信息还没有回复，焦灼不安的情绪顿时灌满了她的脑袋。一时之间，她没有心情和邹越说话，等车开了半个多小时，她一抬头才发现窗外的景色十分陌生，忍不住问道："我们这是去哪里？"

邹越听到她的声音后偏头望向她，浅褐色的瞳仁里浮现出温和的笑意："莫依斐，我想你需要放松一下。"

车停下，邹越先下车，然后帮她拉开车门。她下车后看到清晨的校园笼罩在薄薄的雾气之中，门口的小摊贩在卖茶叶蛋，锅里正冒着热气。

这是漪市五中，一所重点高中，他们俩的母校。高中时期，邹越和她都是学习优异的学生，同时，也是班里最穷的学生。

"咱们进不去,就在这附近走走吧。"

"好。"邹越买了茶叶蛋,递给她一个。两人沿着白玉兰盛开的水泥路往上走去,不时有穿着校服的男女学生从他们身边走过,到处都是年轻的欢声笑语。

"看起来你很久没有回来过了。"邹越轻声道。

"上了大学以后,功课很忙,后来工作也很忙,也就没有回来过了。"她漫不经心地往前走,对于邹越问的话也回答得比较随意。她现在整个人的心思都在注意手机的动向,她想知道宋灵均现在怎么样了。

邹越见此也没有生气,带着她走进了一家牛肉粉店。

"还记得这里吗?"这家粉店开了很多年,物美价廉。熟悉的场景唤起了莫依斐的记忆,这里曾是两个人的秘密根据地。当年国庆放长假同学们都回家了,两人就是在这里用餐的。当年这里,是邹越的母亲开的店。

她点了点头:"当然记得,这是伯母开的店,现在已经转掉了?想想也是,伯母有你这么有出息的孩子,当然没必要开店了。"她记得邹越母亲很能干的,当时同学中难免有嘲笑邹越的,但她常常跑去帮邹妈妈的忙,伯母对她非常好。

"伯母现在可好?"

邹越没有回答,他看向她,良久,问了一句:"莫依斐,你会不会怪我当初跟你不辞而别?"

她愣了愣,心里闪过奇异的感觉。她并不是多愁善感的女生,会幻想一别几年后对方还对自己念念不忘的戏码。年少时无话不谈,如今物是人非,谁也不了解谁。

不过,莫依斐现在有一种感觉,邹越似乎是个感性的人,但这种感性,让她觉得无所适从。

她摇摇头:"没有,这是你的自由。"

再说了，当初他们俩也就下课聊聊天，讲一堆少年意气的傻话，虽然说可以算青春期里的少年心事，但真的在她心上激不起一点涟漪了。

听莫依斐这样说，邹越的面孔突然就冷了下来，但几秒钟过后，他又恢复了温柔。

"也是，人应该向前看。那你知不知道我们当初的那个校长，他是……"

"知道啊，是宋灵均的父亲。我还记得当时我们俩去他那里申请贫困学生奖学金，他看起来很慈祥和蔼。"

邹越看着她，内心暗潮涌动，有些感情，一旦过去了就彻底翻篇了吧。

这时微信的消息提示音响起，莫依赶紧拿出手机，真的是宋灵均发来的信息："我回我这边了，你在哪里？"

莫依斐一颗不安的心总算平静了下来。

她和邹越寒暄了几句之后就走了。

邹越说要送她，被她拒绝了，反正学校门口打车也方便，让邹越送她回宋灵均家她觉得不好。

邹越心里明白也不多说，看着她匆忙离去的背影，默默地点了一根香烟，烟雾袅袅中，他浅褐色的双眸寡淡又疏离，好似把他跟周围的人和景完全隔开了一样。

接着，他开车去了一块墓地，走近了，墓碑上母亲的脸庞逐渐清晰，他伸手触碰上去，脸色却陡然一变，变得越发阴霾深沉。事情越发不在他的控制之中，往昔的种种也不受控制地浮现在眼前。

莫依斐曾经的笑容、现在对他的疏离，若干年前母亲对他强颜欢笑的脸，还有，那个人，想到往昔的种种，他不由得握紧拳头，骨节发出清脆的声响。

第八章

不打扰是我的温柔

Sweet love

莫依斐拧开房门,看到宋灵均坐在沙发里,他身子微微前倾,双手交叉,眉眼之间全是悲伤。

她走过去,将头贴在他的胸口上,他察觉到熟悉的气息,这才像感觉到了什么一样,双手紧紧一箍,就将她抱在了怀里。

"对不起,把你卷进来了。"

"我没事啊,公安局的荞麦茶挺好喝的。"她嗅着他悲伤的气息,越发抱紧了他。

"对了,尸检报告要什么时候才能出来?"莫依斐皱着眉头,心中越想越蹊跷。

宋灵均眉心微蹙,顿了顿才说:"我也不知道。依斐,你能帮我去把浴缸里的水灌满吗?"

莫依斐摸摸他疲惫的脸颊:"好。"

等她走进浴室后,宋灵均的眼神就焦灼了起来。这些天经历的事情,让他明白,他必须背水一战,他必须把真相揭开,查清楚晨曦身上到底发生了什么。

但，他抬眼望向浴室，莫依斐，他绝对不能让她有事。

男人不能让自己的女人处在不安全的环境下。

这是他的原则。

莫依斐一边朝浴缸里放水，一边想着这两天发生的事情，不知为何，心里总有些惴惴不安。

几天后，尸检结果出来：根据 DNA 检测，这具女尸被证实是晨曦。

晨曦的经纪公司公布了晨曦去世的消息后，顿时激起千层浪。

"天啊，晨曦居然是宋灵均的亲妹妹，尸体被找到了，真是惨不忍睹啊！这么漂亮的一个人，据说只剩下了一堆白骨，造的什么孽啊！"

莫依斐走进办公室，就听到一阵议论声。

"难道晨曦真的是死于吸食违禁药品？"

"娱乐圈的女人，生活混乱，谁知道啊？看上去这么清纯的女人，也许背后什么都做。"

"快看快看！尸体照片出来了！"

听到这句话，莫依斐快步冲到电脑前，当她看到晨曦那惨不忍睹的尸体照片时，马上关闭了电脑："工作时间，你们在干什么？"

她浑身的每个毛孔都在愤怒，现在的媒体，为了抓热点博取眼球，已经罔顾人性到这种程度了！

她走到茶水间，拨打宋灵均的电话，对方却始终关机，这让她逐渐不安起来。

瞿薇薇对办公室的同事冷笑道："她这还没过门呢，就开始操心小姑子了。"

"薇薇，别太过分。"龙庭忍不住训斥。

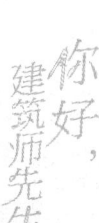

莫依斐宛如提线木偶般工作到了下午,龙庭实在是看不过去了,朝她使了个眼色,可惜她没看到。没多久,领导就气冲冲地走了过来:"莫依斐,你最近怎么回事?工作也不上心,倒是热衷上热搜当网红。你的组长职务,暂时由瞿薇薇替代。"

她抬头就看到瞿薇薇站在领导身后,眼中透出得意。

宋灵均说得没错,人分两种,有趣的和自私的。有的人永远对世界充满好奇和探索之心,有的人呢,只在乎自己的利益。

她觉得瞿薇薇跟自己的经历很像,都是苦孩子出身,并且瞿薇薇还要拿工资养一个正在念中学的弟弟。所以工作上即便瞿薇薇有些不尽如人意的地方,她都一一帮瞿薇薇善后了。

却不想,瞿薇薇得寸进尺。

下班时分,宋灵均发了微信过来,说警察找他有事,所以白天手机一直关机了。莫依斐知道他是怕他的情绪影响她的心情,回复了他让他不要担心之后,她才稍微安心了一点。

龙庭买了新车,大概想显摆一下,主动提出送顺路的同事们回家。莫依斐和龙庭家在一个方向,便和同事们一起坐了他的车。同事们一个接一个下了车,最后车内只剩了他们两人。

龙庭从后视镜看着若有所思的她。莫依斐是他最敬爱的上司,但最近她的状态真让他看不下去。开了一半行程后,他终于按捺不住地问:"依斐姐,你真的和宋灵均在一起了?"

莫依斐侧过身看到他脸部线条绷得紧紧的,点点头:"嗯。"

"我觉得他不适合你。"

"为什么?"

傍晚时分的街灯将龙庭的侧脸映照得有些阴郁,他愤慨道:"依斐姐,如果他真的在意你，怎么会让你一个人面对记者的长枪短炮？他根本就是在利用你！"

"龙庭，你不了解。"

"他就这么好吗？你为了他，不惜陪他一起找他妹妹？你不要忘了，你是一名考古学家！你的眼睛是用来看文物的。还是说，你想嫁入豪门？"

龙庭毫不留情的讥讽话语，伴随着窗外的风，冲着莫依斐呼啸而来。

莫依斐这才意识到，自己的举动在常人看来有多么不正常，自己的所作所为只会让他们产生这样的臆断。

莫依斐今天好累，不想和他争论。

突然间，莫依斐看到前方的一辆车子突然间失控了，猛地朝他们开了过来，她立马惊呼："龙庭，当心！"

龙庭回神，猛地打方向盘，虽然避开了迎面的危险，车子却撞上了隔离带，莫依斐尖叫一声，脑袋里一片空白，接着失去了知觉。

莫依斐不记得自己这一觉睡了多久，等她醒来的时候发现自己躺在病床上，对面的电视里正在播新闻："歌坛玉女晨曦的尸体于上周在一建筑工地被发现，引起一片哗然。根据警方披露，晨曦死于他杀，身中数刀，刀刀致命。晨曦出道以来，一直没有向外界透露过家庭成员。目前，她的家人被曝光，她是一所重点高中校长的女儿，上面有一个哥哥，是知名建筑师宋灵均。而冉氏千金冉雪也被曝出帮助晨曦转移资产到国外，此案扑朔迷离，警方正在展开调查。"

她看到电视里围堵在思瞬设计所外面的记者和电视屏幕里的时间，突然就呆住了，竟然已经过去快一周了。

她的头还有些疼，这时突然有人进来了。

"依斐姐，你没事了？"瞿薇薇走了进来，手里抱着一束康乃馨。

"龙庭呢？"

"他没事。那天车祸之后，他只是一点擦伤，是他叫的救护车。他天天来医院照顾你，今天恰好碰到他值班，正好我有空，就来看看你。"

莫依斐没耐心看她演戏，直截了当地问她知道的情况。

才一周的时间，没想到已经物是人非。

"有舆论说，冉雪介绍晨曦跟男人见面，然后从中收取了暴利。没想到她平时的高贵矜持全都是装出来的。"瞿薇薇语调讽刺，她停顿一会儿，又说，"依斐姐，你跟宋灵均真的在一起吗？怎么你出了事，这一周他都没有来看过你啊。"

莫依斐心一紧，看了看自己手背上的针头，狠下心一个用力就拔掉了针头，披上外套就往外跑去。

她心里有大片的疑惑和担忧，冉雪、宋晨曦、宋灵均，她觉得面前似乎有一张巨大的网在等着她。

宋灵均真的没有来看过她吗？可是这一周以来，她虽然看不到听不到，却总觉得有一个人始终在陪着她。

除了他还能是谁？想到这里，思念排山倒海般呼啸而来，她现在好想见到他。

在路上拦了一辆出租车，她直奔思瞬工作室。

到了思瞬，果然二楼还亮着灯。她走上去，他颀长身影矗立在窗前，周身带着料峭的寒意。

"灵均。"她叫唤了一声。

他转身，见到她，瞳孔微微收缩，但很快，凝聚成了冷峻和严肃。

她突然有点紧张，一周不见，他好像没有像她预料的那样热情，或许是最近发生了太多事吧，她这样安慰着自己。

"我好想你。"莫依斐走上前,双手抚上他的衣袖,她以为他会回握住她,但他没有。

几秒钟后,宋灵均将她搭在自己衣袖上的手掰开,她心里一惊,抬起头,他眼睛里带着之前不曾有过的疏离,她突然就不知所措了起来。

"你、你怎么了?"她仰起脸问道。

"莫依斐,我和你,并没有很熟吧?"他冷淡的语气让她彻底愣住了。

"你说什么?"

宋灵均嘴角勾起一抹冷淡的弧度:"你放心,你的秘密我不会说出去。但我现在见到你,就觉得很不舒服,你总让我想起不开心的事情。"

"不开心?"她直视他的双眸,寒意顿生。

"很多事情,总之我不想再见到你了。"

她摇摇头,上前握住他的衣襟:"可你说过,你不嫌弃我,你喜欢我。"

"我想你会错意了。"他打落她抓在自己衣襟上的手,表情里都是嫌弃和冷淡,"你这种有特殊癖好的女人,终归不是正常人。喜欢你?那只是男人一时荷尔蒙的分泌而已。你之前勾引我不也是因为我能让你吃土吗?所以对你这种随便的女人,不必要太认真。"他凉薄冰冷的语气,像刀锥一样一刀一刀扎在了她的心口上。

莫依斐眼前变得模糊起来,她觉得自己像是被气球托起飘浮到空中,以为幸福唾手可得,气球却突然被刺破,让她整个人从云端掉落到地上,摔得狼狈不堪。

"宋灵均,这是你的真实想法?"她看了他一眼,他的眼神里,全是对她的厌恶和嘲讽。

原来自己站在这里,完全就是自取其辱。想到这里,她立即转身,飞快地跑了出去。

等她的身影彻底消失了，宋灵均整个人瞬间变得黯然。

莫依斐刚才没注意到，他藏在袖口里攥紧的拳头，因为大力地握住，已经青紫一片。

"从前我觉得人生来就是孤独的，我常常一个人从这座城市飞到另一座城市，直到邂逅了J。我觉得很奇妙，有些人虽然认识的时间不长，但好像认识了很长的时间一样。我想，如果生命是一站又一站漫长的旅程，遇见他，就是我存在的意义。"

存在的意义？

宋灵均眯起眼睛，这是晨曦日记里的一段文字，想起莫依斐说过视频中晨曦在电梯里的神情，像是要见一个她非常崇拜的人，那看来是这个J无疑了。

晨曦这么心急想要去澳洲发展，冉雪在其中又充当什么角色？

而晨曦的这些感悟，又让他想起了莫依斐。

宋灵均忍不住喏嚅："晨曦，哥哥最近也遇上了一个让自己心动的人。但因为一些原因，不得不跟她保持距离。我很矛盾，你泉下有知，能告诉我怎么办吗？"

冉雪从来没想过，有生之年，她会住进看守所。

小小的空间里，除了她之外，还住了三个人。

很多年没有自己洗衣服的她，一边在拥挤的水台上洗衣服，一边想着自己的未来。自己出了丑闻，正中哥哥姐姐的下怀，父亲冉正熙，商业利益重于一切，看来，是没有人能够保释自己了。

随着晨曦尸骨被发现，警方调查晨曦的账户时发现了冉雪帮其操控澳洲账户的一系列动作，冉雪和山田、秦文朗、赵琦的澳洲资金操纵实在是疑点重重。

冉雪的说辞是双方就房地产投资、晨曦澳洲演唱会的合作,全都是晨曦拜托她做的,她只是在帮晨曦。

但媒体拿着这些大做文章,说什么晨曦和冉雪可能涉及灰色交易,事情逐渐演变成了商界和娱乐界的一桩大丑闻。

"冉雪,你可以出去了。有人愿意保释你。"

冉雪不可置信地跟在看守所警察的后面,当她看到宋灵均的时候,愣了一下。

走出被铁丝网隔开的世界后,她偏头看着他清减的面容:"你为什么愿意相信我?"

父母兄弟都不可靠,宋灵均愿意保释自己,她有些不可思议。

"我相信蔺晨的眼光,上车吧。"

听到蔺晨的名字,冉雪的心涌起阵阵热流。

送冉雪回家之后,宋灵均径直回了思瞬。

往日热闹的思瞬如今却冷冷清清,员工们状态不佳,耿超正在一条一条地删除思瞬公司官方微博上的留言。

"知名建筑公司?不会是靠歌星妹妹拉的关系吧?"

"海外洗钱哦,这一家人都不是好东西。"

"玉女原来是'欲女',真不要脸,吸食违禁药品还卖身!"

"哎,再这样下去,别说年终奖了,工资能不能按时发,我看都是个问题。"Ada一脸愁容,晨曦的新闻一出,多家公司立即跟他们终止了合作。

"我们思瞬不会发不出工资的。"耿超叱责道。宋灵均是他的上司,也是他最崇拜的建筑师,虽然现在遇到困难,但他心想一定能熬过去的。

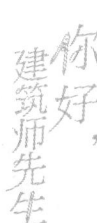

"你们的工资和项目分红会在今天结清。"宋灵均推开磨砂玻璃门，环顾着员工。

众人顿时一脸震惊，Ada 见到老板进来，脸上有一阵羞愧。

"老大？"耿超一脸迷茫。

宋灵均走过去，拍了拍他的肩膀："这个月的工资，我会按照合同法双倍结清，你们的项目分红我也让财务做出来了。人生聚散离合，不必介怀，愿你们都有锦绣前程。"

耿超抿紧了唇，没再说话。

Ada 有些愧疚，上前说道："老板，事情也许还有转圜的机会，"

宋灵均拍了拍她的肩膀："谢谢你，但我目前没有心思。都散了吧。"

瞿薇薇当上组长之后，常常让莫依斐去做一些跑腿的工作。莫依斐心想人在屋檐下不得不低头，但心里多少有些郁闷。博物馆上次接待了一些商界名人，其中有邹越，可不知为什么，他偏偏给了个差评。瞿薇薇要求莫依斐去央求邹越撤掉差评，她知道莫依斐的性格直率不会转弯，保不齐碰一鼻子灰回来，谁知道莫依斐心平气和地接受了这个任务。

莫依斐走在寒风凛冽的漪市街头，心想邹越是她高中同学，人儒雅又绅士，应该能搞定。瞿薇薇想看自己出糗，恐怕要落空吧。

邹越的公司位于漪市 CBD 地段的黄金位置，他直接买下了新修的一栋写字楼。大厅里大理石和实木的装潢，处处显示着奢华的气派。

莫依斐跟前台说了预约情况，出乎意料的是前台在看到她之后，直接让她乘右边的电梯去十三楼。

"那个女人长得不怎么样啊，昨天总裁助理给了照片，说见到她，直接让她去总裁办公室。"

"总裁的审美不应该是我这种性感熟女吗？那个女的，看上去就很士啊!"

前台工作人员见莫依斐进电梯之后便小声议论着。

莫依斐一出电梯就有些蒙,十三楼的装潢明显更加上了一个档次,前台的工作人员看到她更加礼貌客气,毕恭毕敬地把她带到了一处类似接待厅的地方。

她环顾了四周一圈,透视眼穿越层层阻碍,这办公楼的结构曲折幽深,还有多部电梯,她一转身,便看到了邹越,在她隔壁的一间办公室,正和一名男子交谈着。

那名男子……她心头一震,正是山田。

商人和商人交流,无非是谈生意,但莫依斐心里有个疙瘩,山田那日进入过高小英的房间,她无法做证,心里却一直留有疑问。

好奇心驱使,她走出房间,移步到邹越的办公室门口,目光盯紧了山田。

他们交流什么她听不见,却有一个奇怪的发现。告辞的时候,山田打开里面的一间内室,拉开衣橱,乘坐衣橱里面的电梯离开了。

山田也是漪市首屈一指的富商,为何会见邹越需要如此小心翼翼?

她正沉思着,丝毫没有注意到邹越已经走出了办公室,正疑惑地看着她。

"依斐?"

看着邹越疑惑的样子,她讪讪一笑:"一时之间迷路了。"

"我之所以不满意漪市博物馆的服务,是因为你们的解说员瞿薇薇在给我们做讲解的时候,犯了一个朝代方面的错误,所以我不打算撤销。如果要撤销,那也只能因为你。但凡事都有代价,我要你,如果你愿意跟我约会,我就考虑,如何?"他的声音熨帖如淙淙的泉水,却带着势在必得的决心。

莫依斐愣了愣,差评不撤,年终奖就会泡汤。约会的话……反正她已经被宋灵均甩了,好像也没什么大不了的。还有就是,她实在是对邹越和山田的关系感到好奇,于是她点了点头:"行啊。"

见她答应了,邹越的脸上浮现了久违的笑容,他一定会好好利用这次机会,得到自己想要的。

漪市公安局。

蔺晨拧眉看着晨曦的尸检报告:死因系利刃穿透造成。一共十四刀,刀刀致命。

还没看完,他就感觉到胸口一阵钝痛。

一旁的罗昊看完报告后说道:"虽然我们锁定了几个嫌疑人员,但棘手的是缺乏证据,因为这三个人都有不在场的举证,还都通过了心理测试和测谎仪检测。另外,莫依斐女士,依然是个谜。"

蔺晨看着三人的资料,陷入了沉思。

莫依斐收到警方传唤的时候正在工作,但她一点也不觉得麻烦,反而打着主意,说不定可以去公安局看到些什么。

三名嫌疑人依次接受了警队的调查审问,他们都是和晨曦有过巨额资金来往的人。山田、赵琦、秦文朗,三人都是晨曦澳洲演唱会的投资人。

山田,单身,富二代,在海外有房产投资,他旗下有多家公司,涉及各个领域。

赵琦,单身,高瘦个子,酒吧老板,是最早在北京三里屯组建酒吧的老板,为人豪爽,据传有黑道背景。

最先接受审问的山田还是一脸倨傲的模样,他镇定中略有不满:"警察同志，我们上流社会认识几个名媛淑女正常得很。晨曦和我，就是投资人和表演者的关系。我很欣赏她的才华，因此有了合作。我不懂音乐，但我懂流量啊，想着澳洲移民华裔多，指望挣上一笔，谁知投资不成功。商人重利轻别离，我也没和她再见过面。"

后面两人的口供也差不多，三人说词一致，演唱会在澳洲并不成功，三人就再也没有和晨曦联系过。

莫依斐呢，也问不出个所以然来。

至于邹越，警方调出了他在澳洲工作的背景，从一家金融机构做到主管，之后组建公司，节节高升，根本是一个贫寒子弟的奋斗成功史。并且，他在职的公司的领导，都给了相当正面的评价，只能用完美来形容。

"蔺晨，我肚子好痛啊，能不能让我在隔壁的休息室坐一坐？"

宋灵均没想到，分手后的再次见面是在这样的情况下。莫依斐站在过道那头，揉着自己的肚子，极其痛苦难受的样子。

宋灵均心头一紧，这段日子自己没照顾她，不知道她去哪里吃土？

宋灵均和莫依斐分手的消息，上次蔺晨听宋灵均说了，这段日子宋灵均的消沉他看在心里，看到迎面走来的宋灵均，他灵机一动："行啊，你和宋先生一起在隔壁的休息室去休息吧。要是很难受的话，让他打急救电话。"

莫依斐抬眸一看，翻了一个白眼。

"你哪里不舒服？"宋灵均喉头一紧。

莫依斐没有答话，径直往休息室走去。

几分钟后，两人坐在休息室，莫依斐立即恢复了生龙活虎的状态。

宋灵均立即明白了她的想法。

莫依斐双眸穿透墙壁，看着继续被审问的三个人，一边用手机发微信和宋灵均交流着。

目前看来，这三个人都没有问题，回答警方问题的时候都落落大方、条理清楚，表示自己是无罪的。

"你可别多想，跟你没关系。我只是为了晨曦，我觉得我跟她有缘。"

"嗯。"看着莫依斐的举动，宋灵均心口一阵悸动，心里的愧疚、歉意、心疼，终是被他按捺了下去。

宋灵均晚上回家的时候，莫依斐突然发来了微信视频通话的邀请，那天他对她说了那么过分的话，她还愿意帮助他，他有些不知如何面对她。

莫依斐在视频接通后却开门见山道："宋灵均，你听我说，你当初怀疑我，就跑到工地去盯梢。我们现在要做的，就是找到关键证据。我先来说我的感觉吧，山田、赵琦、秦文朗三人，是合作过多次的生意伙伴，有相似的背景，即受过高等教育，经济能力不俗，实现了财务自由。虽然听不清他们说了什么，但他们的表情我看得一清二楚。

"先说山田吧，他讲话是这三个人中最快的一个，眼神会和对方直视，显得自信又从容。显现出他喜欢在人际交往中主导一切，应该是有控制欲的一个人。赵琦，是三人中最平和的一个，当警察反复问他同一个问题的时候，他仍然能保持仪态，全力配合警察的审问，显然有一定的文化素养。秦文朗已婚，当警察在问他问题的时候，他显现出了紧张和不安的情绪，一直问自己什么时候可以回家。这三个人都不懂音乐，都不是晨曦的粉丝，还涉及御园湾违规建设的问题，足见其格局。在没有十拿九稳的情况下，他们却愿意联合起来投资晨曦的演唱会，是不是有些奇怪？"

宋灵均听着她的论述，原本混乱的心情逐渐安稳了下来。他调整思路，分析道："没有利益可图的生意，他们断不会投资。除非，他们确定，这是一桩只赚不赔的生意。"

顿时一种毛骨悚然的感觉蔓延在彼此之间。莫依斐想到国外黑暗的人口贩卖生意，无可言喻的感觉蔓延了全身。

晨曦的死，不会是偶然。这三个人，一定有人在说谎，或者一起在说谎。

"莫依斐，这些事情你还是不要管了，我挂了。"宋灵均关掉手机，一想到晨曦，他内心就十分难受。

深夜的漪市，雾霭重重，宋灵均掀开窗帘的一角，这个城市依旧是流光溢彩，编织着光与影的迷梦。可谁又能想象得到，这繁华之中，其实处处藏污纳垢。

正在这时，电脑传来一声"叮咚"，宋灵均回头将目光落在电脑上。

竟然是J的来信。

邮件里是一段录音，他戴上耳机后点击播放，是晨曦的录音。

"救我！救救我！"

她声音中充满了凄厉、惊恐、疼痛，求饶声与喘息声显示她遭受着非人的折磨和凌辱。随着晨曦歇斯底里的喊叫，宋灵均感觉浑身五脏六腑内犹如被狠狠碾压，痛得无法言语。顺着墙角，他滑倒在了地上。

而此时的莫依斐，躺在床上辗转反侧就是睡不着，今天见到宋灵均，表面装作不在意，但她其实下了很大功夫才控制住自己的失望和恨意。为了晨曦，她主动打视频电话给他，他却态度异常冷酷，自己干吗要这么低三下四呢！

漪市黄金地段的高层办公楼，阳光透过玻璃映照进来。蔺晨看着坐在他对面的邹越，从容优雅，彬彬有礼。

"邹先生，你认识这个人吗？"他将晨曦的几张照片递给对方。

邹越伸手接过照片，一张一张地翻阅，表情淡然。半晌，他抬起头：

"是个漂亮的女孩子。但我从未见过。"

坐在蔺晨身旁的罗昊不动声色地睨着邹越脸上的每一个表情,他是犯罪心理学家,从邹越的反应时间来看,一切自然无痕。

隔着一堵墙壁的莫依斐看着里面坐着的三人,表情若有所思。她盯着邹越办公室里的密室,心里有众多疑问。

蔺晨曾经提过,邹越的履历无懈可击,作为一名成功的商人,他衣锦还乡,热心公益,为人低调,口碑俱佳。随着交往的加深,她发现,他日常的生活也极其自律,非常健康。

等到邹越客客气气地送走警方的人,她才上前:"邹越。"

邹越见到她,眼神里荡漾着柔和的笑意:"正在想你,你就过来了。"

"因为我答应过你,要和你约会啊。"她俏皮一笑,精神却有些紧张。

他显然对她的主动示好非常受用,看了看手机,无奈道:"现在有一个会议。"

"你去忙吧,我就在这里等你。"她轻轻握住他一只手。他内心一阵悸动,这是她,第一次对自己示好。

待他走远,莫依斐迫不及待地推开他办公室的门,心里倒抽一口冷气。

室内阳光通透、绿植茂盛、干净整洁、归纳有序,一件奢侈的摆设都没有。

桌面上有若干文件夹,还有一个指甲剪,剪刀上残留着一片指甲。刚刚握着他手的时候,莫依斐能感觉到他是不留指甲的。他是一个非常注意整洁的人。但为何,手指上,会有这么粗的茧?莫依斐将这片指甲用手轻轻捏起,顺入了自己的背包里。

刚做完这一切,磨砂玻璃门推开,邹越信步走了进来。莫依斐心里一紧张,指甲剪掉落在地。邹越弯身捡起,看她一眼:"在干吗?"

"剪指甲。"

他往前走近一步,高大的身躯将她笼罩住,形成一片剪影。

"对了,你平时喜欢运动吗?"她抬起头,抑制住心里的情绪问道。

邹越有些疑惑地望向她,她旋即说:"我平时没事,就喜欢打打羽毛球、攀岩什么的。你喜欢吗?"

他拉开袖子,露出手腕上的计步器:"平时只会跑步,其他的不喜欢。你放心,我不会让自己发胖的。"

只是跑步的话,手上哪来这么多的茧子?这茧子厚厚一层,不经年累月,长期用力,根本不可能长出来。但是根据警方的调查,邹越在海外的工作是金融投资,这明显,不是一个需要用体力的职业吧?

邹越瞥着她的表情,心里越发不是滋味。

此时此刻的公安局重案组,蔺晨站在投影仪前,PPT上显示着晨曦尸体被发现的地方,以及冉雪、山田、秦文朗、赵琦、邹越的身份背景。

"尸体发现于征收住宅用地的荒野,已经呈现部分白骨化,尚有部分软组织未被分解。在空气中白骨化所需的时间随季节的不同而变化,因为是在土中,季节变化少,成人通常需要七八年的时间。根据法医部鉴定结果,晨曦的尸体,除了致命的几处割破大动脉的刀伤外,余下的伤口,有几处皮肉紧缩,符合人死后体内血液循环停止,刀伤平滑的迹象。因此可以推断,凶手曾经试图在杀害死者后进行分尸。但因为某些原因,中止了这种做法。"蔺晨听着法医部的报告,胸口一阵难受的窒涩。

"这种残忍的做法,不符合激情杀人的处理方式,可以证明是一项有目的的谋杀。凶手对晨曦,似乎有很大的恨意。因为没有找到案发现场,无法采集到任何可疑人员的DNA样本,线索又中断了。"罗昊无奈道。

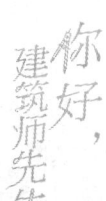

第九章

心生疑窦

Sweet love

一晃数月过去了。

有邹越这样的男朋友,是很能满足女人的虚荣心的。

下班后莫依斐会在同事们的艳羡下,坐上等她的那辆车;会心平气和地接收邹越订的豪华外卖午餐;甚至有时候,她会在微博上发矫情的恩爱图片和文字。

而那个人,似乎真的已经离她远去了。

这天午休的时候,耿超过来找她,两人约了在博物馆外面的咖啡厅见面。

"你可有老板的消息?"耿超望向她,一脸担忧。

莫依斐摇摇头:"我跟他分手很久了,分手之后,大家只是陌生人。"

耿超叹了口气:"莫小姐,虽然我知道我说这些话可能有些不合适,但你知道,我老板曾经是一个非常优秀的建筑师,如今他却一蹶不振,我觉得非常可惜。就算思瞬经营不下去,很多一流的建筑公司也会对他抛出橄榄枝。可他现在却去设计廉租房,这太浪费他的才华了。莫小姐,你能不能劝劝他?"

廉租房?他去设计政府为特困人员提供的人口住房保障的房子了?

对于廉租房莫依斐并不陌生,在她考上漪市高中的时候,母亲为了更好地照顾她,来到漪市摆摊为生,她们母女俩就是住在那样的房子里。那种房子能住,但谈不上舒适性和设计感。他一个在美国获奖的高才生,居然愿意屈尊做这份工作?

"耿超,我想你找错人了。男女分手之后还能做朋友的,除非是好聚好散,没有伤害过彼此。我现在根本不想见到他,他做任何事情都跟我没有关系。"莫依斐心中一阵晦涩,语气更是疏淡。

耿超闻言眼色一暗:"莫小姐,对不起。我了解的老板,是一个专注并热爱设计的人。他曾经为了找到适合建筑的石材,跑遍了全世界。我看过他为你们两人设计的房子,那里,全是他对你的宠爱和对家的向往。自从认识了你,老板仿佛变了一个人,在公司变得爱说笑了,没那么紧绷了。"

"你别说了。"莫依斐捏紧了手中的咖啡杯,出声制止了耿超后面想说的话。

耿超点点头,将一张写着地址的便笺放到她面前,随后就走了。

网上铺天盖地的消息她听得耳朵都要长茧了,什么宋灵均退出建筑界,去向不明。

诚然他曾经对她也不错,可她不想再见到他,毕竟在爱的人伤害了自己之后,自己爱得多深便会恨得多深。

她拿起那张便笺,抬眸一瞟,随后彻底撕得粉碎。

傍晚时分,漪市边缘地带的廉租房工地上,耿超找到宋灵均的时候,宋灵均正拿着图纸,皱紧着眉头,不时地跟施工的工人交代着问题。

廉租房不是营利性的房产项目,有时候工地的人手不够,宋灵均就会亲力亲为。

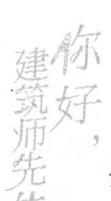

耿超看着曾经的老板，有种恍然隔世的感觉。他知道宋灵均的性格，只好静静站一边，等宋灵均忙完了，他才走上前去。

宋灵均看到他，淡淡地点了点头："你今天过来是？"

"放心，我不会再劝你了。只是作为普通的朋友，找你聊天。"耿超叹了口气。

宋灵均点了下头："好。"

"我今天去见了莫小姐，她有新男朋友了，是邹越，人看上去漂亮了很多，看来两个人相处得很愉快。她说她以前住的也是廉租房，不过现在她一点也不想住进那样的房子。她还说，人往高处走，才能走上康庄大道。"耿超故作轻松地说起中午的聊天内容，试探地观察着宋灵均的神色。

宋灵均一听，伸手跟旁边的工人要了烟，递给他一根："工地可以抽。"

耿超接过，心中却在想这不明摆着还记挂莫依斐吗，明明有洁癖现在却连烟都抽上了。

火光中宋灵均的脸冷峻如一尊雕像，他在想邹越这个人，一个衣锦还乡的海外富商，财富累积却是个谜。还有，晨曦的尸骨为什么偏偏会出现在邹越买下的土地下？真的只是个巧合吗？

他内心深处不由得焦虑担忧起来，莫依斐，你到底在想什么。

令莫依斐没有想到的是，她会以这样的方式和宋灵均再见。

这天有人给漪市博物馆打电话说某郊区疑似有古墓，馆里接到电话后便让莫依斐带队来了。经过勘察，这里不存在古墓，只有一个衣冠冢。这些古代衣物，一天应该就可以整理好了。

但影响了工地的施工自然要道歉，于是，她让龙庭买了很多瓶矿泉水，她担心龙庭情商低脸臭，便亲自扛水走了过去。

走到前面，只见一个男人在一众工人中背对着她，对一群工人吩咐着什么。男人身形颀长，格外打眼，她心想这一定是包工头，便热情地打着招呼："师傅，喝口水。"

当那张熟悉的脸出现在她面前时，她的心微微一颤。

两人相对而望，她握着矿泉水瓶的手不由得紧了紧。

数月未见，眼前的人她差点没认出来，那个总是精致整洁的男人，此刻穿着一件粗布背心，晒得有些黑，肩颈的线条浑厚，浑身散发着粗犷不羁的气息，跟从前的他判若两人。

"不给我吗？"他的声音还是和之前一样。

她回过神，将水递到他手里。

可能是命中注定，每一次和宋灵均的相遇，总是对方最不修边幅的时候。

"哥们，你们认识？"

"美女，你放心，宋哥人好着呢，你请他喝水，这地盘就是你的了。"周围的建筑工人在一旁打趣道。

莫依斐顿时有几分尴尬。

宋灵均接过她手上的水，一瓶一瓶分发给工人："配合国家考古工作是应该的。"

莫依斐侧过身，看着他棱角分明的脸庞，一段日子没见看上去清减了不少。没有变的，是他目光里的沉静和深邃，始终让人捉摸不透。

收工的时候，单位大巴车的轮胎破了，莫依斐瞧着这里前不着村后不着店，心里一阵郁闷。

今天的出土文物虽然不至于价值连城，但还是有文化价值的，不能按时运走的话，难免会有被盗的风险。

已经是傍晚时分，难道要在这里过上一夜？

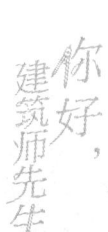

她正踌躇着,龙庭走到她身边开口道:"宋先生说,他们那边有工地宿舍,我看,咱们只能凑合一夜了。"

眼看夜幕马上要垂下,她无奈地点了点头。

才走了几步,那抹颀长的身影就出现了,她避开和他的视线接触,径直跟在龙庭身后走。

先前那名开玩笑的工人走到她身边,笑道:"美女,我跟你说,宋先生人特别好,他是这片廉租房的总设计师,没事还总帮我们一起干活,前途不可限量啊。"

莫依斐正要开口,宋灵均已经走了过来:"这里就你一个女人,我给你腾了一个宿舍,你跟我走吧。"

她睨着他:"有地方洗澡吗?"

几个工人听到,笑道:"宋哥的房间啥都有。"

她没好气地跟在宋灵均背后,看着他宽阔的肩膀上因为搬运东西而脱皮的痕迹,心里突然莫名地难受。

这是一间简易的木板房,但里面干净整洁,还有一个热水器,应该是他自己安装的。

她想起他曾经的公寓,用环保树脂做的天窗,材料稀罕奢华得很,突然就有一种恍如隔世的感觉。

"能给我一双拖鞋吗?"

他点点头,从墙角拿了一双拖鞋递给她。她一看,居然是女式拖鞋。

她胸口突然就蹿起一股怒火:"宋灵均,没看出来你是这种人啊。"

"这拖鞋是你的。"他挑着眉,"你看清楚点。"

莫依斐低头一看,可不就是自己在他家时他帮自己买的那双粉红色小猪拖鞋嘛。

她愣了愣，瞅着他："你带我拖鞋过来干吗？"

"我拖鞋烂了，没钱买新的。"他避开她的视线，轻松地说出一句。

莫依斐记得耿超跟她说过，因为媒体恶意报道晨曦事件，思瞬的所有生意都停了，还要支付一大笔开发商的违约金。他把房子、车子卖了后，积蓄所剩无几。

"不错啊，能屈能伸，大建筑师现在也愿意设计廉租房了。"她戏谑道。

"廉租房也是房子，我还是在自己的领域。你呢，最近怎么样？"他嗓音带了几分暗哑，似乎在抑制着什么。

"挺好的啊，挥别错的和对的相逢了。"她云淡风轻地说，"我和邹越在一起了。"

"莫依斐，"他神色忽然凝重起来，"邹越这个人，不是那么简单的。"

"对我好就行！不像某人丢掉我像丢掉一件衣服一样就行！"她撇撇嘴，意有所指。

他愣了一会儿，眼神里闪过晦涩不明的光，突然就偃旗息鼓了："时间也不早了，你休息吧。我跟工人们住一块，就在你隔壁不远，有事叫我。"他眸色暗淡几分，转身带上了门。

待他走后，莫依斐跺了跺脚："凭什么什么都听你的？"她心里憋了一口气，就是没地方发泄。

夜里的郊区，安静得如同鬼魅丛生。月亮突然隐没在云层中，乌云蔽月，风声凄厉，有几分瘆人。

莫依斐是被一阵凌乱的脚步声惊醒的。

这脚步声凌乱，伴随着打斗的声音，让她猛然睁开了眼睛。

"你别出来！"透过门板，他的声音浑厚强劲，透着不容置疑的力度。

这种时候，宋灵均显然有危险。

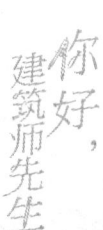

她心一紧，披了外套就开了门，只见走廊上，宋灵均的背影在夜色中快如闪电，正在追着一个人。

莫依斐低头发现脚下站立的地方有凌乱的血迹，她浑身的毛孔瞬间都竖起来，安抚了一下自己，便循着宋灵均的背影追了过去。

附近有山，山路高低起伏，跑了一段，面前是一片水域。

"宋灵均！"她的嘶吼声在空旷的地方带起一阵回音。

他听了，猝然回头，那娇小的身躯已经跑到离他不远的地方了。

"别过来！"

树枝伴随大风嘎嘎作响，莫依斐听他这么说立马停住了脚步，想着敌人在暗，自己最好别轻举妄动。

没多久宋灵均便追上了那人，狠狠地一拳打在对方的肚子上，那人闷哼了一声，两人就撕扯在了一起。

皮肤摩擦声，衣服碎裂的声音，在空旷寂寥的夜空下，尖锐犀利。

莫依斐视力本就比一般人好，突然间看到那男人手里有刀明晃晃地一亮，心里顿时发麻焦虑起来。

莫依斐捡起地上的一块砖头，看准那男人后脑勺就抬起了手，那高壮男人却突然回头，看到她的举动眼睛露出了猩红的凶光，转身朝她扑了过来。莫依斐一惊，往后一退，就"扑通"一声掉入了水中。

宋灵均闻声不妙，心里一阵撕扯，站起来一个跳跃，鬼使神差地夺过了对方的刀，揪住对方的脑门往旁边的巨石一击，对方瞬间就昏厥了过去。

他这才住手，循着莫依斐的方向跳了下去。

莫依斐在水中已经无法辨认方向，水很快淹没了她的头顶，她听不到看不见，又不会游泳，索性手脚也不折腾了，慢慢合上了双眸。

"依斐，醒醒！"

头顶迸发出一阵亮光,一双大手托起了她,那双漆黑澄湛的眸子,让她突然醒了过来,突然就有了可以呼吸的空气。

两人回到岸边已经是精疲力竭,莫依斐吐了几口水,偏头看着他:"那个人怎么回事?"

"小偷吧,想进房偷东西,正巧被我撞见了。"他语气很轻,似乎不以为意。

"小偷?小偷会这样目标明确,刀刀致命?"

宋灵均将身上的衬衫脱下来,眸色一深:"不关你的事。"

"是不关我的事。我无聊而已。"她没好气地冷哼道。

风吹过来,莫依斐打了个喷嚏。他二话不说,示意她上来,背着她就往回走。

她的手抱着他修长的脖颈,炙热厚实的触感让她心微微一颤,她什么力气也没有了,只好将头靠在他的后背上,软得像一团棉花。

他凝了凝神,感到胸口热乎乎的,脖颈处又痒又软,心神顿时有些恍惚。

上次告别以后,他知道他伤了她,便以为再也没有见面的机会了。

她应该是很恨他的吧!

这些日子,她的微博,他每个夜晚都会不受控制地一遍遍地翻看。

她倒是过得挺惬意的,一点也没有留恋过去。

每次看到她和邹越的合影,他好不容易平静下来的心就不受控制地钝痛难受。

跟他在一起的时候,她从来不发朋友圈、微博,也不允许他去接她下班,说什么彼此还需要再了解。他当时都觉得自己像她的隐形情人一样,现在和邹越在一起了,却这么公开,还真是区别对待啊。

"莫依斐，当初我和你在一起时，你为什么不发朋友圈、微博？现在却这么频繁地秀恩爱，你就不怕？"他突然来一句。

"你没听说过吗，有的人只要看一眼，就知道是命中注定的那个人，感情的质量会战胜感情的时间长度。再说了，我和邹越可是高中同学，多年的情分在那里。"

他微微蹙眉，手一松，她整个人猝不及防就掉了下来："喂，你！"

这时，龙庭和一众工人正往他们的方向走来，看来是觉察情况不对，特意来寻找他们。一看到两人，龙庭悬着的一颗心终于放下："依斐姐，发生什么事了？"

莫依斐看见他宛如见到了亲人，正要开口，宋灵均却挡在了她面前。莫依斐意识到自己身上湿透了，连忙使了个眼色给龙庭，龙庭会意，赶紧脱了自己的外套递给她。

他的手还没够着，宋灵均已经一把背上了莫依斐，结实的背部将她的身体遮挡得严严实实："没事，我们遭小偷了。"

工人们一脸诧异，交头接耳地议论着："咱们这儿没啥好偷的啊？"

翌日，宋灵均报了案。

警方的人过来后，查明这凶手是隔壁建筑工地的建筑工人，有吸毒前科，估计昨晚毒瘾发作想偷点东西换钱，却不想撞上了起夜的宋灵均。

莫依斐却总觉得不对劲，昨晚那人暴戾凶残刀刀致命，不像是只偷点钱财那么简单。

回去的路上，莫依斐看着窗外的蓝天白云和不断后退的山峦，思绪有些不宁，她透过倒视镜往后望去，后面果然空无一人。

而此时的宋灵均，倚靠在一棵高大的树后，看着考古队的大巴一路向前,他皱紧了眉,眼里有淡淡的苦涩。

莫依斐,你知道我现在所处的环境吗?每走一步,都犹如踩在脆弱的冰块上面。不是他死,就是我亡。

这样的情况下,你是我唯一一想要守护的温柔,我绝不能让你跟着我处处担心。可你,又为什么要这样做?

这天,莫依斐躺在沙发里,漫不经心地拿着遥控器换台。

换到一个新闻频道,刚准备继续换,新闻中的人却让她暂停了换台,竟然是冉雪。电视里的冉雪正呼吁大家为环保事业做贡献,容光焕发,没有半点之前入狱时的憔悴。

莫依斐赶紧上网搜了一下新闻,这才知道警方证实冉雪是受晨曦委托为其海外转账的,她是清白的。

邹越走进来,看她看得目不转睛,便说道:"这节目好看吗?"

她偏头,漫不经心地答了一句:"绿茶婊,当然好看。"

"绿茶?你想喝吗?刚好云南的朋友带了一盒回来,我放办公室了,我让助理送过来。"他松了领带,坐到了她身边。

莫依斐闻言哭笑不得:"不用。我随口说说。"

男人的手就搭上了她的脖子:"前段时间我太忙了,西澳大利亚那边的业务暂时告一段落,从今天起,我可以好好地陪你了。"

她看着他逐渐靠近的嘴唇和淡淡的薄荷气息,心里升起一阵惊慌。

虽然已经交往了一段时间,也会牵手散步,但当两人靠得这么近,她却没来由地有些排斥。

她嘴唇翕了翕,打了一个喷嚏。

"不好意思,有点着凉了。"莫依斐讪讪道。

邹越摇摇头:"没关系,是感冒了吗?"

"嗯，有点。你还是离我远些吧，怕传染给你了。"

莫依斐一边说一边挪开了身子，邹越现在从之前的小心翼翼变得越来越喜欢跟她有肢体接触了。

邹越将她揽在怀里："前天晚上我给你打电话，你没有接，是那天晚上感冒的吗？"

她心里突然一紧，随即脸上浮上浅浅的微笑："那晚车子爆胎了，我和龙庭就在当地工人那里借宿了一晚，没注意就着凉了。没事，只是小事而已。"

"依斐，你的每一件事，对我而言都不是小事，我希望你都能跟我分享。"

"好。"莫依斐有些无所适从，拿起遥控器继续换台，突然晨曦的歌声响起。

她停止换台，屏幕上的晨曦，巧笑倩兮，歌喉甜美。

她转头望向邹越："听听她的歌吧。"

邹越顿了顿，眼神里有莫名的情绪闪动，但稍纵即逝："好。听完就早点休息。"

回到自己的房间，莫依斐拍了拍胸口，平静着自己的心跳。

站在床边，莫依斐拿起手机看了看日期，顿时心里一慌，跌坐在了床头。

比感冒更可怕的是，她的大姨妈这个月没来。

和邹越在一起以后，因为两人常常晚上约会，她根本没有时间出去吃土。这样下去，她不会做不了女人了吧？万一以后生不出小孩麻烦就大了。

莫依斐想来想去，只能暗中找机会吃土，然后明天去医院开点月经不调、促进雌激素的药物吧。以前用过这种办法，偶尔也能奏效。

临睡之前,她发了一条微博:大姨妈啊大姨妈,求求你大驾光临吧!

翌日恰好是周末,莫依斐拿着病历本坐在外面的长廊上,瞅着前面医生办公室前长长的队伍,开始无聊地玩手机。结果半个小时后,身边传来了一道熟悉的声音:"依斐?"

她心中一震,回头就看到邹越西装笔挺地站在前面,身边跟着若干的工作人员。人群中,邹越是很显眼的存在,不少女人用好奇羡慕的目光打探着他们。

莫依斐却暗自攥紧了手,还未说话,就见邹越长腿一迈,已经坐到了她身边:"身体不舒服怎么不告诉我?"

"小毛病,没什么大碍。"莫依斐忙着解释,有些不自然地用手捋了捋头发。

"我让人安排给你做一个全面的身体检查吧。"

莫依斐心里有些紧张,这一检查,他要是知道她差点绝经了,会嫌弃她跟她分手吧?这样她还怎么调查山田。

"小毛病,不必这样大费周章。"

"依斐,你的每一件事情,对我都很重要。这样吧,我帮你预约季柏仁医生,她是有名的妇科医生。"

莫依斐正要拒绝,却晚了一步,邹越已经吩咐了助手去预约。

莫依斐如坐针毡,正想着专家号应该要等几天,谁知邹越的助手走过来说预约好了,就今天下午。

她心里一阵七上八下,邹越偏头对她轻声道:"我手头的事也忙完了,今天可以陪你一整天。现在还有几个小时,我们去逛逛吧,你有想去的地方吗?"

"嗯,我先上个洗手间。"见到邹越已经安排好了,莫依斐只好应允。

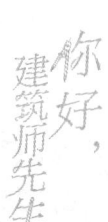

到了洗手间,莫依斐拍了拍跳跃不已的心脏,强迫自己冷静下来。

当下,绝对不能让邹越发现自己身体的问题。虽然这样对他很不公平,但她决定查明真相之后就跟对方坦白这一切。要是说工作上有急事的话,邹越一定会提出送她,大厅是不能走了……她抬眼望了望洗手间上方的窗户,这里是一楼,爬出去没危险。

等确定洗手间只有自己一人了,莫依斐就将门关上,蹑手蹑脚地爬上了窗户,宛如八脚蜘蛛一般爬了出去。等到双脚着地,她才松了一口气。

"莫依斐,你鬼鬼祟祟干吗呢?"刚走到医院大楼门口,莫依斐听到有人叫她。

她回过头,就看到宋灵均站在前面不远处,睥睨着她。

宋灵均脸上还有那日打斗留下的瘀青,眼里带着捉摸不透的幽光。

"你、你是不是没来那个?"下一秒,宋灵均的话就让她尴尬不已。

正要回答,莫依斐就看到邹越和他的助手朝他们走了过来。邹越的目光疑惑地望向她,她心头一紧,上前一步,一个巴掌就"啪"地扇在了宋灵均的脸上。

她用力咬了咬嘴唇,啜泣地说:"渣男!快还我钱!"

宋灵均顿时就蒙了。

邹越和助手走过来的时候,莫依斐正一边哭泣一边咆哮。

"依斐?"邹越拉住她,"怎么回事?我刚刚看你在门口,就过来找你了。"

莫依斐窜进邹越的怀抱,委屈巴巴地开口:"我们交往时他找我借了一笔钱,一直没有还。刚刚碰到他,我跟他提起这件事,他说他破产了,无力偿还,我正骂他呢!"

看着她环抱着邹越的双手,宋灵均浓眉紧拧,胸口陡然升起一股强烈的闷气。

"我欠你的,我会还。"宋灵均眉眼一敛,语调带着些许怒气。

"不必了。依斐,他欠你多少,我双倍给你,这种小事,不用放在心上了。"邹越一只手搂住了她的腰,漫不经心地说。

"你对我真好。但看到他我就郁闷,我下午不想检查了,你陪我去逛街吧。"演戏演到底,莫依斐装作小女人在邹越怀里娇嗔。

"好。"

看着两人离去的背影,宋灵均想着莫依斐刚才的一席话,她为什么要撒谎?她眼神里的慌乱明显是怕邹越发现什么……

想到这里,宋灵均的浓眉立即拧紧了。

这时找了宋灵均大半天的冉雪和蔺晨发现了宋灵均,蔺晨正要上前,冉雪拉住了他,指了指前面的莫依斐:"这是屋漏偏逢连夜雨啊。"

蔺晨顺着冉雪手指的方向看了看,再望了一眼宋灵均,忍不住叹了一口气。

坐上邹越的兰博基尼,莫依斐望着车窗外不停交替的风景,心里犹如打翻了五味瓶。刚刚宋灵均看着她的表情,她心里十分难受。

"依斐,我们去哪儿?"等红绿灯的时候,邹越观察着她的表情,内心却有些不是滋味。刚刚她主动抱住他,是他和她单独在一起时她从来不会做的事情。

莫依斐回过神来,挤出笑容:"附近的商场就好。对了,你怎么会改名叫邹越呀?"

邹越敛了敛双眸:"这事说来话长,但主要的原因是以前那个名字太土了。"

"哈哈，那高考完之后，你去了哪儿？"

"澳洲。因为亲人的介绍，我去了那里的一家观光船上做了一名服务员。"

莫依斐凭自己薄弱的地理知识想起澳洲，好像是个风景不错但自杀率很高的国家。

"澳洲的自杀率很高吗？"

"很高，大部分是青少年。"说到这里，他搭在方向盘的手突然握紧，"我也曾经有过这个念头。"

听到邹越的话，莫依斐吃惊地望向他，心中十分震惊。

他略带苦涩地继续开口："那时候我觉得人生毫无希望，了无乐趣。幸好后来我调整了心态。"

"幸好！邹越，我一直认为你是很有计划、很有毅力的人。"

从一名服务员到今天的成功商人，看来，他走的路，远非一般人可以想象。

邹越双眸微微一沉，嘴角牵起一抹弧度："你知道吗？那时候在夜晚我常常站在甲板上对着大海，想象你正在干什么。那时候你正在读大一，应该过着无忧无虑的生活。"

莫依斐内心涌起一丝苦涩的感受："我听六月说，其实那时候的你，上了重本线，那为何……"

"家里穷。"他从齿缝中轻轻吐出这三个字，表情却十分平静。

莫依斐想起当年的自己，母亲含辛茹苦才供了自己上大学，而邹越家的情况更加不好。

"二十年河东二十年河西，莫欺少年穷。你看你现在，很多重点大学生也不如你呢。"

邹越听了，嘴角牵起一抹苦涩的微笑："我不遗憾我没有上大学，我遗憾的是，没有在最好的年华里，和你在一起。"

这话太深情，莫依斐心脏顿时狠狠一缩，她不知道该如何接话，只好慌乱地合上了眼睛。

邹越瞥了一眼闭眼睡着的她，没再说话，脸上浮现了淡淡的失意。

车里馥郁的气息钻进了莫依斐的鼻孔，大概是邹越曾在车里抽过烟。这气息十分熟悉，她正回想着在哪里嗅到过，这气息却蜿蜒进她的大脑，让她慢慢地进入了梦乡。

过了半响，邹越的手机响了起来，他看了一眼已经睡着的莫依斐，接通了助理的电话。

"老板，查过监控了，莫小姐是爬窗爬出来的。"

邹越的脸立即就绷紧阴郁了起来："我知道了，你让我的家庭医生现在过来，我要给莫依斐做个身体检查。"

漪市的公安局办公厅萦绕在一片紧张的气氛中，宋灵均和蔺晨对面而坐，蔺晨胸口一阵郁滞："我下面说的话，希望你能保持清醒冷静，我们发现了晨曦和高小英的遇害地点。"

宋灵均闻言，嘴角一敛，再抬起头来，眸子里已是惊涛巨浪。

蔺晨起身开口道："痕迹检验科的同事们在那里发现了地毯下的血迹，经 DNA 比对，证实有晨曦的。但依然没有找到凶手任何的指纹、脚印，和 DNA 痕迹。这说明凶手具有很强的反侦查意识。这个地点，是在郊区森林里的一处狗场，你能承受吗？"

宋灵均垂在身侧的两手握紧，双眸一凛，嘴唇翕合："带我去。"

"灵均，现场十分残忍，我希望你可以控制自己的情绪。"蔺晨惴惴道。

宋灵均下颌一绷，抑制住自己的情绪："我不会给警方制造麻烦的。"

坐在警车里，宋灵均打开了窗户，耳畔刮过咆哮的风声。他双手交叉，

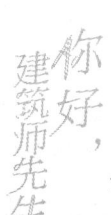

侧眸看着高低起伏的山势,蜿蜒曲折,看不到尽头。

紧张,前所未有的紧张。

蔺晨看着同样的景色,心里也是紧张的。

发现了案发现场,离真相又靠近了一步。

那个曾经笑靥如花的少女,用自己的才华和灵气带给粉丝欢乐的超级巨星,其实也只是一名普通的少女啊。他想象不到,她遭受了怎样难以承受的痛苦。

一想到这些,他就愤怒异常。

两人一前一后下车,走到这处荒凉的狗场时,宋灵均顿时感到一阵莫名的恶心。

用竹木围起来的篱笆十分简陋,地上到处是狗的粪便,中间有一栋红砖简陋平房,警察在四处忙碌着。

罗昊从平房里走出来看到他们,示意他们进屋。

两人前后脚进到了屋子里。

当蔺晨和警察掀起地板上的一块木板后,宋灵均的脸色立即浮上了一层冰霜。

一个直径约为一米的洞口出现在众人眼前。

底下,散发着阵阵恶臭。

"下去吧。"蔺晨正色道。

宋灵均抿紧了嘴唇,双眸深不见底。

沿着石头砌成的阶梯,宋灵均觉得每走一步,内心都被无形之中的一股阴森充斥,每一个毛孔都竖了起来。

阶梯曲折幽暗,大概有四米长的距离。一众警察打着手电筒,宋灵均也打开了自己的手机照明。

这是一间不足二十平方米的地下室，恶臭中夹杂着发霉的混浊气息。

当蔺晨拧开电灯，这里竟然是一间生活设备一应俱全的屋子。

"我们在这里找到了女性的头发，DNA比对后证实是晨曦的。另外还发现了一具女性尸骨，被掩埋在角落里，是失踪许久的高小英。"蔺晨说起这些的时候语气有些颤抖。

罗昊看向宋灵均，只见他面容宛如覆上层层霜雪，鹰隼般的眼睛盯着床头上的一根铁链。

蔺晨双眸一暗，颤抖着开口："这铁链，是凶手用来禁锢受害人的。根据痕迹检验科的鉴定，墙上的血迹被证实是晨曦和高小英的。根据新旧痕迹对比，高小英应该是在晨曦死后一段时间，被囚禁在此处，然后被杀害。"

蔺晨关心地说："灵均，如果觉得不舒服的话，先上去透口气吧。"

"我没问题。"宋灵均深呼吸一口，调整了一会儿，然后看向这简陋的房间里的每一个角落。

房间边缘有一张床，应该是晨曦睡过的。床单上满是霉菌，床头的木板上，有指甲深嵌的痕迹。

难以想象，晨曦在这暗无天日的地底，度过了怎样令人绝望的日子。

"调查显示，凶手对受害人进行了性侵、虐待以及暴力行为，可以说是将她们当作性奴。她们都曾经试图逃跑，但势单力薄，在反抗时被残忍杀害。晨曦的尸体，为何会出现在距离比较远的工地，这可能跟凶手的心理有关。根据血液痕迹检验报告和晨曦尸体比对，她身中多刀，且刀刀致命。凶手有很强的反侦查意识，没有留下指纹，也没有精液痕迹。"

"但智者千虑，终有一失。屋子里虽然经过打扫，但外面的土地上，却有轮胎碾过的痕迹。这轮胎并不常见，属于顶级豪车——兰博基尼。在漪市，拥有这种车型的人虽然不少，但至少，可以帮我们锁定一个范围。"

目前我们锁定的嫌疑人中，邹越是唯一具有这种车的，他也十分配合我们，我们说明来意以后，他将车交给了我们进行检查，他这个人爱干净，车子里面被冲洗得干干净净。"

蔺晨没有向宋灵均说明莫依斐曾经交给过警方邹越的指甲，方便他们建立 DNA 库的事情。这是莫依斐特别交代的。

蔺晨的脸色也因为愤怒而变得煞白，眸子里满是怒气。

当时他看到这个调查结果的时候，心里是抑制不住的难过。凶手的穷凶极恶、残暴冷漠，令人发指。

宋灵均感到胸口一阵窒息般的疼痛，他在屋子里一步一步地走动，每走一步，都痛彻心扉。

他没有说话，脸上是抑制不住的悲伤。

今夜注定是一个难眠之夜。

宋灵均回到工地的简易宿舍，任凭凉水一遍又一遍地冲刷着自己的身体，泪水混合着冰冷的水从脸上滑过。

他咬紧了牙关："晨曦，你放心，哥哥一定查清楚真相，将凶手绳之以法。"

第十章
回不去的地方

漪市最高档的酒店顶级套房里,邹越看着电脑上刚刚发过来的莫依斐的体检报告,他右手夹着一根香烟,那烟头的星火已经触及骨节分明的手指上,他却像感觉不到疼痛般静默不动。虽然报告上面显示没有问题,但他内心还是充满了疑惑。

她不喜欢和他身体接触、不告诉他她的身体情况,是为了什么?

他缓缓起身,将烟熄灭,走向睡房。

邹越端详着莫依斐的睡相,只见她眉心微蹙,睡得很不安稳,嘴里呓语着什么。

莫依斐做了一个梦。

在梦里,有无助的晨曦,和看不清面容的男人。晨曦一遍又一遍地求饶,却只换来男人更加疯狂的肆虐和凌辱。

疼痛、无助、惶恐……

莫依斐冷汗直冒,笔直地坐了起来。

黑暗中,一双幽暗的眸盯着她,她吓得尖叫一声。

"依斐，是我。"邹越轻柔冷静的声音唤醒了她。

他拧开了房间的灯，目光带着关切，看向她："听到你说梦话，我就进来了。"

邹越手里拿着一块毛巾，手朝她的额头挪过去。

莫依斐身体微微一偏，伸手接过了毛巾，垂着眼帘道谢："谢谢。"

察觉到不熟悉的环境，她环顾了周围一圈，心里莫名忐忑。

"依斐，在车上你睡着了，我就擅作主张把你带到了我住的地方。"

"哦，谢谢。"

察觉到她的客气与生疏，邹越接着说道："依斐，你身体不好，如果你愿意，可以把工作辞了，我们可以一起去周游世界。也许放松一下，你的身体就会健康起来。"

昏黄的灯光下，莫依斐看到他浅褐色的眸子里，有灼灼的火热和深情。她疲惫的心弦突然被拨动了。

男人灼热的气息慢慢向她靠近，她闭上了眼睛，眼看两人的唇就要碰撞在一起，她突然往后一避："我……暂时不想去旅行，考古是我喜欢的工作，等到节假日我们再去玩吧。你能帮我倒一杯水吗？"

喝了水之后，她心情平静稳定了一些。邹越亲手做的熏香还挺管用的，没多久，她又陷入了睡眠中。

邹越站在窗前，打开窗户，窗外蒸腾的热气席卷而来，可他的心，却像沁入冰霜一样。

莫依斐在单位里越来越沉默了。

瞿薇薇有些讶异，莫依斐平时不是沉默隐忍的人，但最近的她，总是一副心不在焉精神涣散的样子。难道是攀上了顶级富豪邹越，工作也不上心了？

"特大新闻!女作家高小英的尸体被发现了,是他杀呢!说是和歌星晨曦有关!真是太恐怖了!"

"是变态连环杀手吗?就跟国外的开膛手杰克那样?先奸后杀?"

"快看快看!警方公布了嫌疑人的特征!发布了悬赏!"

中午时分,当同事们激动地看着电脑上发布的新闻时,莫依斐浑身的毛孔都扩张了。

警方披露,数月之前,城市广场收到了一卷关于晨曦幕后生活的录像带,却遭人为破坏。嫌疑人在破坏录像的当晚虽然万分小心,还是被摄像头拍到了曾进入商业区的抽烟区抽烟的举动。

这名疑似嫌疑人身高在182厘米到185厘米之间,男性,头戴棒球帽,穿黑色外套,抽烟。希望市民能够积极提供线索。

莫依斐屏住呼吸,她记得那晚,广场上的电子屏幕是播放过关于晨曦的录像带,录像带里曾经出现过一个男人。后来她还撞到了一名男人,那男人跟警方公布的嫌疑人特征十分贴近。

她浑身如遭电击一般站了起来。

瞿薇薇看着她的表情,吓了一大跳:"你怎么了?中邪了?"

"我今天下午请假!"

"莫依斐,你有病啊?"瞿薇薇看着她一路狂奔的背影,揉了揉额头。

完全隔音的公安局一处室内,蔺晨和宋灵均听着莫依斐关于那晚在城市广场的记忆。

"我记得,我那晚清楚地看到了屏幕上播放晨曦演唱会之后在休息室的花絮视频。她虽然疲惫,却在见到那个男人之后,眼睛在发光,但随即电子屏幕就黑屏了。"

"她是什么样的表情?"蔺晨疑惑地问。

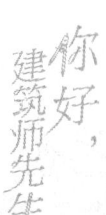

莫依斐努力回想:"是十分欣喜的表情,我在广场上停留了一会儿,然后撞到了一个男人,他跟你们提供的嫌疑人线索十分相近。"

当警方将嫌疑人监控画面调出后,莫依斐很肯定地说:"是他。"

当她阐述完关于那名男子的体形衣帽特征后,蔺晨立即向下面的警员补充了搜寻嫌疑人的条件:

一、立即调出漪市城市广场当晚所有路况的监控视频,搜索身高在182厘米到185厘米之间,体形健美的男人。

二、向晨曦的过往演唱会经纪人及助理了解那晚演唱会后晨曦接触过的男性。

三、向晨曦的亲人以及朋友打听和晨曦交往密切的男性。

"莫依斐,那晚你去城市广场干吗?据我了解,你家距离那里很远,附近也有很多大型的购物广场。"蔺晨皱着眉问道。

"警官先生,你到现在还在怀疑我?"她无奈道,"我有时间证人证明我那晚在干吗。"她瞟向宋灵均。

"她在我办公室。"宋灵均的声音有些小。

"她去你办公室干吗?"蔺晨有些纳闷。

"追求我。"宋灵均淡淡道。

莫依斐也跟着讪讪开口:"那时候觉得他帅。"

宋灵均睨着她,嘴唇抿成一条直线,将头偏向了窗外。

蔺晨走过去拍了拍她肩膀,语气中有一丝兴奋:"这个案子破了,我让领导给你发一面锦旗。"

"有没有实际点的啊?比如奖金什么的?"莫依斐噘嘴道。

宋灵均听着两人的打趣,她此时的样子令他心头稍微有些放松。

察觉到他的目光,莫依斐稍稍偏头,他却转头去看窗外的景色,嘴角轻抿,目光又恢复了冷淡疏离。

"蔺警官,高小英的男友来了,他整理了高小英遗留在他家的小说稿。"一名女警走进来说道。

"蔺晨,我能见见他吗?"莫依斐开口道。

几分钟后,莫依斐在一处会客厅见到了高小英的男友李文伟。

她将那日和宋灵均攀爬晨光岩时拍下的一张照片传给了李文伟。

"那天在山顶,请她帮我和我那时的男朋友拍了合照,回家整理照片的时候,发现我拍风景的时候无意中也把她拍了进去。我想把这张照片送给你。"

李文伟看着照片上的高小英,眼角噙着泪花:"谢谢你,这应该是她在世时的最后一张照片,谢谢你发给我。"

隔着透明的玻璃,宋灵均看到眼前的这一幕,冷峻的脸庞有些许的动容。

莫依斐下午回到博物馆,少不了要跟领导做一番检讨。

馆长李琛对她这个老油条已经彻底放弃了,等她写完检讨,已经到了晚上。

她看了看微信,邹越发过一条问她下班了没,但已经是一个小时以前的了。

走到门口已经是夜幕降临,肚子里"咕噜咕噜"一阵叫唤,她正想去附近的面馆吃个面,这时一辆豪车开过来停下了,车窗缓缓摇下,眼前出现了一张美艳绝伦的脸,是冉雪。

"莫依斐,我有事想找你聊聊。"冉雪的嗓音天生带着娇柔。

莫依斐心想她是无事不登三宝殿,勉强笑着说:"冉小姐,我跟你不熟。"

"一回生二回熟,蔺晨是我男朋友,他说他跟你很熟呢。"

莫依斐愣了愣,脸色一变申辩道:"你该不会担心我撬墙脚吧?"上次在温泉馆里因为宋灵均两人大打出手的情景还历历在目。

冉雪听了"扑哧"一声笑出来,随即朝她扬扬头:"我不是那种为了男人要死要活的女人,我找你真的有事。"

莫依斐听了,这才坐上了她的车。

平价面馆里,莫依斐点了两碗牛肉面,对坐在对面的冉雪说道:"你减肥的话,你那碗就归我了,现在有话快说有屁快放。"

冉雪白了她一眼:"我有那么做作吗,我也喜欢这家的面。"她用筷子夹起牛肉咬了一大口,环顾了四周一圈之后,从桌面底下递了一个纸包给她,轻声道,"宋灵均让我给你的。放心,我可没兴趣知道。"

莫依斐接过纸包,心里一怔,一时间心里涌上各种滋味。

任务完成后,冉雪轻松地大口吃面,睥睨着她道:"他要我每周送一次,那我们就这里见吧。虽然我不喜欢你,但他是我男友的哥们,我就勉为其难了。我们来装作闺密吧?"

莫依斐差点没吐出来:"装闺密?"这时她微信响了,消息显示邹越问她在哪里。

她想了想,回复了一条:"博物馆加班。"

两人在面馆有一茬没一茬地聊着天,莫依斐突然觉得冉雪也没有自己想象的那么娇纵任性,喜欢的小吃店和自己差不多,挺接地气的。

莫依斐回到家的时候已经是九点多了,刚出电梯她就发现邹越站在自家门口,正倚靠着大门一根接一根地抽烟,想必已经等她多时了。

她心里涌起阵阵歉意,立马上前说道:"邹越,对不起啊,馆里实在是有些忙。"

听到她的声音,邹越抬眸,看清烟气袅袅中那张脸后,他露出一丝苦涩的笑意:"回来了,我有些累,能去你家坐坐吗?"

刚刚助理传来了她和冉雪在面馆的照片,随着她欺骗他的次数加多,他的心犹如被划开了一道又一道的口子,让他越发不安。

莫依斐连忙开了门,才刚打开门,便听到"乒乓"一声关门声,随后她被男人凌厉的力道按在了门板上。

肩膀被邹越的手掌按住,力道很大,她有些疼。

灯光下,邹越的瞳仁微缩,眼底有晦涩不明的暗流:"依斐,你是不是不喜欢我?"

"我……"她喉咙突然有些嘶哑。

"你不喜欢我碰你;你有心事也不会第一时间找我诉说;你很喜欢你的工作,别人误解你、上司责备你,你因此心里难过,却宁愿一个人承受也不愿意找我倾诉;你身体不舒服也不想让我知道。既然如此,那你为什么要跟我在一起?"他的每一句话都如利刃一般戳着她的胸口,而她无力辩驳。

见莫依斐的眼神有些闪躲,邹越眼底的幽光越加深沉:"我真的很想念高中那年,那个女孩什么都跟我诉说。可现在,我不确定,她还是那个她吗?"

莫依斐怔住了,内心有复杂的情绪在翻滚,而他黑黢黢的双眸,里面夹杂着怀疑和愤懑,似要将她淹没。

莫依斐的一只手微微攥紧,眼睛里有些紧张,额头上也渗出了细小的汗珠。几秒钟后,她没有回答,而是靠近他,慢慢地将自己的嘴唇覆在了他唇上。

邹越愣了愣,她的几缕发丝在他鼻尖,她淡雅的香味萦绕了过来。

而她的唇瓣,柔软细腻,让他不自觉地加深了这个吻。

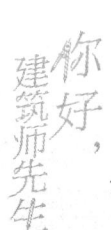

逼仄的工人宿舍里,宋灵均心绪不宁地在房间里走来走去,直到收到冉雪的微信"任务顺利完成",他心里才算是松了一口气。

那封纸包里是他真空包装的泥土,够她吃上一阵子了。

那晚看到她发的那条微博后,他的一颗心就七上八下的。

莫依斐脾气犟,认准的事情十头牛也拉不回来。她说邹越对她好,可她却隐瞒了她的身体缺陷,明摆着他们两人之间的信任度有问题。

他越来越为莫依斐感到担心。

想来想去,她和晨曦,还真有相似的地方。

比如都天真纯粹,对自己的爱好近乎痴迷。也是因为她,让他漂泊了近二十多年的动荡不安的心灵,有了一份家的归属感。

这样想来,他们三个人,似乎有着某种命中注定的缘分。

但归根结底,到底是他亏欠了她,他和她也许就这样彻底结束了。

分手了,她有自己的选择,和谁在一起是她的自由。可她是真的决定了要跟邹越在一起吗?那个男人,总带给他一种晦涩不明的沉重压抑感,他绝对不允许她选择的那个人,不能带给她幸福。

手机"嗡嗡嗡"地响起,宋灵均接通电话,是蔺晨:"你换地方住能提前通知一声吗?我大半夜开车去工地宿舍找你,你居然挪了地方?"

"宋灵均你发个位置共享过来啊!"冉雪的声音一起传了过来。

没多久,这两人手牵着手走进了他的宿舍。

冉雪嫌弃地瞅着简易椅子上的灰尘,蔺晨立马用自己的手擦干净了,鞍前马后地伺候着。

患难见真情,冉雪出狱后,就将这小子拿下了,两人宛如连体婴一样。

三人坐定后,冉雪的脸上也没有了从前看宋灵均时的热情,郑重其事地对他说:"我今天见莫依斐的时候,特意提了你,你猜她说什么了?"

蔺晨偏头看向她:"雪儿,别刺激他了,说正事。晨曦尸骨未寒,我们每一个人都睡不好觉。我们现在要理清思路,保持清醒才能抓住凶手。你曾经是晨曦最好的朋友,有很多和她的回忆,说不定能想起什么。"

宋灵均缄默了一阵,点了点头。冉雪见状后撇撇嘴,努力调整自己的表情。

冉雪仔细回忆了三年前她做澳洲演唱会项目时晨曦的状态,以及晨曦介绍山田、赵琦、秦文朗给她认识的细节:"那时候晨曦是天之骄女,多少投资商主动找上门啊,所以我也没多想。我打听到,这三个人都是'高乐俱乐部'的成员,这个俱乐部,入会复杂,比起线下聚会,他们更热衷线上交流,有时候他们也会相约一起去赵琦的'up'酒吧。而女人一旦得知他们是该俱乐部成员后,会给他们一个不错的印象分。"

"为什么?"宋灵均不解。

"因为加入高乐俱乐部,除了需要有财力,还需要在十分钟内做完一套智力测试。秦文朗能在十分钟之内背完自己所在地的任何商家坐标;赵琦是哥伦比亚大学经济学硕士;至于山田,你可能不知道,他曾经和你一样,是一名建筑师,拿过建筑界的 Open Architecture Prize(开放建筑大奖);在多年后,你也拿到了这个。不同的是,他在拿到大奖后退出了建筑界,专心打理家族事业,所以你可能不知道他。你因为热爱而投身建筑业,事业蒸蒸日上。"

"高乐俱乐部?"宋灵均眼神一凛,突然站了起来。

"你怎么了?"

"晨曦的日记里出现过这个词,我一直以为是酒吧。"

蔺晨点点头,说出了自己的猜测:"高乐俱乐部是个关键线索,到时候我安排下去,好好调查一下这个俱乐部。"

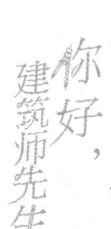

三人分析讨论着，不知不觉就到了深夜。

几个月后，漪市"蓝天"慈善晚宴上。

慈善晚宴，向来是富豪和明星云集的地方。

邹越一向是慈善界的热心人士，当他牵着莫依斐的手出现的时候，所有的聚光灯都打在了他们身上。

宋灵均目光一紧，只见邹越穿着一身手工剪裁的黑色西装，短碎的黑发经过了打理，双眸含情，精致温润。

而莫依斐，虽然已经到了秋天，但她还是穿着一身水蓝色的露肩礼服，乌黑柔顺的黑发宛如绸缎一样，正小鸟依人般依附在邹越身旁。

"这是邹越第一次公布女朋友！"

"真漂亮啊！"

"这不是那个考古专家莫依斐？"

……

冉雪挽着宋灵均的手臂，皱着眉头瞥着目光游离的宋灵均："这种世界有钱就是大爷，你破产了，自然就没有关注度了。你还打破了我从不跟贫穷男人交往的定律，这捐出去的一百万，以后记得还我。"

宋灵均皱眉瞥向她："我记得你以前不是这样子的，你不是很有钱吗？商业女天才？说欣赏我，是因为我的内在。"

冉雪冷哼一声，嘴唇状似亲昵地贴近他的耳畔："宋灵均，我以前都是吹的，你千万不要跟蔺晨提起啊。咱们现在是哥们，有借有还，再借不难。"

宋灵均轻笑一声，将手轻轻搭在了她的肩头。

不多时，山田、赵琦、秦文朗等人也走了进来。

山田带了女朋友，是一名名不见经传的网络主播小熊。

山田脸上带着几分漫不经心，他是个地道的富二代浪子，能带女人来这种场合，就等于承认小熊正牌女友的地位。小熊一直在优雅地朝媒体的闪光灯微笑。

赵琦打扮入时，目光里带着几分探寻，他几乎是一进来就自来熟地和他人热络地聊起来。

秦文朗则带着太太，眼中没有了之前的倨傲之气，倒是显得文质彬彬，不时地和太太交谈，一副好好先生的模样。

邹越和莫依斐自然是媒体追逐的热点，镁光灯追逐着他们，邹越面带微笑地看向身旁的莫依斐。莫依斐偏头，两人对望，中间流淌着丝丝甜意。

冉雪在宋灵均耳边揶揄："看看人家，实力宠女友啊，玩的就是套路。"

听了冉雪的嘲讽，宋灵均抿了抿嘴，没有说话。

冉雪见宋灵均没有说话，就握紧了他的手臂，径直朝他们走过去。

宋灵均身体有点僵，这时耳朵里的袖珍耳机里传来了蔺晨的声音："自然点，和冉雪的互动要亲昵点，走过去和他们说话。"

蔺晨都这样说了，宋灵均只得硬着头皮往前走。

看到邹越和莫依斐接受完了记者的采访，冉雪立马拉着宋灵均走到了他们面前："邹先生，莫小姐，好久不见。"

邹越偏头，眸子里闪过一丝微光，嘴角勾了勾："冉小姐，好久不见。"

莫依斐看向冉雪，眼神中带着几分复杂。今晚出席这个宴会，是邹越好话说尽，她才同意来的，但是她没想到，宋灵均和冉雪会一起出现。

这其中必有蹊跷。

冉雪展开标准的礼仪微笑，说着客套话："莫小姐，我就觉得你非池中之物。你看看，现在全场的镁光灯都在关注你，真羡慕你找到这么完美的男朋友。"

莫依斐心里感叹着她的演技，脸上淡淡一笑："谢谢。"

"雪儿，别跑题。"冉雪耳中传来了蔺晨的声音。

冉雪刚准备继续开口，结果山田牵着小熊的手走了过来："邹先生。"

这个场合里，邹越是绝对的主角，明星、导演、投资人，谁都想和他攀上交情，山田原本淡漠的脸上此时也变得恭敬了起来。

冉雪看过小熊的直播，总觉得她长得有些眼熟，却又不记得在哪儿见过，如今一见，感觉更加熟悉。

"小熊，我倒是看过你几次直播，你很有综艺天分。不过我很好奇，你和山田是怎么认识的？"冉雪在一旁笑道。

想挤进上流社会的女人一般在这种时候，绝对不会放过炫耀的机会。

但小熊倒是显得很低调乖巧，她转眸看向山田，山田看了她一眼，她见状轻声说道："直播中认识的。"

冉雪惊叹一声："山总还看直播，挺新潮的呀。小熊，我们之前，是不是在哪里见过啊？"

莫依斐侧目，却只见小熊脸上顿时一紧，有些不知所措。

山田瞟了小熊一眼，她很快恢复了笑容，有条不紊地说："冉小姐是名人，我哪里有机会见到啊。"

她刚说完，主持人就在台上宣布活动开始了。邹越听到后便牵着莫依斐坐到了前面的中心位置。

场中的位置，自然也是按捐款金额来划分。

赵琦坐在第二排右边，山田和小熊坐在了不前不后的中间位置。冉雪、宋灵均和他们并排，相隔不远，秦文朗和秦太太，则坐在了最后一排。

晚会一开始，冗长烦闷的演讲便让莫依斐忍不住犯困。

宋灵均眼神直勾勾地盯着前排昏昏欲睡的人，冉雪瞄到后，在他耳畔冷笑道："看吧，人家换了男朋友，舒心得很。"

宋灵均神色一凛，没有理会她的讽刺。

冉雪又侧眸望了小熊几眼，越看越觉得熟悉，一些记忆涌了上来。

莫依斐偷偷小憩了一会儿，她睁开眼睛后，只见邹越正宠溺地看着她，她连忙将目光移开了几分。

邹越笑着凑近她耳畔："你觉得无聊的话以后咱们不来了。"

莫依斐觉得最近也不知怎么回事，总是觉得犯困，可最近她工作量也不大啊。

舞台的灯光开始变暗，烟雾缭绕成一片朦胧的幕布。

原来是要开始表演了，莫依斐打起精神，表演她还是有兴趣看看的。

主持人登场，她身后，有一座三角立架也缓缓升了起来。

它被蒙上一层黑布，显得极其神秘。

主持人微笑道："女士们先生们，欢迎光临漪市'蓝天'慈善晚宴。在表演开始之前，我们临时加了一个小环节。在我身后呢，是今天一位来宾准备的一份神秘礼物，他要送给在座的一个女嘉宾哦！"

这时三角立架上的幕布缓缓揭开了，一串晶莹剔透的钻石项链出现在了众人眼前。

"是戴尔比斯钻石啊！"

"天啊！比好莱坞女明星戴的那串还要漂亮！"

"莫依斐女士，请你站到台上来。"

听到主持人叫自己名字，莫依斐一阵惶恐，转头看向邹越，可是座位上空空的，他不知什么时候已经不见了。

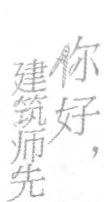

她茫然地走上台,听从主持人的要求,闭上了眼睛。

邹越粗粝的手指划过她的脖颈,带着某种灼人的温度,那串由数颗黄钻和粉钻镶嵌的价值连城的项链毫无预兆地戴在了她的脖颈处。

她回过头,只见邹越长身玉立,正站在台上望着她,眼中有化不开的深情。

全场也适时地响起了阵阵艳羡声和惊叹声。

见此情景,宋灵均搭在膝盖上的手狠狠地拧着裤管,薄唇紧抿,宛如万箭穿心。

邹越接过主持人手里的话筒,深情地开始告白起来:"接下来,我要宣布一件事情。我之前成立了一家关爱女性乳腺癌研究的基金组织,这是国内首家女性疾病研究组织,一直没有取名字。今天,我宣布,它正式被命名为'爱梅'基金组织,旨在为全球女性的健康着想,目前已经取得了一系列的重大发展。"

莫依斐怔住了,因为"爱梅"是她母亲名字中的两个字。

在全场的掌声雷动中,她眼睛湿润了。

她直勾勾地看着邹越,邹越亦看向她,她看着他眉眼之中浓烈的宠溺,一时之间不知道如何反应。邹越上前一步将她揽在怀里,她身体一颤,镁光灯亮得让她觉得有些不真实,因为邹越刚刚向全世界宣布了她是他的女人。

"这样的爱情是世界上所有的女人都羡慕的呢!好了,邹总再这样抱下去,真的会虐死在场的单身狗的!我们邹总还有一件礼物要送给各位,他说莫小姐最大的愿望是去国外看《歌剧魅影》,所以特意邀请了这个有名的表演团队来到现场,真的是福利啊!请大家把祝福送给这对恋人!接下来,让我们一起欣赏《歌剧魅影》。"

观众席爆发出热烈的掌声,冉雪侧眸望向宋灵均感叹道:"在国外都很难买到票的著名歌剧表演,邹越还真是大手笔。男人有钱还是很重要的,哥们,挺住啊。"

宋灵均面色冰冷地看着邹越拥着莫依斐走下台,心中十分不好受,早知道就不来这儿了,在这里的每一分每一秒对他都是折磨。

表演开始了,当女主角饰演的角色试图挣脱魅影的控制而含泪演唱时,宋灵均心里浮起一阵莫名的伤感,这出歌剧是一个悲剧,而他今天心情也不佳。临近高潮时,影院硕大的水晶吊灯会从高空瞬间滑落,从观众头顶飞过,将歌剧推向了高潮。

宋灵均抬头看向上方,果不其然,这间礼堂的水晶灯为了演出做了改造。

伴随着男女主角天衣无缝的重唱,观众席上空的水晶灯宛如游龙在上方摇曳,众人惊喜地发出赞叹声。

"啊!"伴随着巨大的东西落地声,一道尖锐的凄厉叫声划破了表演的高潮。

灯光亮起,莫依斐和邹越循着声音望去,只见小熊站了起来,面孔惨白,浑身都在颤抖,尖叫个不停。

她的身畔,是碎了一地的水晶灯。大的、小的、圆的、椭圆的水晶,洒落一地。

如果不是刚才她转过身去包里拿纸巾,毫无疑问,这盏灯会直接砸在她头上,她一定会当场丧命。

而坐在下面的宋灵均也注意到了原本坐在小熊身边的山田,不知什么时候已经离开了。

发生了事故,立马有保安上前想询问小熊是否受伤,小熊神色惶惶不安,喃喃自语,身边的名媛纷纷对她侧目,鄙夷声和惊叹声此起彼伏,而台上的表演也因为突发事件中止了。

小熊看着周围的一切,肩膀颤抖,瞳孔收缩,突然间飞快地朝门外跑去,似乎想摆脱什么可怕的东西一样。

莫依斐心中一紧,发生的这一切太巧合,她总觉得事情有蹊跷。

"邹越,我去上个洗手间。"她提起裙子就往门口走去。

而这时,冉雪也装作受到惊吓,挽着宋灵均的手臂往外走去。

邹越脸上一片阴霾,垂在两侧的手兀自收紧。他朝助理使了个眼色,助理便悄悄跟了上去。

根据服务员的叙述,小熊跑出大厅后径直坐电梯上了十八楼。

莫依斐立马跑进电梯,心中的不安越发扩大。

五星级酒店的顶楼在十八层,往下望去,城市万家灯火影影绰绰,越发衬托得这里空旷寂寥。

莫依斐视力好,搜寻一遍后便发现了护栏上小熊纤细的身影,犹如风中的柳絮,还在不停地颤抖。

她跑过去,用尽全力抱紧了小熊:"小熊?"

小熊闻言抬起了头,当她看到莫依斐时,神色稍微安静了几秒,随即眸子里一片灰寂。

"你怎么了?不舒服吗?"

小熊突然神经质地笑了:"你也是一个傻女人,你知道吗?所有命运赠送的礼物,早已在暗中标好了价格,哈哈哈,说不定,你比我更傻……"

"你什么意思?"莫依斐听到小熊的话之后感觉十分诧异,十分不解。

两人说话这会儿,宋灵均和冉雪也跑了过来。小熊看了他们一眼,又看向莫依斐:"女人啊女人,总是想要得到很多的爱。但如果没有爱,钱也是好的。可世事难料,也许最后的结果,是被反噬。"

冉雪冷笑一声:"你疯了?"

小熊不屑地看着她:"我最讨厌你这种拽劲!仗着自己出身好,就肆意地嘲讽别人。你又能高尚到哪里去?谁不知道你的丑闻?还呼吁大家保护古建筑,保护文化遗产,成绩那么烂你好意思吗!"

莫依斐觉得她话有所指,好似认识冉雪,知晓冉雪一些比较隐秘的事情。

冉雪脸色一变,上前突然就揪起了小熊的衣领,睁大了眼睛:"你是谁?"

小熊的嘴角绽开讥讽的微笑:"你还记得吗,网球姐妹花。"

冉雪握着她衣领的手突然一颤,她仔细端详着小熊的脸颊,口里喃喃道:"你是周桂香?不可能的!"

小熊咯咯笑着:"人之将死,其言也善。放弃吧,到最后你们就会明白,所有的一切都是无用功,哈哈哈……"她笑得花枝乱颤,精神似乎有些恍惚,那笑声飘浮在空中,却令众人感到冰凉刺骨。

忽然,她大力推开了身边的人,脱掉高跟鞋,径直翻过栏杆就准备跳下去。

莫依斐大感不妙,也翻过去,慌乱中抓住了小熊的一只手臂。

宋灵均见状一个跳跃翻过了栏杆。小熊突然促狭地一个回头,狠狠一用力,莫依斐被她甩了出去。莫依斐奋力往上一拉,只拉到一只手。宋灵均一只手紧紧拉着护栏,整个身体都飞了出来,他剩下的那只手,正紧紧地抓住了莫依斐。

冉雪倒抽一口冷气,她一边过去帮助宋灵均一边在耳麦里告知蔺晨这里的危险情况。

四周的风叫嚣在耳畔,莫依斐偷眼望去,宋灵均手腕上的青筋触目惊心,她知道他用尽全身的力气在争取,他额头上的汗珠洒落在她手臂上,

她的泪水突然涌了出来。

回忆排山倒海而来。第一次见面两人的针锋相对，后来他对她的细心呵护、温柔宠溺，种种都出现在了莫依斐的脑海中。是他让她不再孤单，也明白爱是愿意和对方分享一切。

"宋灵均，你松手吧，再这样下去，你的手会断的！"

"我不会松手的！你有力气就握紧点！你没看见冉雪也在帮忙吗？"漆黑的夜色中，宋灵均的双眸像燃烧的黑曜石，他浓眉紧拧，胸口剧烈地起伏着，莫依斐的手每滑下一点，他就心惊肉跳一次。

他从来没有这样害怕恐惧过，不是害怕死亡，而是害怕失去她。

时间一分一秒地过去，两人交握的手掌已经沁出汗水，莫依斐明白再这样下去，两个人都有危险。她抽了一口气，狠心用自己腾空的另一只手的指尖在他的手背上用力一掐，倏然闭上了眼睛——宋灵均，永别了。

她以为自己会急速下降，但是并没有，她没有感受到高空坠落的失重感。莫依斐睁眼望去，就看到宋灵均双眼猩红地望着她。

"你这又是何苦？"莫依斐哽咽。

"莫依斐，你敢放弃的话，我这一辈子都不会原谅你！"宋灵均咬牙切齿道。

在护栏外协助的冉雪也抑制不住地大声哭了起来。

"雪儿，坚持住！我们的人马上到了！"耳麦里传来了蔺晨的声音，还好，救援的人马上就来了。

几分钟后，警方的人赶到了天台，莫依斐被救上去的时候，简直不敢相信。

被警察成功解救的宋灵均看到她安然无恙后，悬在半空的心总算安定了下来。

莫依斐看着他头发乱糟糟的，浑身差不多都被汗浸湿了，心里十分难过。

惊魂未定的冉雪在警员的搀扶下站立起来，走到莫依斐面前就给了她一巴掌："你这女人怎么总是这么鲁莽？有你在的地方，就像是被诅咒了一样！"

莫依斐被扇得七荤八素，眼冒金星。她平时也是不好惹的主，但现在听冉雪这样说，心里升起一股酸涩复杂的滋味。冉雪说的，好像也没错。

从什么时候开始，她就成了这样的一个代名词，有她在的地方就不吉利、就会出事，难道自己真的是灾星？

宋灵均闻言瞪着冉雪："你疯了吗？"

"疯的人是你和她！她想死就死好了！你呢？你还有很多事情要做知不知道？"冉雪怒不可遏。

两人还在争吵，医生已经抬着担架赶了过来，莫依斐和宋灵均一一被护送上了救护车。

莫依斐突然觉得好累好累，眼皮一沉，就闭上了双眸。

宋灵均躺在她身旁的担架上，心猛然一阵紧揪。刚准备叫医生，就听到有男人的脚步声传了过来，几个护士恭恭敬敬地喊道："邹先生！"

邹越走到莫依斐身旁，有护士立马拿了一张矮凳过来，他径直坐下，一只手握住了莫依斐的手。

宋灵均眉心一蹙，怎么瞧着怎么不顺眼。

莫依斐突然翻了个身，两人齐齐望过去，只见她睫毛上沾满了泪珠，嘴里嘟囔着什么。

宋灵均心里一动，刚翻身坐起来，却见邹越已经拿出纸巾，俯身在她睫毛上轻轻擦拭。

他的心猛然一紧，手指慢慢攥紧，偏头看向了窗外。

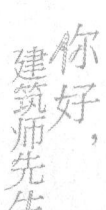

莫依斐醒来的时候，正是半夜三点钟。

望着医院雪白的天花板，空气中是消毒药水的味道，她突然有种不真实的感觉。

头还是有些疼，只是她突然觉得肚子很饿，看着空荡荡的床头柜，她泄气了。

她起身准备出去买点吃的，刚推开门，就听到隔壁病房里传来一阵欢声笑语。

视线穿过病房的墙体，她看到宋灵均躺在床上默不作声，而他前面的桌子上，各种零食和水果应有尽有，蔺晨和冉雪黏在一起一人一口互相喂着吃，不时打闹着，完全把宋灵均当成了空气。

眼前就有现成的吃的，莫依斐不打算下楼了，打定主意后，她就走过去推开了门，讪笑道："我能拿点零食吗？我现在好饿！"

蔺晨看向宋灵均，宋灵均没有说话，而一旁的冉雪摇头道："不行，这是给病人吃的。"

莫依斐撇撇嘴，不由分说就上前拿零食："他反正又不吃，你今天扇了我一巴掌，就拿这些当补偿吧。"

冉雪无语道："真是没见过你这样的人。"

宋灵均看着她，阴阳怪气地说："这是买给我吃的，你没听见吗？你要吃也让你男朋友买啊！他那么有钱，你要什么有什么吧？"一想到今天台上莫依斐和邹越拥抱在一起的样子，他就一肚子火。

莫依斐狠狠瞪他一眼："千金难买邻里情啊。某些人就是喜欢占着茅坑不拉屎，不要资源浪费嘛。"她顺手捧了几个面包，对他比了一个"谢谢"的手势，大摇大摆地走出了他的病房。

一旁打闹的冉雪和蔺晨愣住了，两个人面面相觑。

宋灵均想到了她的透视眼，顿时一脸愤懑。

时间在慢慢往前走，两人的伤也逐渐在好转，邹越每天都会买一束玫瑰送给莫依斐，没几天，她的病房就变成了花的海洋。每次护士来换药的时候，都会发出赞叹声。

这天，高中同学六月过来看莫依斐。

六月和邹越一直保持着联系，一进来就被玫瑰花吸引，她笑容暧昧，促狭道："这才多久，邹越就成功抱得美人归了。"

莫依斐只能干笑。

六月是个热心肠的人，她还记得高中要交班费，每次都是六月先帮她把钱给垫上，事后她再慢慢还。

虽然只是一件小事，但对于少年时代的她来说，却是非常重要。

交班费的时候，通常都是会点名的，六月的帮忙，顾全了她的自尊心。

少年时代，大家把自尊看得比什么都重要。那个时候异性之间的羞涩感开始萌芽，对每一个人来说，能够体面，和旁人无异，是很重要的。

如今她终于自立自强，树立了自己的安全感。当莫依斐提起这件事，六月笑得落落大方："你这个人啊，平时看着大大咧咧的，其实内心敏感得很。这算什么事啊？不过，我还是要告诉你，你谢错人了。借你钱的人，不是我，是邹越。那时候是他特意拜托我的，他怕你难为情就让我说是我的。他那时候就可能干了，放假了就去打工，还自学了计算机知识。那时候他应该就存了不少钱了，多有脑子。"

莫依斐怔住了："是邹越？"

六月拍着她的肩膀笑道："女人遇上一个好男人的概率，可是很低的。"

"对了六月，你上次说他明明是上了重本线的，既然还存了一笔钱，那为何……"邹越上次跟她说是因为家里穷，但如果照六月这个

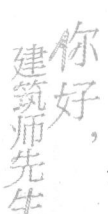

说法，那……

六月皱了皱眉，说道："你知道吗？在高考前夕，邹越的母亲去世了，听说是自杀。大概因为这件事情，影响了他吧。"

突然门口传来敲门声："我能进来吗？"

是邹越的声音，他刚进来，六月就说公司有事要先走，临别前还暧昧地拍了拍莫依斐的肩膀。

六月走后，莫依斐望向邹越的眉眼，看到他眼中带了几分疲惫，她心中莫名有几分心疼。知道他是个大忙人，她还是忍不住开口问道："邹越，六月跟我说高中我班费的钱，其实都是你借给我的。那时候你去打工，为何你从来没有告诉我？还有，伯母的死，你怎么没有告诉我啊？"

邹越就站在离她床铺不远的地方。在她心里，邹永刚是腼腆羞涩的少年，可没想到却对她藏了这么多的心事。现在的邹越，虽然很好，但是总让她觉得，他们之间隔了一些什么。

病床前的邹越听了，眉心微微蹙起，他没有开口，只是走到她床畔，坐了下来，伸手握住了她的手。

"你的班费确实是我垫付的，你是女孩子嘛，脸皮薄是很正常的，我只是希望你能开心。我母亲，因为抑郁症而自杀。至于高考，太遥远了，我不想提了。"邹越双手轻轻按在她的肩膀上，语气十分柔和。

抑郁症？她记得，那时候每次见到伯母，她都有说有笑，一点也不像是患病的人。

她还想继续问，抬眼望着邹越透着忧伤的瞳仁，话到嘴边又咽了下去。

莫依斐低下头，喃喃道："对不起。"

男人粗糙的手指，突然就抚上了她的脸颊："我很高兴被你质问，这说明你在意我。"

莫依斐心猛然一颤，仿佛有细小的针头，绵密地插了进来。

眼前的男人低下了头，下巴几乎抵在她的额头上，在捕捉到她那一丝彷徨的双眸时，他收回了手，拉开了和她的距离："依斐，以后不要这么鲁莽地去救人了。你有没有想过，小熊她可能只是想自己发泄一下情绪，被别人撞破后，更加激发了她的不安全感，这个时候的她，思维进入死角，智力在常人之下，你冲上去，有多危险你知道吗？"

"对不起啊邹越，不过，你懂心理学？"听了邹越的话后她有点诧异，宋灵均也自学过心理学，并且学得很好，现在她觉得，邹越并不在他之下。

"不懂，是我的人生经验告诉我的。"邹越笑道，又伸出手微微刮了一下她鼻子。

病房里的气氛慢慢变得暧昧起来。

莫依斐心里开始不安，这时门口突然传来一阵咳嗽声。

两人循着声音望过去，只见宋灵均倚在病房门口，身子略微倾斜，一只手打着石膏，另一只手垂在身侧，整个人显得有些散漫。

"那个，我房间床头呼叫系统坏了，邹先生，能不能麻烦你帮忙叫一下护士来帮我换药？"

邹越站直了身体，两个人的眸光在半空中交织成一股气流。

走到门口，邹越睨着他，口气疏淡道："好。"

邹越走出去后，莫依斐瞪了一眼宋灵均，她总觉得他出现得有点诡异。

"莫依斐，你能不能有点公德心？我要午休了，你们两个人一直说话，吵得我都睡不着。"

"宋灵均，你又不是顺风耳？我们俩讲话跟你隔那么远，你能听见？"

"能！我就是顺风耳！我说你能不能注意点影响啊？"他皱着眉头，还站在那里喋喋不休。

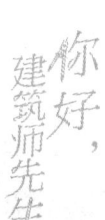

莫依斐吐出一口气，拿起耳机塞在自己耳朵里。

真是够了！

这时护士走了进来，对着宋灵均说道："宋先生，该换药了。"

宋灵均挑了挑眉："护士，我房间里的灯泡坏了，你在这里帮我换一下吧。"

"什么？这个时候灯泡坏了？你真是个灾星！护士小姐，你带他去厕所换吧。"莫依斐抱着枕头，促狭地说。

"这……"护士一脸为难。

邹越走进来，深邃的目光喜怒难辨："就在这里吧，依斐，宋先生是你的救命恩人。"

莫依斐撇撇嘴，只好点了点头。

"对了，那个小熊她……"事到如今，罪魁祸首也没有来医院看望过他们，莫依斐觉得小熊实在是很诡异。

"那盏灯是因为螺丝老化而掉下来的，警方说她精神出了问题。"邹越脸色仍然平静，让人看不出心中在想些什么。

"精神出问题？这不可能啊？"莫依斐突然想起了那日在天台小熊对她说的那一席话，似乎意有所指。

想到这里，她陷入了沉思。

这时，邹越临时接到了公司电话，挂断后他替莫依斐掖了掖被子，转过头看向宋灵均："宋先生，先行一步。"

宋灵均淡淡颔首，看着他走了出去。

这个时候宋灵均的药也换好了，护士捧着托盘，睨向他们："人体承受极限的能力有限，宋先生撑了很久，差一点就右臂完全粉碎了，记得一定要好好休养。"

莫依斐心里有些酸涩，正想说些什么，宋灵均已经起身了："小熊选的路，她自己承受不了，就要迁怒给别人，所以千万不要做自己没有把握的事情。"说完，他将搭在椅背上的衬衫拿起，轻轻带上门走了出去。

莫依斐一脸愕然，灌什么心灵鸡汤啊？

宋灵均走出去后，站在走廊上回望着莫依斐的病房，她的举动，让他越发不安也越发担心了起来。

那盏吊灯怎么可能是因为老化掉落？这可是五星级酒店的吊灯，每年都会有专业人士进行仔细的检查和替换老化材料。

虽然存在检查维修不当的可能，但这个可能性微乎其微。

用这种方式制造杀人机会，借助大量的人证，伪造成偶然事件，真是天衣无缝。

小熊从那晚的心不在焉到情绪失控的表现，说明她已经受到情绪煎熬相当长时间了。在吊灯掉落的那一刹那，她高度紧绷的神经终于承受不住，爆发了。但她还没有完全丧失理智，仍然有自保的念头，加上性格自私容易迁怒旁人，这才差点让莫依斐和他成了替死鬼。

可见，凶手对她的性格和缺陷都十分了解，那个人，心思缜密。

他和莫依斐，都上了当。

此时此刻，隔着一堵墙，莫依斐看向他沉默的身形，也皱紧了眉头。

第十一章
流水带走了光阴的故事

"冉小姐,这是您要的网红小熊的全部资料,包括她整容前的。据我调查,她确实是您体校的同学,周桂香。她现在跟粉丝讲自己出身书香世家,也不足为奇,她想进入演艺圈,爱慕虚荣而已。"一名私家侦探将冉雪要求的资料递交到了她手上。

冉雪打开资料,当她看到记忆中那张平淡无奇却拥有阳光笑容的脸时,心里顿时百感交集。

和侦探交接完,冉雪便直接开车去了小熊的家。

按照资料显示的地址,冉雪开着车一路驰骋,没过多久车子便开进了一处高档小区内。看了眼上面的地址,冉雪很快找到了小熊的家。

门铃按了数遍,屋内才传来一道慵懒的声音:"谁啊?"

"是我。"

小熊顶着一头乱蓬蓬的头发开了门,眼睛下面有两个大大的黑眼圈,双眸里布满了血丝,看上去和直播中光鲜亮丽的模样判若两人。

"冉小姐来我这有何贵干?"小熊语调里带着几分讥诮。

"周桂香!少跟我装不认识!"

趁着小熊发愣之际，冉雪推开门直接走了进去。

屋里的陈设还算整洁干净，看来这么多年了，她爱干净爱收拾的习惯还是没有改变。冉雪如是想着。

看到冉雪在布艺沙发上坐了下来，小熊只好道："你要喝些什么吗？"

冉雪摇摇头，上下打量着她："整成这样，你亲妈还认得出吗？"

小熊冷哼一声，在她对面坐下："你嘴贱的毛病还是没改，以前觉得你可爱，现在吧，每次在电视上看到你，就觉得特别做作。"

"周桂香，你！"

"不要叫我周桂香！"小熊愤怒地站了起来，"我已经不是周桂香了！我整了容又怎么样？你天生肤白貌美大长腿就高贵了吗？就可以恣意嘲笑别人？为了变成现在这个样子，我承受了多少痛苦你知道吗？你有什么资格嘲笑我，你这种自私自利的人！"

冉雪愣住了，垂放在身体侧边的手微微一紧："周桂香，你是不是还在记恨我？我发过邮件给你的，我没有跟你组队参加比赛是因为我家里出了事情！可你呢？你为什么放弃了网球？还跑去做了网红。山田这种男人，不是那么简单的，他的女人加起来可以绕漓市一圈了你明不明白？"

小熊看着她，嘲讽道："冉雪，你少给我假惺惺！你有什么资格跟我说这种话！你以为我还是当年寝室里那个总是跟在你身后的小妹妹吗？你这种人是最不值得相信的！"她说完，大概是累了，坐下来拿起水杯，顺手从抽屉里拿出了药瓶，取出一颗，和着水就吞了下去。

冉雪起身拿起药瓶，看到上面写着"镇静"的英文，一时间心里升起了一股复杂的情绪。

她敛了敛眉眼，在小熊身边坐下，语气轻缓了许多："这种药，吃多了是会产生副作用的，你怎么了？"

小熊偏头看向她，眼里带着自嘲："早期做直播，通常都是在晚上，时间长了头晕,吃了这个就好些,后来就形成依赖了。"

两个人沉默了良久。冉雪发现她茶几上有一个相框,拿起来一看,那是十六岁的她。她虽然长相不惊艳,但她穿着棒球服,身材健美,笑起来,明媚到可以打败太阳。

"这张照片,是我帮你拍的。"冉雪笑着开口,眼中满是回忆。

小熊淡淡一笑:"这是我最喜欢的一张照片。你看现在的我,玻尿酸打多了,笑起来是僵的。"

冉雪眼眶有些酸涩,回忆把她拉回到了少女时期。

她是冉氏集团董事长冉正熙的第三个女儿,她妈妈不是正牌夫人,只是酒吧的一个服务生,攀上了冉正熙,为了生存无所不用其极。

她上头有正牌太太生的一个姐姐一个哥哥,自然是排挤她的。

在那种环境下长大的她,自然是名边缘少女。

直到那年在寄宿学校遇到了周桂香。

两人住在同一个寝室,同样喜欢运动,同样在网球上表现出了巨大的天赋。

国家网球队来学校挑选苗子,她和周桂香一同入选,两人配合默契过关斩将,到最后挺进了决赛。

但最后她退出了。

在决赛的前一晚,她接到了她妈妈的电话,次日就退学回家了。

那晚的电话中,她妈妈告诉她,如果不回来,那么她们母女两人便会被冉正熙的正牌夫人赶到非洲去,终生不能回国。

那场战役,以冉正熙承认她是他的亲生女,进入冉氏家宅而告终。

但她没有想到,因为她的退出,导致周桂香只能临时和他人组队,默契不足失去了进国家队的名额。

后来的她,出国留学,穿上裙子和高跟鞋,化着精致的妆容,却永远失去了她十六岁时的好朋友。

"你为什么没有打球了？"

"我输掉了那场比赛，体校毕业以后，做了很多工作，什么赚钱容易就做什么。主播这种工作积累了一定名气，可以挣不少。"小熊淡淡地开口，语气里充满了浓浓的自嘲。

冉雪偏头看向她，眼眶微微湿润："对不起。"

"你没有对不起我什么，每个人都有自己的命运。"小熊点燃了一根香烟，烟气缭绕中，她的脸上带着几分凉意和讥讽。

"我能抽一根吗？"冉雪望向她。

小熊拿了一根烟给她，她凑过来点火，抽烟的姿势很是娴熟。

吐出一口烟雾，冉雪惊叹道："果然，我们喜欢的口味都一样。"

像是想到了什么，冉雪接着开口道："山田他，对你好吗？"

"好的时候很好，不好的时候……"小熊将烟截熄在烟灰缸里，神色凄凉地把袖子拉了起来。

冉雪看到她露出的皮肤上布满了伤痕，心中一惊，立马上前一把掀开，顿时密密麻麻的痕迹露了出来，一条挨着一条，触目惊心。

"山田的情绪起伏非常大，他很可能具有双重人格。有一重人格很极端、暴力，容易情绪失控。但他好起来的时候，温文尔雅、风度翩翩。每次意识到打了小熊之后，都会下跪道歉。也是因为这一点，小熊每次都心软原谅了他。"蔺晨告知了罗昊昨晚冉雪从小熊那里知道的消息。

重案组的成员们正襟危坐，表情严肃。

警队副队长，专攻犯罪心理学的罗昊皱着眉开口道："即便这样，如果小熊选择沉默，这就只属于他们的家务事。"

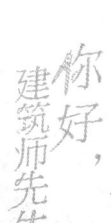

一名痕迹检验专家开口道:"经过我们的努力,除了车痕,还发现了一枚成年男性的皮鞋印。"

众人立即兴奋起来,蔺晨点了点头:"马上行动。"

蔺晨刚走到大厅,就看到宋灵均、冉雪二人都瞅着他,一脸焦急难耐的模样。

看来是来了好一会儿了,昨晚冉雪从小熊嘴里知道了那些事之后,想着兴许对晨曦案也有帮助,就告诉了他。

"怎么样,有什么新进展吗?"冉雪迫不及待地问道。

蔺晨看向她:"保密。但你提供的那些信息,对案件起到了非常大的作用。"

冉雪瞅着他,叹了口气:"你们说为什么有些女人会这么傻?明明知道这个男人有问题,有性格缺陷,却仍然可以在他一次又一次的暴力下,毫无原则地原谅他。"

宋灵均听了,由山田想到了邹越,他们会不会是一丘之貉?他又暗暗担心莫依斐,便站起来想走出去透口气。

冉雪朝宋灵均的背影耸了耸肩,望着蔺晨道:"某人破产后,情绪起伏特别大。"

"莫依斐上次在宴会里的所作所为,让我觉得她心里未必就没有灵均。这山田和邹越都是商界名人,有合作关系,性格都深不可测,我想,他是担心莫依斐。"蔺晨一字一句地说道。

冉雪听了,突然觉得言之有理,她哂笑道:"宋灵均就喜欢一意孤行,心气高,以为自己什么都是对的。骄傲没好处,光屁股没温暖啊。"她说着,突然觉得这话有些粗俗,便硬生生截了下去,讪讪地朝蔺晨露出一个微笑。

蔺晨以前以为她是文静的女生,慢慢了解之后才发现,她其实很直率,偶尔也有一些淘气。

他想着她能说，能发泄，也是好的。后来才发现，原来这才是她的本性。

"这里没别人，你想说什么就说吧。"蔺晨笑着开口，这样的她，其实也挺可爱的。更重要的是，她在他面前卸下了所有的伪装，让他觉得作为男人，被这样依赖，很幸福。

山田是在第二天下午作为被审问人员出现在公安局的。

他一身黑色手工剪裁的西装，精心修理过的短发，双眸平静，仿佛只是过来喝杯下午茶。

重案组几名警察和小熊坐定，在一间独立的隔音房里通过监控看着他被审讯。

蔺晨看向小熊，目光里带着几分安抚。

"我是一名良好市民，当然会全心全意配合警方。我尊重你们的工作，也希望换来同等的对待。我手头上有多家公司，每天要处理的事情很多，我的每一分钟都很宝贵，多耽误一分钟就会浪费很多钱。但我不是看重金钱的人，我看中的是漪市的商业前景还有我能提供多少个就业岗位。所以，大家彼此不要浪费时间，互相尊重才好。"山田不卑不亢，流露一种企业家的风范。

见此，蔺晨抿紧了嘴唇，心中开始了自己的猜测。一旁的小熊听到山田的话之后，脸色稍微变了变，但是也没有开口说话。

当警察问到他和晨曦的关系时，山田神色淡淡一凛，不急不慢地说道："如果我没有记错，我曾经在不久前回答过关于和晨曦合作澳洲演唱会的一切事宜，相信你们有笔录。抱歉，我不喜欢浪费时间。"

审问人员只好就小熊举报他的双重人格提问。

山田听完，皱紧了眉头："是因为我女朋友的事情，所以你们再次怀疑我？说我有双重人格？为什么我自己不知道？"

他摊开手，过了一会儿，才说道："有些事情不方便公之于众，但既然对你们有帮助，我不妨也直说了，其实有问题的人，是小熊。"

蔺晨心里一紧，转头看向小熊。

小熊原本平静的面容突然就变了，她开始颤抖起来。

山田眸光一转，小熊更是觉得他似乎在直愣愣地盯着自己，身体越发痉挛起来。

"她有抑郁症，发病的时候，会出现幻觉。我不知道她为什么会指责我有暴力倾向，事实上，她发病的时候，常常会觉得有人要害她。上次慈善晚宴的监控你们可以调取去看一下，一盏水晶灯因为年久失修掉落在她身旁，她就情绪失控了。我们交往了两年，在这两年的时间里，我带她看了很多医生，但她的病情反反复复，有时候也能得到控制。她是个懂事的好女孩，在她意识正常的时候她会觉得对我有愧疚，说不想拖累我想跟我分手，我自然不会答应，我是真的很爱她。我想，她现在出来指认我，是想让我离开她。"山田口气带着无奈，看上去很是深情，妥妥的一个好男人形象。

罗昊盯着屏幕里的山田，愤懑地吐出一口气："心理素质可以啊！"

说完，他便转身看向小熊。

小熊正紧紧盯着屏幕上的山田，刚刚山田看了一眼摄像头的方向，她觉得山田似乎在看她，身体颤抖得更厉害了，情绪也崩溃了起来："根本没用！我是不可能摆脱他的！"

小熊突然站起，打开门就往外冲去。

坐在外面的冉雪站了起来，看着她惊恐的表情，立即走上去："桂香，你怎么了？"

小熊没有说话,只是狠狠地看了她一眼。冉雪内心一颤,刚刚小熊的目光让她不寒而栗。

蔺晨和罗昊也跟了出来。

冉雪试着想安慰小熊,小熊却一把推开了她。

冉雪从来没有想到过,这样带着恐惧、神经质、憎恨、厌恶的表情会出现在曾经和她一同挥洒汗水、永远笑意盈盈的女孩脸上。

"你别靠近她,她可能患上了斯德哥尔摩综合征。"罗昊在一旁说道。

他说这话的时候,小熊已经跑了出去,蔺晨立马示意几名警察跟了上去。

罗昊解释道:"从刚才她的身体语言来看,她一直生活在巨大的恐惧之中。她意识清醒的时候,会察觉到对方对她的侵犯和带来的危险。可当她陷入恐惧中的时候,会对这名劫持她的人产生一种心理上的依赖。她的生死操控在劫持者的手中,他让她活下来,她便不胜感谢。现在看来,精神不正常的人,的确是她。"

蔺晨皱眉道:"我们在山田的公司了解到,山田工作很勤勉,日常的娱乐也就是看看直播,应该是因为这个才和小熊有所交集的吧。而他的几任前女友,对他的评价都很高,几乎无懈可击。"

冉雪一脸挫败,跌坐在椅子上:"怎么会这样。"

"依斐姐,听说邹越带你出席慈善晚宴还当众向你表白了,你真有福气啊。我看啊,有这么厉害的男朋友,你工作不工作都无所谓了。"

莫依斐听着瞿薇薇的话,淡淡地笑了笑:"我喜欢在这儿工作。"

莫依斐没空在乎这些办公室的闲言碎语,打开电脑,看着媒体上的报道,山田在新闻中频频出现在了企业家年会上,鼓励青少年进行科技创新,看着还真挺上进的。

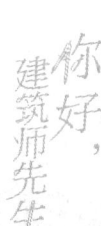

她心里一阵郁闷，山田真的没有问题吗？真的是一个生活规律、疼爱女友的上进男人？

到底是哪里出了问题？为什么每一次感觉到了一个路口，就会生出一些枝节。

这时，龙庭抱着一摞资料走过来，朝莫依斐努了努嘴："依斐姐，领导让你现在去八里屯接待来参观的外省领导。"

"哦，好的。"莫依斐心不在焉地应道，机械化地起立，随意收拾了一下，"那我出去了。"

龙庭无奈地摇头，这种跑腿的事以往都是瞿薇薇做的，可现在，莫依斐跟个小喽啰一样，可她倒是一点都不放在心上。

第十二章
浮出水面

夏末的漪市街头,宛如一口沸腾的蒸笼,莫依斐汗流浃背地走进地铁车厢,幸好车厢里还算宽敞。她坐到座位上,这才感觉身体舒适些。身边有乘客坐下,她本能地将身体侧身移了移。

"你要喝吗?"

她偏头一看。

宋灵均正静静地望着她,手里拿着一瓶矿泉水,讨好似的递给她。

"谢谢。"她不客气地接过矿泉水,拧开瓶盖喝了几口,缓解了口渴,神清气爽地拿起手机开始玩游戏。

宋灵均皱着眉,他原本还以为她会央求自己帮她拧个瓶盖什么的,谁知她根本当自己是空气。

尴尬了一会儿,他还是打破了沉默:"你真的没必要再继续帮我了。"

莫依斐不耐烦地瞥着他:"帮你?你真的想多了,我有权决定我想做的任何一件事。"

宋灵均转过身,幽暗的眼睛浮现一丝锐光:"我真的搞不懂,你到底什么意思?既然交了新男友,为什么不能向他坦白自己?还有,小熊的事情和你没有关系你为什么要去救她?难道说,你还忘不了我?"

莫依斐气得脸上一阵通红:"宋灵均,你发什么神经?"

宋灵均的眸子染上一层严肃:"莫依斐,我是为了你好。"

"为了我好?"她偏头凝视着他,"什么叫为了我好?我告诉你,我受够了你的自以为是!你也不照照镜子看看自己,你现在像个什么样子,你以为我还会被你吸引?少自恋了!"说完,莫依斐起身坐到离他很远的一头去了。

对面坐了几个年轻的女孩,听到动静都好奇地盯着他们看。

宋灵均脸上一阵尴尬。他今天本来是在工地上忙碌,结果临时要去拿一份文件也没来得及换衣服。

此时此刻,他身上穿着简单的T恤,牛仔裤有一些磨损,确实有些不修边幅。跟他当年全身纯手工定制的建筑师形象,大相径庭。

虽然他们分手了,但他还是不希望自己给她留下不好的印象。

到站的时候,莫依斐急匆匆地冲出门,却在下车的时候,闻到一股特别的气息,这气味,萦绕在她脑海里,让她心里一怔。

这味道,和她那日在购物广场外撞到的那个男人的味道,一模一样。

莫依斐举目四望,突然瞥到了人群中一个男人的背影,和她脑海中那晚在城市广场遇见的男人的背影,非常相像。

莫依斐顿时神色一变。

"你怎么了?"宋灵均望着她焦急的样子,有些不解。

"那个人好像是那晚在广场上遇见的人,追上去!"

听到莫依斐的话,宋灵均神色一变,两人立即快速地包抄了过去。

宋灵均长年健身,莫依斐长年跑墓地,两人都算得上身手敏捷,很快就靠近了那人。

莫侬斐低下头,她见过他,难保他对她会有印象,可当她再次抬起头时,却发现那人已经不见踪影。

怎么可能?在密密麻麻的人群中搜索了一阵,只见地铁右侧有公厕,莫侬斐朝宋灵均撇了撇嘴示意,他心领神会,转身往男厕所跑去。

走到门口的时候,宋灵均冲了进去。

莫侬斐则站在门口,透过墙体,一间一间地来回梭巡。

第一间是个个头矮小的男人,排除。

第二间是个体格肥胖的男人,排除。

第三间也不是。

为了节约时间,莫侬斐索性跑进男厕,里面的男人见状纷纷侧目,惊恐地跑了出来。

快速地将每个隔间透视完毕,莫侬斐神色焦急地说道:"他没在这里!不要浪费时间了!快走!"

两人立马跑了出去,刚到门口就看见几个穿着制服的地铁工作人员狐疑地瞅着他们,厉声道:"你们在干吗?"

莫侬斐心想不妙,这得浪费多少时间,于是她转身装作要进女厕所,可依旧没逃过工作人员的法眼:"这位先生,女士,过来跟我们解释一下吧。"

于是两人被带到办公室,全身都被搜寻了一遍。

接下来就是盘问他们的身份和职业,因为他们的举动太匪夷所思,还被要求打电话让工作单位的人出来做证。

莫侬斐愣住了,心中很是担心,如果打电话给博物馆,她这下不被开除才怪。

宋灵均想了想:"我可以打给蔺晨,你呢?"

莫侬斐思考了一阵,拿出手机准备打邹越的电话。

电话还未接通，莫依斐喟叹道："我这种好市民怎么就沦落到这种地步，他们不会怀疑我是变态吧？"

身旁的男人侧眸看向她："很有可能！你放心，我会陪着你的。"

莫依斐闻言只好苦笑一声。

莫依斐没想到，邹越会亲自赶过来。他这段日子忙着处理公事，她是看在眼里的，她以为他会派个助理过来。

而蔺晨因为在忙着破案，所以派了个公安局的文员过来，跟工作人员交涉了一会儿，地铁工作人员就示意他们可以离开了。

出去后，莫依斐有些不好意思，小声对邹越说："那个，我们是因为看到了一名嫌疑人。"

"上车说吧。"邹越的脸色看上去有几分疲惫。

莫依斐点点头，邹越的手臂顺势搂住她的肩膀，她心下一动，虽然不适应但也没有反抗。背后的宋灵均注视着他们亲密的举动，双眸中划过不悦的波痕，身边的警察打趣道："宋大建筑师，这么热的天，你是不是吃生姜了？流这么多汗。"

"……"

车厢里的气氛沉闷又尴尬。

邹越的侧脸显得冷峻严肃，随着光线的移动，越发阴沉不悦。

莫依斐知道，任何一个男人都是不能接受女朋友心思不在自己身上。

想到这里，她只好小心翼翼地开口："我是因为……"

"是因为晨曦的死，你一直在积极配合警方的调查工作。你无法对无辜生命的死亡弃之不顾。这没什么错的，但是……"邹越吁出一口气，口气略带严肃，"依斐，我恐怕要让你失望了，我是一个希望我的女朋友能够以家庭和我为重的人。我希望,当我需要她的时候,她的手机大多数时候对我都是保持畅通的;我们彼此陪伴的时间能多一些,晚上可以常常见面,可以一起去听音乐会或者吃顿好吃的。当我想倾诉的时候,她愿意听。反之,她也一样。我和她能够生儿育女,以后一起环游世界。依斐,我曾经以为你是我想找的那个女人,可经过这段日子的相处,我觉得我们应该冷静一下。你知道吗?这个月我打给你不少于六十通电话,可是只有十通是接通状态的。当我找不到你时,我就会很难受。长此下去,我肯定会受不了。"邹越的手搭在方向盘上,握得紧紧的,他眉眼之间,全是失望。

莫依斐愣了愣,胸口涌现出很多自责情绪。是啊,自己虽然在和他交往,但的确做得很不够。常常都是他关心她呵护她心疼她,她却不是在墓里就是在公安局。

有这样不合格的女朋友吗!

"是我的错,邹越,对不起。"莫依斐低下了头,语气中充满了自责。

"那你是想分开还是愿意改变?"邹越加重了语气。

干净利落的两个选项,一点也不拖泥带水。

莫依斐双手交叉握在胸前,小心翼翼地开口:"能再给我一次机会吗?"

听到她的话,邹越胸口升起了一股热流。这段日子的相处,他能察觉她对自己的心不在焉和敷衍。

他有他的尊严,却一次次对她心软,一次次为她打破原则。他知道这样下去,会对自己极为不利。可是,他偏头看着她黑白分明的眼珠里那如履薄冰的怯意,心底一阵怜惜。

"那你答应我,以后不要再关注这件案子了,离宋灵均远一点。我真的不希望我的女朋友卷入跟她无关的事情之中,这些事情还可能给她带来危险和伤害。"

听他这样说，莫依斐终于松了一口气，目光中的惴惴不安也消失了下来："我答应你。"

也许，她真的插手太多了。宋灵均都叫她不要越界，再这样下去，只怕她根本帮不到忙，反而造成的误会越来越大，何苦呢？

闻言，邹越松了一口气："有时候，我真的得逼逼你。"

"你跟那个穷警察在一起了？"小熊坐在床头，喝着千金大小姐冉雪煲的补气养血汤，对盯着她喝汤的冉雪嚷道。

冉雪听着她会贫嘴了，也不生气，点点头："钱够用就好，重要的，是身边有个真正关心你的人。"她眨眨眼睛，"小熊，你快点好起来，我让我男朋友介绍警队的男生给你认识。"

"得了吧，我喜欢书生气的。"

冉雪看着小熊脸上浮现久违的笑容，心里欣慰了不少。这段日子以来，她替小熊请了心理医生，日夜陪伴在小熊身边。

她跟小熊聊网球，从温网聊到美网，从李娜聊到莎拉波娃，她才发现，原来她们两个人表面上装作不在意，但内心仍然在时时刻刻关注着她们曾经视为梦想的爱好。

每当聊起这些，小熊的脸上就神采飞扬，再也没有了诚惶诚恐和唯唯诺诺，她仿佛看到十六岁的小熊又出现了。

冉雪欣慰地想，如果小熊的精神状态能够保持乐观下去，也许就能彻底恢复健康。

三天后，冉雪接到了小熊的电话，说想吃体校附近那家烧烤，她开车绕了漪市一大圈才找到小熊说的那家店。买好烧烤的时候，她看到两个穿着网球服的女生手牵着手从她面前经过，她不由得就想起当年的她和小熊。

拨通小熊的电话,却一直无人接听,冉雪心想兴许她睡了,于是便挂了电话。刚到小熊住的小区,突然一个陌生的电话打了进来:"冉小姐,不好了!小熊、小熊她,服用了毒鼠强!"

烧烤掉了一地,冉雪的耳朵就什么也听不到了,只剩下"嗡嗡嗡"的响声。

莫依斐拿起门卡刷开了邹越居住的酒店房间的门。邹越回国之后,就一直住在漪市这家酒店里。两层的复式楼,楼栋内没有其他客人,隐私性极好。

今天她提前下班,他还有一个会议,竟然直接给了她钥匙。

一进门,她心里就开始紧张起来,环顾了下四周,然后径直走到他房间里,一眼就看到床头柜的抽屉。她用手一拉,上了锁的。

她从包里拿出携带的万能钥匙,将抽屉打开了。

翻腾了一阵,她发现了一个发黄的信封。

抑制不住心里的好奇,她打开信封,展开里面的信笺。当她读完这封信时,整个人陷入了难以名状的悲哀里。

这是邹越母亲,写给宋铮校长的信。原来当时邹越母亲想在校外租店铺做生意,便到处找关系,经人推荐找上了宋铮,一来二去,两人就发展了一段婚外情。

后来,宋铮想回归家庭,开始对邹越母亲无情无义起来,她自此患上了抑郁症,一切戛然而止。

她还注意到信笺下方有一处淡红的血迹。她心下一动,将这封信笺小心翼翼地放进了自己的背包里。

惊诧、紧张、恐惧的情绪填满了她的每一个毛孔,这时冉雪发来微信:"你在哪儿呢,小熊她自杀了。"

小熊自杀了？莫依斐愣住了，心里顿时掀起惊涛骇浪，连忙夺门而出。她得把这封信笺交给蔺晨。

莫依斐先赶去了小熊的公寓。这是郊区的一套单身公寓，一室一厅。冉雪开了门，见到她，露出了一个苦涩的笑容："不错，够意思。"

莫依斐刚进去，便看到宋灵均从里间走了出来，见到她后，瞪着冉雪道："你叫她来做什么？"

"我给你们之间当了这么久的信鸽，就不能叫她来帮忙？"冉雪叫嚷道。

莫依斐白了宋灵均一眼，注意到两人的灰头土脸，好奇道："你们在找什么？"

莫依斐也随处看了看。突然，她凝神看向一个空调外挂机的位置，脸色一变。宋灵均会意，马上爬到了外挂机的方向，在上面发现了一个包裹得严实的纸盒子。

盒子拆开一层又一层，最终浮现在众人眼前的是一个u盘。

此时蔺晨率领警方的人赶到了，当把u盘插进电脑，点开里面的内容时，莫依斐、冉雪、宋灵均三个人久久不能平静。

山田对小熊施暴的狠戾，完全就是丧失人性的。

和平时呈现在众人眼中那个商界精英截然不同，视频中的他犹如来自地狱的恶魔，无所不用其极地对小熊施暴和虐待。当小熊凄厉地求饶时，他反而越加兴奋。

冉雪看着这惨绝人寰的一幕幕，心脏仿佛被刀片切割，她咬紧双唇，眼泪像断了线的珠子般滑落下来。

表面上看，小熊作为知名主播，功成名就，但谁能想到，她遭受了非人的折磨与痛苦。

重案组在收到他们提交的这份u盘后，立即向上级申请了逮捕令。

次日，山田在新开张的连锁酒店被逮捕了。

一开始，他依然漫不经心，双眸里带着几分不以为意："警官，我已经交代过我和小熊之间的关系了，她的死真的跟我没有关系。你们这样浪费我的时间，我是可以上诉的。"

可当蔺晨出示了小熊录制的视频文件后，他沉默了。

旋即，他又恢复了镇静："我承认，我喝酒之后情绪会很不好。但这只是我们情侣之间的相处问题，不犯法吧？"

"山田先生，你对女性的暴力虐待构成了伤害罪，我们怀疑小熊的自杀跟她曾经接到陌生号码的电话有直接关系。通话一共持续了十五分钟，通话结束后不久小熊便服食了毒药。这个电话，你曾说跟你没有关系，但我们在小熊的私人物品中，找到了一份文件，里面是你在各个国家用的 IP 电话记录。其中的内容证实，这个号码是你使用过的。还有，我们查到了你在某个暗网的登录名。你应该知道，触犯法律的后果是怎样的吧。"

山田听到蔺晨的话后瞬间愣住了，那从来都是自信从容的脸庞上终于有了一丝不安。

"暗网，并不是公开的网站，用户要通过隐身加密软件才能登录这类网站。由于暗网使用的是隐藏的服务器，因此不会被搜索引擎发现。暗网作为逃避网络监管的场所，充斥着军火、毒品、色情和诈骗等非法交易。很多枪支、毒品、伪钞，甚至人体器官，几乎所有违法的东西都可以在暗网中购买。"

"根据山田的登录显示，他在暗网中的交易已经长达三年之久，是资深用户。通过山田对小熊的一系列行为，可以证实山田的确具有双重人格。

但奇怪的是，在他们交往的一年里，小熊明明知道他有暴力倾向，却没有选择离开，这点存疑。并且小熊时不时表现的精神状态，已经初步显示她对山田形成了某种依赖，即斯德哥尔摩综合征。这表明，山田深谙小熊的心理，并可能掌握了她的弱点。并且通过我们之前的调查，山田、小熊以及晨曦之间是有一定联系的，这让我们不得不怀疑，她们很可能是受到引诱，进入了'暗网交易'。其次，我们有理由怀疑，高小英搜集的写作素材中很可能有凶手的具体资料。"罗昊说完这一席话，警队立即陷入严峻的状态中。

而痕检科传来另一个消息：经过对比，狗场的鞋印和山田的鞋形相吻合。莫依斐从邹越寓所获取的信笺上的血迹中的 DNA，和晨曦的 DNA 符合。

"根据调查，邹越在澳洲的工作记录，皆为伪造。据悉，邹越父亲早逝，由母亲抚养长大。这种家庭的孩子，通常敏感、自卑，有可能出现恋母情结。他在高中时期，已经展现出非凡的计算机才华，但他放弃了读大学的机会，之后在澳洲的工作履历，无人得知。宋铮的冷漠，导致了其母的自杀。这可以定性为一起复仇杀人案件。但目前，邹越已经找不到人。你们要万分小心。"罗昊说道。

蔺晨走出会议厅的时候，便看到冉雪、宋灵均、莫依斐都在会客厅，眼神中充满了着急。

"大家都回去休息吧。"

宋灵均知道警方的一些行动不能公布，待在这里也无济于事，便起身离开了。

一旁的莫依斐揉了揉额心，突然觉得眼前的一切明明灭灭，让她有些喘不过气来。这些天来，她总觉得胸口有些困乏，上次在慈善晚宴上也是这样,现在情况好像越发严重了。

出来后,莫依斐有些疲乏地上了公交车,最后一排正好是空的,她心想反正她家是最后一站,到时候司机会叫她下车,她便挑了靠窗的位置准备小憩一下。

见到莫依斐上了公交车,先行出来的宋灵均也跟着她上了这辆车,坐到了她旁边。可惜莫依斐已经闭上眼睛休息了,并没有察觉到。

车开了一会儿,宋灵均看着她的头随着车子的震动碰到了车窗,叹了一口气,伸手把她的头移了过来,然后便看到她拱起鼻子往自己身上嗅了嗅,嘴角竟然蜿蜒起了一丝弧度,往他的肩膀上蹭得更近了一些,安心地睡着了。

宋灵均心里一怔,莫非莫依斐熟悉他的气息?想到这里,他心情轻松愉悦了不少,便坐在那里一动不动,好让她趴在自己的肩头睡得更舒服一些。

窗外突然就下起了大雨,宋灵均伸出一只手把窗关好。许是他关晚了,莫依斐微不可闻地嘬嚅了一声,双手揪起了他的衬衫衣角,几秒钟后很快响起了均匀的呼吸声。

宋灵均嘴角勾起一抹浅笑,望向窗外,只见银色的雨丝像麻绳一般抽打在地面上,溅起很大的水花。

窗外弥漫着很大的水雾,让他想起和她名字有关的一首诗:雾露濛濛其晨降兮,云依斐而承宇。这名字很秀气清雅,却和她的性格完全不搭。很多时候她明知道是龙潭虎穴,也得不到什么好处,甚至是费力不讨好,但她也会铆足了劲往前冲。

"莫依斐,我要拿你怎么办才好?"想着想着,宋灵均就叹了口气。

身边的人突然睁开了眼睛,两人四目相对,瞳孔中倒映着彼此的容颜。

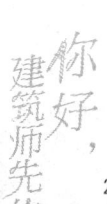

宋灵均心里一阵愧疚，他明白，他此生，都不够偿还她的情意。

莫依斐的脸立即红得像个番茄一般，见车到站了，立马起身下车。

宋灵均连忙跟了下去。

莫依斐站在站台上才发现，自己居然早下了一站。此时此刻，雨虽然停了，但到处是积水，马路上根本没有落脚的地儿。

她愣了愣，看了看自己的小羊皮皮鞋，心想这可不能沾水啊。

这时，宋灵均已经走到前面弯下了腰："上来。"他的声音浑厚，透着不容置疑。

莫依斐讪讪道："不用了，我自己走回去。"

"这水看着就不干净，难道你想住院？"

他这样一说，莫依斐心里也有点怕，但还是迟迟没有行动。

见此，宋灵均二话不说，将她的手一拉，她就趴在了他背上。

宋灵均站起来，背着她，蹚着泥水就往前走去。

莫依斐趴在他宽厚结实的背上，望着他的大长腿迈着矫健的步伐蹚水，不禁暗暗咂舌：身材比例好就是好啊，连蹚污水都能走出 T 台范。

他之前不是最爱干净了吗？平时注重仪容仪表也就算了，那时连她吃的泥土他都要严格消毒。

后来去设计廉租房像个糙汉子一样，但他也会注意自己的形象，不让自己很邋遢。看到他之后，她也不得不承认，那破洞牛仔裤和紧身背心穿在他身上，还是穿出了阳光野性的男人味。

这样的一个人，现在就这样无所顾忌地在污水中行走，他的背部温暖又厚实，熟悉的气息扑面而来，她鼻子突然就有点酸酸的。

到了楼下，宋灵均轻轻将她放下。两人都没说话，气氛顿时有些尴尬。

莫依斐睨着他微卷的裤脚，以及满是泥水的脚，心里有些过意不去，想着还是让他上去洗个脚吧。

谁知她正打算开口,他一个转身就上了楼。

莫依斐只好立马跟了上去。

到了门口,他回头道:"开门。"

她"哦"了一声,听话地开了门。

宋灵均熟门熟路进了门,二话不说就去了浴室冲脚。

等他出来后,就自然而然地坐在了沙发上。

"我去洗个脸。"这会儿莫依斐有点担心自己的形象。

宋灵均环顾了房子一周,很好,没有男人居住过的痕迹。她这个人是个马大哈,他不在的这段时间里,整个房间就恢复了猪圈的状态。

喝了口水,宋灵均就开始拾掇起来。

莫依斐洗完脸出来,诧异地看着正在收拾的男人。

宋灵均白了她一眼:"你就这样对待我的装修?我服了你了,一个田园小清新风格你能把它变成猪圈。"

第十三章

欲望之门

Sweet Love

到了傍晚时分,莫依斐瞅着他问:"宋灵均,你不回去吗?"

"你没听警察说吗?我们现在可能时时刻刻都处在犯罪分子的视线之下。尤其是你,大功臣,你的一举一动都可能被监视。所以,从现在开始,你不能离开我的身边。"

"不能离开你的身边?"她睁大眼睛,语气中满满的不可思议。

"这房子是我装修的,我也算半个业主吧?我最近就住这儿了,你上班下班什么的,我负责接送。全职保镖,你赚到了。"

"宋灵均,你不用工作吗?这么闲?"

"我的项目结束了啊,闲得很。"

莫依斐有些无语。

一个小时后,莫依斐在房间处理工作的时候,就听到了宋灵均在厨房拾掇的声音。

她往外望去,只见他系着白色的围裙,戴着防油烟面罩,正在做饭。

莫依斐看着看着就笑了。

这个防油烟面罩,是他自己买的。

在他还是个国际知名建筑师时,他怕油烟熏坏自己的皮肤,特意买的。

可如今,他浑身上下再也找不到一点当年那些精致考究的气息了,白色面罩外面裸露着古铜色肌肉,越看越有喜感。

晚饭吃的是普通的家常小菜,但即使是普通的食材宋灵均也能炒得特别好吃,一顿饭吃下来,莫依斐感觉自己又要长胖了。

洗完碗后,宋灵均拿出一个玻璃瓶放在了桌子上,里面装着他为她准备的工地土。看到眼前的土壤,莫依斐感到很意外:"这你是怎么弄到的?"

"从建筑工地上打包带过来的,不多,够你今晚当夜宵吃。"

莫依斐愣了愣:"你随身携带泥土?"

宋灵均抿了抿唇,表情有些不自然:"习惯了。"

莫依斐听了,心里"咯噔"一下。分手以后他担心她没土吃,就让冉雪偷偷送给自己,现在又随身带着给自己的土,难道他还心存旧情?

他望向她,心疼和怜惜的情绪涌上心头:"莫依斐,对不起,我还是把你卷进来了。"

"老娘生来就是这种性格,撞上了就要管。你要觉得亏欠,就天天去帮我弄土吃。"

宋灵均漆黑的瞳仁里,突然就升起了一股复杂的情绪。他何尝不想让她过上日日有土吃的滋润生活?被女人嫌弃自己不能给她提供她想要的生活,在他看来,作为男人,他非常失败。

莫依斐倒是没有察觉到他的情绪变化,吃完泥土后,她瞬间精力充沛:"宋灵均,既然邹越就是J,那晨曦是怎么和他认识的?"

宋灵均突然想到了晨曦的日记,连忙开口道:"我上次看晨曦的日记时,发现她加入了一个叫'高乐俱乐部'的组织。"

两人对视,眸子里升腾起炙热的火焰。

当晚，他们就连线了蔺晨开视频会议。

蔺晨点点头："这个俱乐部的确是个神秘的高端组织。晨曦和里面的几位成员都认识，也许真能从里面发现什么线索。不过，山田被拘留，他们势必会小心翼翼。我现在就安排卧底秘密入会，只是这个俱乐部是从网络上答题申请加入的，题目涉及的范围很广，我们目前找不到合适的人选。"

莫依斐和宋灵均对看一眼，两人点了点头。

宋灵均开口道："我来。"

蔺晨寻思了一会儿，让他来，无论是从智力还是体能上，都是不错的人选，只是危险系数极高。

但他和莫依斐都明白，这个案子不破的话，宋灵均的心里，总会有缺失。他沉默了一会儿，最终点了点头："这种自愿性行动，会要求你签署风险自理书。我帮你申请，到时候会派遣警员配合你的行动。"

宋灵均几乎是毫不迟疑地点了头。

高乐俱乐部的测试问题稀奇古怪，大多涉及数理化知识，宋灵均本身是理科生，逻辑推理能力一流，莫依斐看着他跟玩似的就做完了。

但最后的一题是：要求提供 100 万额度以上的个人存款证明。

宋灵均骂了一句，正准备打给蔺晨让他去准备，莫依斐很快从抽屉里拿出了一张卡，就开始填写资料。

"你等到蔺晨去申请，要等到什么时候啊？"

"莫依斐，你哪里来的钱？"他愣住了。

莫依斐挑挑眉："卖老家祖宅的钱，还有我这几年的积蓄，我打算留着养老的。"

"那你之前干吗过得这么寒酸？"

"拜托大哥,我这是留着养老的。我就喜欢勤俭,这是我的风格。"她撇着嘴。

宋灵均睥睨着她,勤俭?她那是有钱也不会花好吗。

不过,她说是养老的钱,他心里有些不是滋味,怎么能让女人帮自己帮到这个份上。

但如今箭在弦上,他只能让她帮自己,反正他也是要还一辈子的。

莫依斐没跟他磨叽,很快就将钱转给了他!

资料填好后,两人一直盯着电脑屏幕等着审核。莫依斐等了一会儿,按捺不住睡意,合上了双眸。

宋灵均想着,以前他有钱的时候,她还有些小心眼,说自己工资低;现在他没钱了,她倒是二话不说把自己的家底都拿出来了。他欠她的,怕是这辈子都还不完了。

他伸出手,将她从椅子上轻轻抱起,轻手轻脚放到床上。

刚把她放好,屏幕上就传来一道"滴答"声。他一回头,看到电脑屏幕上一片漆黑,只显示了四个大字:审核通过。

宋灵均立即走过来坐下,骨节分明的手指在桌面上叩了叩,许久之后他走进房,静静地看着莫依斐的睡颜。

好久没有这样看她了,她睡着的时候,跟个孩子一样。小梳子一样的睫毛,微微上翘的嘴角,没有了白日里的那一丝嚣张,更多了几分柔顺甜美。

他多希望,她能时时在他怀里展露这样的一面。

宋灵均在网络上和高乐俱乐部的成员交流了两个月后才获得了参加他们线下活动的机会。

这两个月来,他在高乐俱乐部的线上活动中扮演H先生。

在线上的活动环节中,他和警队的心理专家一起配合,饰演的H先生是一位学识渊博、逻辑能力强的人，在错综复杂的数字推理环节中总能拔得头筹，很快得到了成员人士的认可。

仅凭智商，俱乐部的成员显然无法完全信任他，宋灵均就表示：非常期待线下的活动。

他表示过几次类似这样的愿望，但线上的管理员并没有理会他。

警队的心理学家猜测，很可能是俱乐部的人对新加入的他有一定的怀疑，因为突然出现一位如此符合要求的人，很诡异。所以当下要做的事情，就是让成员的人认为他和他们是"同类"。

经过这段日子的摸索，神秘诡异的俱乐部，终于露出了冰山一角。

莫依斐和心理学家没日没夜地观看了高乐俱乐部成员发布的一些观点和爱好，总结出了几点：

一、对法律的蔑视；

二、觉得在日常生活中无法满足自己的需求；

三、对黑暗的、操纵他人的行为有极大的兴趣；

四、觉得自己的想法是完美的，甚至带有自恋倾向。

宋灵均发布了很多迎合他们口味的帖子，比如详细撰写了自己对"一次完美绑架"的策划。里面详细描写了如何心理诱惑、策划实施，如何给被害者施压、让受害者臣服自己，如何摆脱警方怀疑，清理犯罪现场等等，让他们相信他是他们的"同类"。

终于，某一天俱乐部里有一位成员在匿名群里对宋灵均说道："想不想通过线下见面，将这一切变为现实？"

看到这句话，他们立即兴奋了起来。

宋灵均多日紧绷的眉毛终于舒展了一下。而莫依斐，眼中除了激动，更多的是焦虑。

蔺晨握紧了拳头，这个信息传达出来的信息量巨大，但同时也意味着危险重重。

凌晨两点,高乐俱乐部的成员给宋灵均发了一条消息:H,很高兴见到你。生命只有一次,你将会看到最绚烂的场景。你可以携带一名女伴同行。

"生命只有一次,最绚烂的场景?"这样的开场白,让莫依斐觉得头皮发麻。

"我要跟你一起去。"莫依斐偏头看向他。

宋灵均摇摇头,斩钉截铁地拒绝:"不行。"

蔺晨意识到这是个棘手却又带着希望的转折点,他左思右想,深入虎穴,宋灵均是最合适的人选。但对方深不可测,这等于是拿命在博。

但拗不过宋灵均的坚持,他只好向领导传达了意愿。

领导在视频里正色道:"你们两个都不能去,给我老实在家里待着。警方非常感谢你们对案件的无私付出和贡献。但接下来的事情,我们警方会酌情处理。为了安全起见,我们会在你们的住所安排警力,保护你们的安全,尤其是莫小姐那里。从现在开始,立刻执行。"

宋灵均眉心紧蹙,手心紧握,立刻就站了起来。

蔺晨知道警方有警方的办案方法和流程,劝解道:"灵均,切勿急躁!对方有动静的话,警方会第一时间行动!"

他虽然这样说,但宋灵均的心却越来越急躁不安。时间不等人,现在的每一分每一秒都非常重要!

莫依斐将卧室的门关上,转过身,表情严肃:"趁警方的人没到,咱们赶紧行动!"

宋灵均摇摇头:"莫依斐,这不是去考古,那里面豺狼虎豹,我不能让你冒这个险!我欠你的已经够多了,我不能让你为了我去冒险。"

闻言,她讽刺地勾起嘴角:"你不是说你欠我?晨曦和我有缘,世界万物皆有因果，我想找到她死亡的原因。这是我想做的。"

宋灵均胸口涌上一股暖流，他只好紧紧握着她的手，想说些什么，却觉得语言在这样的情意面前不值一提。

莫依斐瞪他一眼："走啊！别磨叽了！"

宋灵均轻车熟路地走到停在小区门口不远处的那一辆阿特兹里，发动引擎，红色的汽车就宛如一道闪电消失在夜色里。

莫依斐看出这是蔺晨的车。

这小子，果然是最了解宋灵均的人。

她打趣道："这车性能不错啊！"

宋灵均侧眸看向她："以后我买个更厉害的！你想去哪儿就去哪儿！"

莫依斐哂笑道："偶像包袱。"

这种时候他还不忘自吹，她心情也不由得轻松了几分。

已经凌晨三点了，车子距离漪市市区越来越远，正向着漪市的偏远山区开去。周围光线暗淡，隐隐传来了几声鸟儿的鸣叫。周围弥漫着薄雾，整个世界仿佛只剩他们这一辆汽车。

莫依斐眼观鼻鼻观心，坐在车上静默不动，心中想着他们一定要回去。

不一会儿，宋灵均的手机就响起来了。

莫依斐注意到这个号码有些怪异，想必这个号码是高乐俱乐部成员内部专用的，根本查询不到地址。

她的心突然就微微一紧。

宋灵均却云淡风轻地接通了蓝牙，电话里传来一个处理过的男性声音："下车，往前 100 米左拐。"

宋灵均停下车子，熄火之后，他转过身，粗粝的手划过微愣的莫依斐，将她身上的安全带解开了。

两人下了车,宋灵均牵着她的手,一步一步地往前走。

他脚步矫健又飞快,不一会儿,两人就走了几十米的距离。这时宋灵均闻到了汽油味,一把揽住她往草丛里一跳,身后就响起了爆炸声。

那声音宛如平地一声炸雷,整个林子都被震动了,鸟儿惊恐四散,而莫依斐被震得耳膜轰轰作响,十分难受。

莫依斐闻到空气中全是火焰器张炙热的味道,一回头,蔺晨的那辆车已经被炸得面目全非了。

她现在觉得五脏六腑之内,全是浓烈的死亡气息。

"怕吗?"宋灵均握紧了她的手,这灼热的温度熨贴着她的心。

她摇摇头,将他头上的树叶拿下,他欣慰地笑了。两人稳住了身子,坚定地往前走去。

穿过密林,又蹚过一条小溪,他们终于到了高乐俱乐部指定的一大片空地上。莫依斐看了看手机信号,果然已经消失了。

雾气弥漫中,有人朝他们走过来,走近了一看,是赵琦和秦文朗,还有一个年轻男人和一对情侣。

看到宋灵均和莫依斐,秦文朗的脸色有些阴霾,而赵琦从一开始,脸上就带着淡淡的笑容。

莫依斐打量着他们,那名年轻男人长得倒也算英俊,就是眉眼之间闪着阴郁之气。

那对情侣倒是显得很正常,两人虽然衣着休闲,质地却十分精良,应该是商务精英人士。

赵琦见大家到齐了,便介绍道:"宋先生,原来你就是H。欢迎你的加入。我身边这位想必你已经认识了,旁边那位帅哥是磊子,两位情侣分别是向晖和成英。"

磊子这才仔细看了宋灵均一眼："迷宫入口计算那题，答得不错。"他口气中带着一丝傲慢，表情却仍然冷淡。

莫依斐看向向晖和成英，直接说道："那我们的活动是什么？有意思吗？"

向晖和成英听了，原本平静的眸子里染上一阵兴奋，却没有回答她的问题。成英突然笑了："我想，我们在这里都会看到我们最想看到的。"她说这话的时候，眸子里逐渐浮上几丝冷鸷和疯狂，让莫依斐感到一阵头皮发麻。

成英刚刚说完，赵琦瞥向众人道："现在，可以打开你们的手机了。"

听到他的话，莫依斐拿出了手机，依然没有信号，却有信息发了过来："欢迎你们踏上游戏之旅。你们将进入到一个没有人定义规则的世界，你们就是规则。"

看完信息后，莫依斐和宋灵均对看一眼，宋灵均攥紧了她的手，她亦在他的掌心里轻轻挠动了一下，示意他安心。

天蒙蒙亮起，周围的光线逐渐开阔起来，有鸟儿在林子里婉转啼叫，有两辆吉普车停靠在眼前。根据信息提示，他们可以自由组成两队，乘坐吉普车，驶向目的地。

莫依斐看到向晖和成英踟蹰了一会儿，便向赵琦和秦文朗的方向走去了。而磊子则无所谓地站在一边，她便拉着宋灵均和磊子乘坐了同一辆车。

宋灵均驾驶着车子，在崎岖的山路上驰骋。她瞥向磊子，见他仍然是淡漠的表情，只好主动搭讪："我们第一次参加这样的活动，你能不能透露一下有什么好玩的？"

磊子听她这样说，表情上仍然看不出什么情绪的波动，眸子里却闪过一丝意味深长的光："按照手机的提示做就可以了，包你满意。问多了，就没意思了。"

莫依斐拿起手机,又来信息了:"在我们生活的世界,有很多无法用科学解释的事情,也存在具有超能力的人类。今天我们的游戏就是,在你们这些人中,其中有一位是具有常人不具备的特殊能力的。请根据你们的猜测,找出这个人,让TA被你们的好奇操控,满足你们的好奇。最后,杀死TA。"

看完信息之后,莫依斐心里一凛,浑身的汗毛都倒竖了起来。一旁的磊子没有说话,嘴角蜿蜒起了一丝诡谲的笑。

身边的宋灵均安抚地看了她一眼,没有人知道,此刻他的心绷得有多紧。

J,邹越现身了。

他们从一开始就一直处在他的视线范围之内,他还能察觉到莫依斐的特殊能力。

焦灼、懊恼的情绪刹那就覆盖在宋灵均的胸口上。他早应该想到,她一次又一次在案发地点现身,是多冒风险的事情。

莫依斐转头看向磊子。

磊子察觉到她的目光,犀利地看她了一眼:"我从来没见过具有超自然能力的人,要是可以操纵这样的人,那真有意思。"

莫依斐心里"咯噔"了一声,操纵?她看过一些心理书,有些变态享受征服他人、奴役他人的感觉。比如英国的剑桥博士马修,在暗网中拥有多重身份,有过137次犯罪行为,导致四名受害者试图自杀,多名受害者出现自残行为。而他,好像也享受折磨和摧残别人的快感。

一股凉意很快地蔓延向她的全身,但当她感到宋灵均的手心冒出的热汗时,她很快平复了心情。她偏头,对磊子轻轻一笑:"操纵?未免太小儿科了。如果真的有超能力,就应该让他臣服于我们,服务于我们,这样才有意思。"

磊子听了,目光中掠过一丝深意:"不错的想法。"

越过崎岖的道路,他们终于到了目的地。

这时,所有人的电话响了起来,里面传来的仍然是变音声:"把你们每个人心中的怀疑者名单发过来,然后,依靠团体的力量,将 TA 制伏。记住,你们每一个人,都有嫌疑。"

赵琦的双眸染上阴霾,而秦文朗饶有兴味地环视众人。

除了宋灵均和莫依斐,每一个人都在思考,都在猜测谁是那一个神秘的拥有超能力的人。

在手机上写下名字、点击发送的时候,莫依斐抬起头就看到对面的赵琦对她轻轻一笑,那笑容阴森中带着诡异。

宋灵均立即往她面前一挡,遮住了她的身影:"我累了,我们还有多久到宿营地?"

手机里传来讽刺的一声冷笑:"H,这里是修罗场,不是度假观光地。如果你想到最高处看风景,就只能按照我们的程序来。"

莫依斐立即攥紧了他的手,她哂笑一声:"我们当然服从一切命令,只要有精彩的内容。"

磊子看向莫依斐:"你们真的是情侣?爱好不太一样啊。"

莫依斐攥紧宋灵均:"不一样才互补,干柴遇烈火,旺着呢。"

其他人听了,面面相觑。

莫依斐则无所顾忌地拉着宋灵均,按照神秘人发出的地址往前走去。

赵琦和秦文朗互相看了一眼,没有说话。大家都收拾好了东西,亦步亦趋往前走去。

山路崎岖,草木葳蕤,不一会儿,原本还绚烂的阳光忽然就暗淡了下来,周围的一切变得昏暗起来。

莫依斐看了看阴沉的天空,脚步放缓了一些。

这个时候,应晖和成英超过了他们,他们看起来精神抖擞,不时交谈着什么。

而磊子也赶了上去,已经和他们处在了并排的位置,赵琦和秦文朗则在最后并排着走。

倾盆的大雨突然就铺天盖地下了起来,莫依斐、宋灵均两人仓促出来,根本就没有带雨衣,而队伍中的其他人都有条不紊地穿上了雨衣。

宋灵均将外套披在莫依斐头上,拥着她朝前走。

莫依斐紧紧依偎着他,心中在推测这些人的行为以及性格。

看起来,向晖和成英是最正常的一对,磊子性格孤僻,赵琦和秦文朗则显得淡漠疏离。

这样的五个人,都有涉猎生活中刺激面的爱好,在神秘人的指令发出后,每个人都呈现了期待反应。

但如果说杀人嫌疑的话,磊子可以第一个排除。

他的倨傲、自我、直接,对人际关系的不圆滑,无法完成精心策划的绑架杀人案。

赵琦和秦文朗,都曾经和晨曦有过演唱会投资方面的合作,两人最后虽然从资金转移案中抽身,但这两人,从社会关系和能力上来看,有能力策划一起完美的谋杀案,并且很可能和山田有着某种合作关系。

向晖、成英,看起来有点像单纯的商务精英对钢筋水泥的生活感到厌倦来找刺激,但仍然不能完全确定。

山雨欲来风满楼,宋灵均眯着被风吹倒的树枝,更加用力地搂紧了她,两人深一脚浅一脚地往前走去。

这时候，莫依斐突然感到脚心传来一阵钻心的痛，她"啊呀"一声，抬起脚一看，脚底被尖锐的石子划破了，涓涓的鲜血瞬间染红了袜子。

莫依斐心里一紧，怎么这么倒霉，他们两个人一起来这里，谁出现了问题都会成为麻烦。

看到莫依斐受伤，宋灵均没有说话，蹲了下来，准备背着莫依斐走。莫依斐见状直摇头，说自己还能坚持。

宋灵均直直地盯着她，眼中满是疼惜。莫依斐没有再挣扎，顺从地趴在了他背上。

这时前面突然传来一声尖叫，是成英的声音。

向晖回头看向众人："帮帮我，成英掉下去了。"

宋灵均往下望去，因为下雨路滑，成英可能踩空了。

这时，后面传来一阵巨大的轰鸣声，众人往后望去，只见相距几百米的一座山，已经出现了滑坡的现象。山体崩落的声音，轰鸣如雷。

磊子回头一望，眸子里一阵淡漠："不能耽误时间了。"

赵琦和秦文朗也点了点头，神色也充满了冷漠。

向晖转头看向他们，一脸的不可置信："我们是一个团队啊！你们就这样见死不救？"他又看向宋灵均，"你呢？H？"

莫依斐在他耳畔嗫嚅了几句，宋灵均神色复杂地点了点头，将她放下，对磊子说道："我下去找她，麻烦你照顾我女朋友。"

磊子看着他笃定的表情，双眸里划过一丝别样的神情。磊子点头道："好。"很快扶稳了莫依斐。

磊子扶着莫依斐，赵琦和秦文朗在后，一行四人继续往前走。

莫依斐往后望去，向晖和宋灵均已经不见了，能看到的只有漫天的迷茫水汽，白茫茫的烟氤氲成一片。

雨水和汗水一起黏糊糊地粘在她的额头，她努力调整着局促的呼吸。

"你放心吧，这个游戏的设定是命运赠送礼物。"磊子看到莫依斐心不在焉的样子，哂笑一声。

莫依斐偏头："什么意思？"

他却不再说话，只是搀扶着她往前走去。

他们几人往前走了一段距离之后，莫依斐觉得头晕的感觉又再度袭来。她狠狠地掐了掐自己的大腿，钻心的疼痛终于让她恢复了一点清醒。

他们四人终于到达了营地。

这是一间竹篱笆围成的两层青砖小屋。

磊子搀扶她进屋的时候，她只觉头痛欲裂，但面对三个男人，她根本不敢闭上眼睛。

客厅里有若干张椅子，她示意磊子扶着她坐下，然后准备从包里拿出云南白药。

赵琦很快递给她一包药："用这个吧，进口的，很有效。"

莫依斐接过，目光扫过包装袋上的字，是进口创伤药没错。她刚准备用，屋外突然传来一阵响声，她抬眸一看，心中顿时一阵狂喜，宋灵均已经走了进来，后面跟着成英。

她注意到他全身都湿透了，裤子卷了起来，上面破了很多口子，能看到擦伤，而他隽黑深邃的眸光，正定定地看着自己。

莫依斐起身，也不管周遭人的反应，飞快地上前冲到了他的怀里。

他亦紧紧地环抱住了她。

成英站在他们身后，目光里浮现一丝冷鸷。

"向晖呢？"莫依斐问道。

"我们下到山底的时候，他滑了一跤，山底太黑，没有找到他。"宋灵均解释。

莫依斐注意观察其他三个男人,赵琦说了一句:"命。"

其他两人都是淡漠的样子,仿佛跟他们没有任何关系一样。

而成英,则是沉默的,她没有说话,只是径直走进了屋内。

屋内还算宽敞,有上下两层,每个人都可以住一间房。宋灵均和莫依斐挑了二楼的一间,从这间房,左右两边可以看到其他的房间,也可以看到楼下的房间,他们的举动都可以在她的视线范围之内。

宋灵均弓下身子,仔仔细细替她重新冲洗了一遍伤口,正要替她上药,她皱紧了眉:"宋灵均,把裤子脱了。"

他一怔,脸上一阵绯红。

莫依斐一个拳头敲在他的胸口:"替你上药。"

她手指抚上他的伤口,虽然伤得不深,但大大小小有十几个血口子。

莫依斐喉咙里立即就像有什么东西卡住了一样。

她开始小心翼翼帮他上药,他低头嗅到她身上的气息,深深地呼吸了一口,一个小时前,在山底下,他就是靠着对这股气息的留恋,才撑了过来。

这会儿,终于可以离她这么近了。

"莫依斐,他们都有问题。在山底下,发生了很可怕的事情。种种迹象表明,他们很可能已经发现了我们,我们必须逃出去。"宋灵均低头,在她耳边说道。

莫依斐心头一颤,对上他灼灼的双眸,他们两人的感觉果然出奇一致。

她点点头,举目四望,房间里的每个人的表情都麻木不仁,她不禁想起了神秘人的那一句:这里已经变成修罗场。

大抵是宋灵均在身边,莫依斐的困意一下子袭来,反正有他在,想到这里,她便安心地闭上了双眸。

她也不记得睡了多久,最后是被宋灵均用力摇醒的。

莫依斐睁开惺忪的双眸,看到黑暗中他警觉又锐利的双眸后,立即站了起来,这时门口传来窸窸窣窣的声音,他将她的手攥得紧紧的。

黑暗中,似乎有女人的尖叫声,是成英的声音。

两人立即开了门,就看到赵琦和秦文朗正拉着成英,成英的嘴上贴了封条,手也被束缚捆绑在身后,双眸里满是恐惧。

磊子也走了出来,打开了灯,他们便无处遁形了。

"你们干吗?"磊子站在楼梯口,望着在楼下正推着成英的他们。

秦文朗往他们的方向瞥了瞥:"这女人绝对有问题。我们只是让她去她应该去的地方。"

赵琦往上看了一眼,那阴冷宛如狼一般的寒气让莫依斐打了个寒噤。

"这女人昨天明明是假摔,向晖爬下去就失踪了。宋灵均,你别以为你可以帮她隐瞒她杀死向晖的真相。最毒妇人心,谋杀亲夫她都可以做到干净利落,她留在这里,肯定是个祸害。"

秦文朗一把摘下成英口里的封条:"这个女人如果不死,我们都别想活着出去。"

成英睁大双眸,胸口剧烈颤抖,大叫道:"畜生,明明是你们引导了这一切。这不是一个游戏,这是杀戮的世界!"

秦文朗转过身,一记巴掌狠狠扇在她脸上,又将封条重新封住了她的嘴。

第十四章
罪恶之眼

　　这时手机里再次传来神秘人的声音:"很好,你们已经进入了状态。这里的水源和食物只够你们均分一天。在这一天里,如果杀不掉那个天赋异禀的人,你们谁也别想从这间屋子里走出去。"

　　磊子攥紧了扶手,双眸里一片复杂,片刻之后,他转身回房,"砰"的一声关闭了门窗。

　　秦文朗狞笑一声,将成英拖进了柴房。

　　赵琦也走了进去。

　　莫依斐觉得五脏六腑内一阵恶心,不可以,她不能见到这样丧失人性的事情发生在自己眼前。

　　她转身想往下跑,却被宋灵均一把拉住:"他们暂时不会伤害她。"

　　他漆黑的眸子里满是肯定,她定了定神,转身跟他回了房间。

　　五小时前。

　　宋灵均看到了在陡坡上沿着泥地往下攀爬的向晖,大雨越下越大,他的视线已经变得模糊一片。

向晖比他先下到底部，很快找到了成英。

他却因为一脚踩空，坠到了另外一个方向，相隔他们十几米。

他跟跄着朝他们走去，却听到成英歇斯底里的哭喊声："你居然想杀了我？杀了我，你就可以和她在一起过男盗女娼的日子是不是？呵呵，我告诉你，没门！我出去就揭发你！你以为你行长的位置能坐得稳吗？"

宋灵均听到这话，里面涉及了他们太多私事，于是打算折返。

这时头顶却传来一阵天崩地裂的声音，他往上一看，滔滔的泥水，已经宛如一头巨兽，正咆哮而下。

他回过头，朝他们大吼了一声："危险！闪开！"说完他便爬到了一棵大树上。

这个时候，不可思议的事情发生了，成英的双眸突然变得恍惚，向晖也拿出一把短刀，目露凶光。

向晖拿着刀向成英刺过去，那一刀带着很大的力道，完全可以置成英于死地。他正想冲上去制止，成英一个侧身避开了，她一个用力，就将向晖推搡了下去。

一切，都发生得猝不及防。

听完宋灵均的话，莫依斐抑制不住地抖了抖腿："这里的一切，已经失控了。"

宋灵均点点头："向晖和成英，互相怨恨，非一日之仇。"

他转身拿了毛巾一根一根地擦拭她的手指："在暗网上，人也是可以买卖的。成英和向晖，两个人都对对方恨之入骨，他们都自私，应该都出售过对方。"

莫依斐顿觉一阵寒气萦绕心头，真是毛骨悚然。

在外人看来，他们是郎才女貌，背地里，已经势同水火，都在暗算对方。

"他们暂时不会伤害成英，变态者享受的是慢慢折磨对方，让对方情绪失控，任由他们操纵的快感。"宋灵均分析道，目光灼灼地看向她，"让他们暂时不动手的原因，很可能是他们在等待第二个猎物，让他们享受一起折磨的快感，所以你必须走。"

莫依斐顿时觉得宛如一阵冰凉的水，从头往下浇下来，凉彻了整个心扉。

"这一切，都是J胸有成竹安排的，我们从一开始就踏入了他的计划之内。"她努力地回想起之前的所有线索。

"莫依斐，你听我说，我已经给蔺晨发了暗号，如果不出意外，不出几个小时他就能赶到。在这之前，你必须听我的安排，快走！"

他声音不容置疑。

莫依斐的双眸浸染上一层湿意。她点了点头，在这里，如果他们的目标是她，她留在这里只会给宋灵均拖后腿。

这夜，漫长而又险象环生。大概等了一个小时，莫依斐看到两边的人已经躺下，朝宋灵均比了一个姿势。

宋灵均将干扰器调整好，两人便蹑手蹑脚走了出去。

莫依斐从来没有觉得楼梯能有这么多阶，每下一个台阶，她都要观察一阵。

终于到最后一阶了。

她松了口气，刚准备跑路，却被从转角中突然窜出来的身影狠狠地一拽，她脖子一紧，整个身体被桎梏住了。

宋灵均很快地反应过来，伸出手就要反击，磊子嘶哑的声音已经蔓延开来："别动，你靠近的话，我一刀结果了她。"

宋灵均一愣，这时整个客厅的灯倏然亮起，房间内的一切照得亮如白昼。

楼上的房间响起脚步声，赵琦和秦文朗，一前一后地走了出来。

赵琦看向磊子："你找到异能者了？"

"应该就是她。具有特殊天赋的人，我没有想到，看起来不起眼的女人，居然会拥有这样的能力。"磊子双眼闪着奇异的光彩。

"你敢动她一丝一毫，我会让你粉身碎骨！"宋灵均咬着嘴唇，一字一句地说。

"我算看出来了，有她在的地方，你就总能轻而易举觉察到大家的动静，不是她是谁？"磊子双眸一沉，"你们一参与进来就是个异类。大家关心的是超出科学的认知以外的世界，可你们居然你侬我侬，缠绵缱绻。"

一阵鼓掌声传来，秦文朗一边走过来一边鼓掌，眸子里闪着欣赏的光："王磊，外界称其为神童，十四岁就考进名校的大学生，有科学天才的名誉。如今一看，果然名不虚传。"

宋灵均眸子一凛。王磊？这个名字，他是熟悉的。这个十四岁考进大学的神童，后来据说因为在动物园带着硫酸泼向国家一级保护动物被勒令退学了。之后的网络暴力毁掉了他的人生，网络上对他铺天盖地的讨伐将他定义为"一个有智商但没有人文素养的怪物"。没想到，他居然在暗网上加入了这个俱乐部。看着他偏执的眼神，恐怕他的心已经麻木了。

秦文朗称赞磊子的话让他很受用，宋灵均觉察到磊子的脸色缓和了不少。

找准机会，宋灵均快步上前，一个踢腿就将磊子手里的刀踢落在地。

莫依斐惊出一身冷汗，宋灵均已经和磊子扭打在一起。

磊子和宋灵均比起来，还是明显落了下风，不一会儿，就已经被他牢牢制伏。

莫依斐瞅着宋灵均眸子里的猩红戾气，心里一动："灵均，别上当！"

宋灵均愣了愣，那把刀已经被他反剪拿在了手上，就要刺入磊子的身体。这会儿听到她这样一说，他眉心一蹙，立即将刀子扔到莫依斐脚下："拿着。"

莫依斐捡起刀子，只见秦文朗和赵琦已经走到了他们面前。

宋灵均将已没有多少力气的磊子踢到一旁，快速站在了莫依斐面前。

"宋先生果然是情种，到了这种关头，还要挺身保护自己的女人。"赵琦哂笑，突然对着不远处的电子监控比了一个手势。

突然之间，地板发出一声巨大的响声，随着这声响动，地面开始下沉。察觉到莫依斐重心不稳，宋灵均很快地转身将她护在自己身下。

几十秒后，轰鸣声终于消散，莫依斐头靠在他坚实的胸膛里，一骨碌爬起来，只见宋灵均闭着双眸，额头上有渗出的血，心里突然就慌了。

她用力地摇着他，眼泪大颗大颗地落在他的身上："灵均。"

宋灵均头痛欲裂，迷迷糊糊中听到这一声呼唤，慢慢睁开了眼。

"我没事，不是我的血。"他站起来。

看到她无恙，他就放心了。

"宋灵均，你以为你还能保护她？很快，你就玩完了。"漆黑的地底下，突然传出变音的男子声。

两人愣了愣，循着声音的来源，看到地底的墙壁上俨然是一块电子显示屏，那声音是从显示屏里传出来的。

"宋灵均，我很欣赏你的勇气。真的勇士，敢于直面惨淡的人生，敢于正视淋漓的鲜血。你找寻的答案，我现在就告诉你。"神秘人的声音听起来阴沉讥讽。

屏幕上很快就出现一个熟悉的身影。宋灵均和莫依斐的心剧烈地颤抖起来。

是晨曦。

她在狗场的地下室里,被绑在一张椅子上。手和脚都被捆绑了手铐和脚镣,浑身衣衫褴褛,眼神恍惚又麻木。

莫依斐心一怔,这已经不是那个乐坛巨星了,视频中的她眼神迷离恍惚,一定服用了某种药物。

屏幕里传来一些嘈杂的声音,山田突然猝不及防地出现在屏幕中。他笑容狰狞,用手摆弄了一会儿摄像头,然后,低沉地说了一句:"J,她现在已经完全没有意识了,可以正式营业了。"

J森冷的声音响起:"很好。你现在问她,谁是她的男人。"

山田狞笑着,转身问晨曦:"晨曦,谁是你的男人?"

晨曦听了,眸子疲倦一动,嘴角蜿蜒起了一丝弧度,却不是微笑,那是一种绝望后的疲惫。

莫依斐看了,心如刀割。

晨曦舔了舔已经皲裂的嘴唇:"谁都可以,只要给我吃。"

宋灵均看着晨曦手上的青筋和一排排蜂窝般的针口,眼中充满了悲怆的冰寒之气。

"我要她说宋家一家都不是好东西,宋铮是个伪君子!卑鄙无耻!"

莫依斐胸口一震,偏头看向宋灵均,只见他额头上的青筋凸起,黄豆大的汗珠顺着额头往下,滴落在她的手心里。

她攥紧他的手用力一捏:"稳住!J在试图激怒我们!别上当!"

而屏幕上的晨曦,眸子里已经失去了清澈和灵气,她浑浑噩噩中,听到这个指令,对着摄像头的方向展开一丝凄厉的笑,嘶哑着喊叫道:"宋家一家都不是好东西,宋铮是个伪君子!卑鄙无耻!"往日那宛如黄莺出谷的嗓音,已经变得无比沙哑。

莫依斐咬着嘴唇，尽力控制着自己不哭出声来。

视频中又出现了许多男人的声音，他们在电脑上，用声音发出指令，让山田一次又一次做出凌辱晨曦的举动，并不时发出狞笑。

莫依斐能察觉到，宋灵均的每个骨头都在咯吱作响，散发着痛彻心扉的寒意和愤怒。

"够了！邹越！你出来！躲在暗处算计别人这种小人行为，真算不上高明！说吧，你的目的是什么？"莫依斐咆哮着。

J发出一阵冷笑，那笑声令她不寒而栗。

"我的目的？真可笑，你这个人真的愚蠢、没有判断力。整个局势你看不出来吗？他的一切都崩塌了，他终将失去一切，包括你。"阴霾的嗓音一落下，莫依斐就突然被上方的铁链钩住了，整个人就这样被挂在了天花板上。

那尖锐的挂钩，钩破了她的皮肤，发出剜心刺骨的疼痛。

"宋灵均，你给我清醒！"莫依斐朝下狠狠地吼了一声。

宋灵均攥紧手，抬眸望去，眸子里的迷雾已经消失。

这时屏幕中出现了另外一个人的身影，是蔺晨。

莫依斐的心突然就提到了嗓子眼，因为蔺晨浑身是伤，他的手和脚都被铐上了镣铐。

"宋灵均，惊喜吗？你所拥有的一切，都会因为你而下场凄惨。这就是你的人生。"

宋灵均攥紧了双手，声嘶力竭地吼了一句："出来！有什么冲着我来！"

屏幕里发出一声冷笑，而这个时候，有无数的对话框弹进了屏幕。

莫依斐一看，不好！蔺晨已经被暗无天日的网络进行了直播，而他的警察身份，让无数黑暗里的人跃跃欲试，弹出了各种令人发指的"肢体惩罚"。

突然之间，镜头被分割成两面，其中一面，慢慢出现了莫依斐。

她整个人被倒挂着，汗水浸湿了脸颊，显得十分屡弱狼狈。

"你看见了，他们都因为你才沦为了这个世界里的商品。你感觉如何？"

宋灵均的眼睛已经血红无比："邹越，就算我父亲对不起你，但晨曦，她是无辜的。"

"真是坦坦荡荡的真君子啊。我是不是要为你鼓掌？你没有做过没关系，就凭你是宋灵均，你就有错。"

黑暗里，磊子、赵琦、秦文朗三人突然出现，三人看向宋灵均和莫依斐，眼神淡漠。

"赵琦、秦文朗，现在，由你们执行观众的指令。"

宋灵均转身想往莫依斐的方向走，却很快被暗处的铁镣铐钩住，很快，他也被绑了起来。

赵琦和秦文朗脸上发出阴恻恻的冷笑，慢慢靠近了他。

磊子则抬眸望着天花板上的莫依斐："J，既然她具有人类没有的能力，不如让我来试试吧。"

J沉默了，过了一会儿，他才淡淡地说："让宋灵均先生来决定。宋先生，这场秀，你和莫小姐，你想让谁先上场？"

宋灵均听到这里，紧绷的心终于放下。他抬眸看向她，给她一个安抚的目光。

然后，他转身对他们说道："你们敢动她一根汗毛，我定要你们十倍奉还。"

莫依斐死死咬着嘴唇，眼泪模糊了双眼。

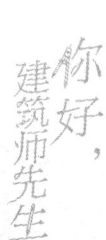

然后，她看到他们拿起刀刃刺向了宋灵均。

莫依斐五脏六腑，顿时宛如刀割。

她没有想到，有一天她会目睹人性中最黑暗的时刻，亲眼目睹自己所爱之人，承受着人类无法承受的痛苦和凌辱。

宋灵均，你一定要挺住！拜托，再坚持一下下！

突然之间，屏幕里一片漆黑。

秦文朗和赵琦被眼前的突变弄得有点混乱，手里的刀子暂时放下了。

受刑的宋灵均因为刀子的撤出发出一声闷哼。

屏幕里突然传来蔺晨虚弱的声音："J，警方已经包围你们所在地。限令你马上收手，安全放出人质。否则，后果自负。"

磊子皱了皱眉："怎么可能？那警察的视频难道是假的？警方能够破译我们的 IP 地址？"

蔺晨的声音又再次传来："赵琦、秦文朗、王磊，你们还有家人，难道你们就打算走上这条不归路，跟他们从此再也不相见吗？如果你们还有良知，就坦白从宽，释放人质。"

赵琦和秦文朗微微一愣。

秦文朗眉心一蹙，大声说道："那破警察耍我们！"

莫依斐悬着的心总算落地了。之前她还以为今天就是他们的完结日，幸好，蔺晨那小子，总算不辜负她的努力。

突然，这地底之下，安静得可怕。

几分钟后，一阵低沉稳健的脚步声从暗处传来，有隐隐的灯光，伴随着这阴沉的皮鞋声，格外毛骨悚然。

莫依斐心弦一颤，宋灵均亦忍着剧痛抬起了头，黑暗中，那张阴柔的脸孔越发清晰。

J——现身了。

邹越一向阴柔毓秀的脸上,此时此刻依然没有什么表情。

他走过来,颀长的身影像电影的默片一般投射在地面上。

邹越微微抬眸,和莫依斐的目光交织在一起。莫依斐一副"果然是你"的表情让他呆住了。

邹越眸子微微一凛:"你是从什么开始怀疑我的?一开始和我在一起,就是骗我的吗?"

"开始和你在一起是想试试交往看看,毕竟你条件不错。但和你接触得越多,发现得也越多。你这种心理变态,就算演正常人演得再好,也还是有破绽。"莫依斐冷冷地说,手却不由自主地攥紧了。以她对精神病患者的了解,像邹越这样的边缘性人格,在功成名就之后竭尽全力地打造着属于他的犯罪王国,这样的人,往往会想听真话。

"依斐,你什么时候开始怀疑我的?"

"其实你很会掩饰自己。平时你只抽普通的烟,但你在城市广场破坏录像的那晚,你不小心撞到了我,身上的气息,和你给我做的香薰的气息,是一样的。"

邹越一只手蓦地攥紧,语气加重:"所以,你在怀疑我之后,就开始给我下套?你在微博上频频发我们的动态,是为了向警方的人透露地址?还是给你的情夫一个暗号?莫依斐啊莫依斐,我没有想到,最后摆我一道的,竟然是你!"

邹越的脸开始扭曲,浅褐色瞳仁,溢出深沉的失望。

他按了一个开关,悬挂莫依斐的挂钩突然绑着她极速下降,她瞬间就下降在了他面前。

邹越眉心紧蹙,上前一步,右手狠狠地攫住她的下巴。

242

莫依斐没有说话,用双眸冷冷地盯着他。

她明白,七年的时间,他已经不是那个淳朴憨厚的少年,生活的悲剧在他心里种下了荆棘,他早已不是故人。

在他的破绽暴露得越来越多的时候,她就开始计划这一切。

但她明白这是原则的问题,是她对晨曦之死寻找答案的一种宿命感。

莫依斐开口道:"邹越,你是一名计算机天才,你能做出完美的网络系统,只可惜走错了方向。"

宋灵均目光一凛,浑身的血管都在咆哮,他用尽全力,终于悄悄地解开了身后的绳子。

"你曾经问过我高考的事情,我现在告诉你,我当年的确上了重本的分数线,可你知道什么叫绝望吗?"他转过身,狠狠地瞪着宋灵均,"当年宋铮玩弄了我母亲,我母亲因抑郁自杀了,是宋铮毁了我原本幸福的家庭,这一切,都是他一手造成的。他们一家,都该为此付出代价。莫依斐,你为什么也要背叛我?"

宋灵均听完邹越的话之后,心里很是惆怅。

真相原来是这样,因为父亲对邹越一家造成的伤害,导致他对自己一家产生了这么大的怨恨,并且在几年的时间里,精心策划了对宋家的报复。

父亲是有错,但晨曦,她是无辜的。

"宋校长引以为傲的女儿,宋灵均你的宝贝妹妹,她真的是很纯粹的女孩呢。你们知道吗?她完完全全臣服于我。我给她设计了各种各样的形象,她跪在我脚下,说永远不会背叛我。"邹越阴郁的声音带了浓浓的讽刺。

"她是无辜的啊,她认定的爱人,她会付出百分之百的深情。你却绑架她、折磨她、出售她,直到她死,你连一片安静的净土也不给她?你还是人吗?"宋灵均一字一句地从齿缝里蹦出,脑海里闪过了很多画面。

莫依斐只觉得头皮一阵发麻。

赵琦突然冲过来，抓起莫依斐的头发："邹越，你还磨叽什么？我们已经被包围了。当下，只能把他们当人质我们才能冲出去！留得青山在不愁没柴烧。"

秦文朗眼色一沉："邹越，你做的系统从来都是坚不可摧的，为什么警方能够破译？你是不是泄露了什么？"

莫依斐看到他们内讧之后，忍不住哂笑一声："他送我的项链里有一个追踪器，目的是为了监视我。但正是因为这个追踪器，反而暴露了你们的行踪。"

事到如今，他们内部产生的矛盾越大越好。

秦文朗气急败坏："你居然为了这个死女人，犯下这种错误？都说英雄难过美人关，你聪明反被聪明误，被一个女人耍得团团转？我现在就杀了她，免得你心猿意马！"

说完，他拿出一把刀。

莫依斐绝望地闭上了双眸。

良久，却没有疼痛感传来，莫依斐睁开双眸，发现是宋灵均扑在她身上，用他的躯体替她挡住了明晃晃的刀。

两人对望，她已经泣不成声。她想要推开他，却无能为力。

而他漆黑如墨的双眸里，只看着她，笃定深湛，传递着无言的信息。

他的背部已经被刺了一刀，血水染红了衣襟。

"宋灵均！放手！你放手啊！"她从来没有感觉到如此无助和钻心的痛。

放眼望去，四周全都是钢筋铸成的墙体，她无法窥看到外面的一丝一毫。

邹越察觉到了她的能力，早已布下天罗地网。

"你们放了他，我带你们出去。"莫依斐嘶哑地说。

秦文朗听了，眼神闪了闪，挑了挑眉，看向一旁的邹越。

"我可以用我的眼睛，顺利帮你们避开警察。条件是，我要你们先放了宋灵均。"

此时此刻的宋灵均，气息已经开始不稳，脸上也没有了血色，苍白一片。

赵琦对邹越道："这不失为一个方法。毕竟，先丢一个人出去，可以分散警方的注意力。"

见到邹越偏头，莫依斐心里一凛，他那浅褐色的宛如玛瑙的瞳仁里，充满了令人捉摸不透的阴郁之气。虽然邹越点了点头，但她的心不由得微微一紧。

她刚才的说法，明显就是拖延之计。

她只能透视泥土，赵琦、秦文朗、磊子不知，但邹越，以他心细如尘的观察力，不可能观察不到。

赵琦、秦文朗、磊子将宋灵均抬了出去。

等他们走后，邹越亲手解开了莫依斐身上所有的镣铐。

莫依斐踉跄着想要站起来，他却扶住了她的腰，她的身体顿时不受控制地颤抖起来。

这个策划过多起暗网人口叛卖、打造暗网罪恶交易王国的男人，就在她身边，令她心理和身体本能地抗拒。

他将她的排斥看在了眼里，没有说话，只是拉着她的手，朝转角的方向走去。

在他们离开那栋被钢筋铸成的囚牢后，邹越拿出手机，触动了一个开关。

身后立即传来巨大的轰鸣声,莫依斐吃了一惊,只见一道巨大的钢筋门,自上往下,将那栋房子牢牢地遮盖住了。

"这……怎么了?"她疑惑道。

邹越扣住她纤细的手腕说道:"我给他们的人生安排了一个大结局,那里藏着一颗炸弹,就要爆炸了。"

莫依斐尖叫道:"炸弹?邹越,你为什么要这样做?"

"我喜欢听你叫我永刚。他们不是追求激荡起伏的人生吗?反正已经没有了退路。因为畏罪不想落网,赵琦等人制造了这起爆炸,宋灵均去陪他妹妹,这是多么完美的结局。而你和我,也将回到从前,一如既往。"他的声音又恢复了平静。

莫依斐强迫自己战胜心中的恐惧,看向他:"其实,我也很怀念从前的你。那也是我很快乐的一段时光。永刚,你用什么控制炸弹的啊?"

邹越偏头,浅褐色的眸子里喜怒难辨,她定定地看向他。

他倏然笑了:"在我送你的项链上。"

他的笑容让她心神一荡,莫依斐摸了摸脖子上的项链,在这些价值连城的宝石下方,原来隐藏着如此锐利的射心箭。

"你来启动,还是我来启动?"他的声音不疾不徐,却让她不寒而栗。

她调整了一下呼吸,讪笑道:"这里是你设计的,我们应该先离开这里,安全以后再按开关,你说对吧?"

听了她的话,邹越没说话,嘴角蜿蜒起一丝弧度:"那扇门是特殊钢制作的,厚度也很足,可以隔离一切的危险,包括爆炸。但既然你这么说,那就走吧。"

他继续牵起了她的手,迈着步伐朝前走去。

这阴冷黑暗的地底下,什么都看不见,邹越却如鱼得水,牵着她,坚

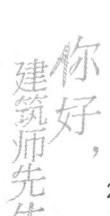

定不移地朝前走去。

这个地下世界是他设计的,这样的地方,是藏匿罪恶和尸体的绝佳地点。

他竟可以镇定自若,在这里表达他对自己的感情。

莫依斐摸索着脖颈上的项链,心中默默猜测这12颗宝石,到底哪一颗才是开关。

邹越突然开口道:"依斐,你那个时候,喜欢我什么?"

"总觉得,你看似沉默的外表下,会隐藏着丰富的精神世界。你看,你真的做到了啊。"她一边竖着耳朵听着他的话,一边小心翼翼地解项链。

这是个精神高度紧张的工作。在这伸手不见五指的地方,莫依斐如履薄冰,战战兢兢。

"我做到了,但你最后还是没有选择我。"

"我觉得,人如果有一个闪光点,就是非常珍贵的。我的选择不重要,重要的是你自己的选择。"莫依斐已经顺利将项链完全解下,攥在手里,双手都在发抖。

脑海中搜索着邹越喜欢的数字,她的整颗心提到了嗓子里。

地底突然亮如白昼。

借着澄亮的灯光,莫依斐看到他深邃的瞳仁里,闪着惊天愤怒。

"到了现在,你还是在为他争取机会?"邹越的声音,阴冷如同地底的撒旦。

钢筋门板后突然传来巨大的爆炸声响。

"邹越,你骗我?"她先是愣住了,几秒过后便大叫出声,眼泪也止不住地流了下来。

"是你在骗我!莫依斐,前面是我给你最后的机会。"邹越的眉心,收敛了温柔的弧度,"这串项链什么都没有,但当你彻底把我们的过去抛之脑后时,就是你毁灭的时候。"

邹越的身影渐渐在莫依斐面前变得模糊起来,她再次听到巨大的声响在自己的耳膜边炸裂,世界顿时分崩离析,眼前瞬间被火光笼罩,莫依斐被热浪的强大气流抛高,又被硬生生地狠狠抛在地上。

邹越的脸孔已经消失不见,仿佛他从来没有存在一样。

莫依斐翕了翕嘴唇,想自己站起来,却发现自己的身体完全不能动弹,头部钻心的痛让她的注意力越来越不集中。火势蔓延了过来,炙热的高温和眼前越来越暗的光线让她意识越来越模糊,渐渐变得无法呼吸。

这,是一切结束了吗?

她合上了双眸。

突然间,隐隐的火光中,有声嘶力竭的声音响起:"莫依斐!莫依斐!"

这是,宋灵均的声音?她想尽力去听,无奈,她实在是太困了。

宋灵均浑身是血,他避开被熊熊烈火融掉往下掉的障碍物,尽力望去,当他翻开一截正燃烧着的横梁时,终于看到了被掩盖在下方的那具纤细的身体。

他心里一喜,极快地抱起了她。

火势越来越猛,最可怕的是缺氧窒息。

宋灵均一只手狠狠地捂住了莫依斐的鼻子,朝着漫天大火飞奔了出去。

火光漫天,浓烟滚滚。蔺晨指挥着警队的人灭火,看着几具尸体被依次抬了出来。

他心急如焚地辨认着尸体,心越来越紧张。

"蔺队,暂时没有发现宋灵均和莫依斐。"一名从火光中冲出来全身武装的警察说道。

"宋灵均你敢跟老子玩消失!"蔺晨破天荒地骂了句脏话,三下五除二扒下对方身上的防护服,就往那已经岌岌可危的平房里跑去。

"蔺队!危险!"

蔺晨置若罔闻,熊熊的宛如野兽般的火焰中,只能听到此起彼伏的"噼啪"的爆裂声。

"宋灵均!莫依斐!你们给我出来!"

他大声地对着火光里喊叫着,用臂膀扒开面前不断掉落的东西:"宋灵均!别给我装死!"

莫依斐记得,她醒来的时候,是被一阵薰衣草的清雅芳香唤醒的。

床头堆满了各色的花卉,许多她也叫不出名字,只认识其中的薰衣草。

她随手拿了一张插在花朵里的小卡片,只见上面写着:依斐姐,没有你在的考古队毫无乐趣,快点回来。龙庭。

看到龙庭的话后,莫依斐心中有些开心,又拿起来另一张,上面写道:很抱歉,我说过那些关于物化女性关于你的话,是我太混账。自己没用,就把自己卑劣的思想强加在你身上。我还是第一次见到有女人潜伏在罪犯身边当卧底,我真的好崇拜你,依斐姐。

这张是瞿薇薇的。

莫依斐淡淡地笑了笑,她可从来不想当什么女英雄。

还有馆长李琛写的:还不醒来吗?睡的时间也太长了吧?都够两次年假了!有句话我怕你骄傲,一直没有告诉你:你是漪市最称职的文物专家。

看到馆长的话后,她的笑容弧度扩大,馆长终于说了句大实话。

其实也不是，但这话，确实挺让她高兴的。
……

门轻轻被推开，冉雪抱着一大束花走进来，看到她已经坐起来，花瞬间就掉了一地："你这复原能力也太强了吧？"

莫依斐看她仍然穿着半露肩膀的白色真丝连衣裙，心中默默吐槽到了秋天竟然也不怕冷。而且她张嘴就是跟蔺晨学的东北话，听上去有种不搭调的滑稽感。

莫依斐正要说话，冉雪就已经飘到了她身边，在她面前比起了一个"三"的手势："这是几啊？认识不？"

敢情以为她脑子摔坏了？莫依斐想起当时她打自己的那一巴掌，对着她那张水灵的脸就拍了过去。

冉雪没有任何防备，脸被大力地扇歪在一旁，刚补的大表姐豆沙红口红也糊了，她这嘴，现在好像《东成西就》中梁朝伟的香肠嘴。

女神一秒变女神经。莫依斐倏然一笑。

冉雪皱紧了眉，摸着被扇得火烧火燎的脸颊，美眸一怒，转过头来，却看到了莫依斐的笑容。

像是被冰雪覆盖了很久的湖面，融化后被春风吹出了好看的弧度。

怪不得宋灵均能被她迷得七荤八素。

"冉雪，我比你小，别用那种看长辈一样的眼神看着我。"莫依斐一只手捻着自己的一缕秀发，眼神犀利中透着一股妩媚，只是声音十分沙哑。

冉雪不得不承认，莫依斐身上散发的气场，是她平生很少见到的，那是因为知识的积累和无所畏惧的性格形成的强大气场。这一瞬间，她不得不承认，自己弱爆了。

蔺晨推开门的时候，就见到她们两人之间弥漫着诡异的气氛。

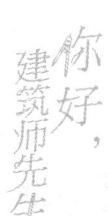

他轻轻一咳嗽:"雪儿,别和她多说话,医生说她不能受刺激,她说什么你都要顺着她。"

莫依斐听了,眉毛扬了扬。

冉雪则一脸憋屈:"知道了。"她将床头柜上的水端来,亲自送到莫依斐的唇边,"妹妹乖,喝水。"

莫依斐点点头,换了个舒适的姿势,享受着千金小姐冉雪的服务。

蔺晨大吃一惊,这刮的什么风啊?

第十五章
水落石出

Sweet Love

没过多久,便有医生推门走进来,开始给莫依斐做全身检查。

蔺晨百感交集,这么多天以来,他盼星星盼月亮,总算把这一对都给盼醒了。

冉雪站起来,走到蔺晨身旁:"晨晨,我妈说了,结婚必须在漪市最好的酒店。我是不在乎形式,可我在乎我妈,这是她这辈子最大的心愿,我们得满足一下长辈的这种虚荣心。可问题是,你之前说我们要和宋灵均、莫依斐一起举办婚礼,可现在,宋灵均身无分文,拿什么娶媳妇……"

医生正在翻开莫依斐的上眼睑检查,被点名的莫依斐几乎要翻个大白眼了。

什么,宋灵均居然已经落魄到这种地步了?她当初是怎么看上他的?

"雪儿,他这是有苦衷的。我可以借给他啊,以他的才华,一定可以东山再起。"

"借?他这个人,死要面子活受罪,一定不会同意你借钱给他的。我听耿超说,漪市博物馆恢复了他的设计稿竞标方案,但他连投标费两万元都拿不出来,还要退赛。这种人,我真是服了,就跟茅坑里的石头一样,又臭又硬。"

莫依斐听了，差点没一口血吐出来。

"莫小姐，你的身体一切正常，恢复得很快，可以跟我讲话吗？"医生问道。

莫依斐指了指自己的喉咙，做出一个难受的表情。

医生点点头："我帮你开一些润喉滋养的药品。"又转身对蔺晨和冉雪交代要如何照顾好她之后，便转身走了出去。

蔺晨走到莫依斐床头："你放心，我和冉雪，会照顾好你的。"

夜深了，莫依斐一身轻便的装束，站在了宋灵均的床头。

看着一寸一寸将他缠绕宛如木乃伊的绷带，这让她想起了她第一次遇见他时，他那淡漠疏离的表情。

一晃，她和他，竟然经历了这么多这么多。

那晚在火光中，她虽然失去了意识，还是能感觉到他躯体的温度和他若隐若现的声音在一遍又一遍地呼唤自己。

她没有想到，曾经那个清隽脱俗的翩翩公子哥，举手投足宛如超模的男人，会为她以身抵命，在断壁残垣中用血肉之躯为她开辟生路。

莫依斐伸出手轻轻抚上了他的眉心，他微微蹙起的眉头大概察觉到了，绷得更紧了几分。几秒钟后，可能这种触感太过熟悉，宋灵均的眉心竟完全舒展了。

"宋灵均，其实我对婚姻，心中还是有芥蒂的。抱歉，蔺晨的婚礼，我去不了。这一年多来，认识你之后发生的事情，真的比平常人一辈子经历得还多吧。很多人认为，我是因为爱你才主动付出。我可从来没有觉得我有这么伟大。我想，跟你是有关系，但绝不是主要的原因。好比我喜欢吃土，需要理由吗？馒头为什么叫馒头？需要解释吗？咱俩谁也不欠谁！

我真的被他们搞得很烦。所以,我想出去透口气。你现在也没钱了,没什么魅力,我喜欢那种让我豪宅任住信用卡任刷的男人。我们结束吧。这样对大家都好。"

莫依斐见他睡得正沉,索性两只手都覆在他的脸上。

那英挺的浓眉,高高的鼻梁,棱角分明的嘴唇,线条完美的下巴。

今晚,应该是她最后一次,靠他靠得这么近了吧。

当宛如水波荡漾的银色月光逐渐消退,莫依斐站起身来,怔怔地看了他一眼,然后,头也不回地走出了病房。

当病房里"叮当"一声响起的时候,刚刚还在"熟睡"的宋灵均俨然睁开了双眸。

厚厚的窗帘被狂风撩起,他脑海里闪过无数个画面。

他们在粉红沙滩的见面;她冲进他房间打蜘蛛;她在车上把他打晕;她的小鸟依人、倔强、温柔、聪慧、傻气,让他干涸已久的心,像是突然涌入了大片的鲜活的水源。他想打造他们的家,他们的未来。但上天却让他们之间总是被一些东西扰乱,扰乱原本应该属于他们的毫无杂质的感情。

也许,是时候让两人好好冷静下来,或者分开……

突然之间,小腹一阵难受,刚刚莫依斐在的时候,他就装睡憋了很久,现在,越发胀得厉害。

想叫护士,宋灵均却发觉自己浑身根本无法动弹。

宋灵均从来不会想到,这样的事情,会发生在自己身上。

他,尿裤子了。

一直到次日清晨,蔺晨和冉雪来看他,才发现了他的状况。

蔺晨进去和护士帮着收拾,冉雪则一个人蹲在病房门口抑制不住地大笑起来。

·

突然，门口闪过一个窈窕的熟悉身影，冉雪定睛一看，这不就是那个傲娇小粉红心心念念的女人，雌雄同体轰炸机一样的莫依斐？

只见她头戴一顶鸭舌帽，穿着牛仔裤和T恤，背着书包，健步如飞地往外面走去。

"莫依斐，你去哪儿？"冉雪好奇道。

莫依斐抬起眼睛，看向她，几秒钟后，眼神就往里望去。

冉雪站起身，走到她面前："你这复原能力，都能赶上葫芦娃了。"

"你才是东北葫芦娃！"蔺晨是东北人，冉雪的口音被他带偏了，莫依斐有力地还击。

"行行行，好妹妹，我错了。不跟你计较。你去哪儿啊？你这大病初愈的，你要买什么我帮你买就行了。哎，你不进去看看宋灵均？他现在的样子，一定出乎你的意料。"冉雪目光里带着狡黠。很多时候，她还是有几分虚荣的，既然曾经输给过莫依斐，那就让莫依斐试试丢脸的滋味。

"他就是尿床了，但仍然很帅。我有事先走了，你们照顾好他。"莫依斐淡淡道，冉雪闻言大吃一惊。

莫依斐说完，潇洒地转身，朝着楼下等待她的龙庭快步走了过去。

冉雪从窗户口看着她上了龙庭那辆破车，心里暗暗纳闷。想了想，她拨打了自家保镖的电话，告诉他车牌之后便让他暗地里盯着，随时向自己汇报莫依斐的动向。

现在病房里的气氛很诡异。

冉雪瞥着用力忍笑的蔺晨和眉峰紧蹙的宋灵均，实在按捺不住："十年修得同船渡，百年修得换尿片。你们放心，我绝对不会觉得这是什么不好意思的事。相反，我为你们之间坦诚相见的兄弟情十分感动。"

"你给我闭嘴！"宋灵均咬着唇，语气中竟然有些羞涩。

255

冉雪噘嘴笑:"你就是偶像包袱重,我瞒着也没用,莫依斐全看到了。"

蔺晨和宋灵均的眸光刹那一变。

蔺晨皱眉道:"她在外面?医生不是说她这一个月最好静养吗?"

这时冉雪手机响了,她看一眼保镖发过来的追踪方位:"她去机场了。"

漪市机场 T3 航站楼。

龙庭帮莫依斐从后备厢拿出了早就按她的要求准备的行李,他双眸通红:"从认识你的第一天起,就知道你不是等闲之辈。但没有想到你会这么胆大,大得连死都不怕。你走了,我不伤心,我真的怕你要是继续待在考古组,搞不好连命都丢了。依斐姐,走了好,走了就别再回来了。"

莫依斐手里拿着机票,哭笑不得地给了他一个大大的拥抱:"龙庭,姐走了。你要好好学习,天天向上。还有,你这什么话啊?真这么希望我走?"

"莫依斐!"突然,一阵威严中透着怒气的声音传了过来。

两人放开,她循着那声音望去,只见宋灵均站在不远处,他披着一件黑色的连帽大外套,掩盖了他身上的绷带。即使身体被裹了多层,却丝毫不见臃肿,依然身高腿长,清隽逼人。

他身后跟着蔺晨和冉雪,他们两人则是一脸看好戏的促狭模样。

莫依斐走过去,敛了敛眉眼:"有什么事吗?"

两人看向彼此,宋灵均见她一脸冷淡缄默的表情,心里很不舒服。他也敛了敛双眸,嘴角略微抿了抿,然后说:"借我钱。"

莫依斐:"……"

什么?旁边的三人,也是面面相觑。

这什么画风啊?冉雪靠近蔺晨的耳畔道:"我以为他会求婚。"

蔺晨摇摇头:"我也搞不懂。"

256

"宋灵均，你干吗大老远跑过来跟我借钱？你忘记了你欠我一百万了吗？"

"我认识的人里面，你的钱最闲。冉雪的钱要运营公司，蔺晨的钱自己都不够花还要结婚。只有你私房钱最多，最适合借给我。合同我都拟好了，算你利息，你绝对稳赚。怎么样？"他一边说着，一边示意蔺晨将他随身带的文件夹里的合同拿出来递给她。

莫依斐哂笑，他这什么意思？

正在这时，机场开始广播了："各位旅客请注意，由漪市飞往北京Y11次飞机马上就要起飞了，请乘坐该次航班的旅客尽快登机。"

宋灵均愣了愣，脸上涌上了焦躁的神色。

"你可以发邮件给我，我要去安检了。"莫依斐拿着行李箱，利落地转身，脚步轻快地离开了。

而她身后的宋灵均抿紧了嘴唇，下颌的线条绷得紧紧的。

莫依斐飞到北京的时候，发现北京已经进入了深秋，遍地都是枫叶，金灿灿的一大片，颇有收获的感觉。

收获？一年过去，她又收获了什么呢？

这一年对她来说太过沉重，现在是她好好忘掉一切、重新开始的时候。

沿着图书馆走到博雅塔，又绕过未名湖，听着无数的莘莘学子在湖边抛下一串串银铃般的笑声，这笑声清脆、年轻，让她的心也瞬间轻快不少。

回宿舍的时候，有人在背后轻轻拍了拍她的肩膀，她一回头，只见是两个年轻的女孩，都有着一双清澈的眸子："请问，你是莫依斐吗？"

她点了点头。

"哇，真的是你啊！我们早就听系主任说负责过明朝大墓的考古专家莫依斐要过来做讲师，刚才在未名湖我们就觉得你脸熟，我们都是考古系的,是你的学生!"一个女生激动又落落大方地自我介绍着。

另一个女生也开口:"我叫玲子,她叫张红,莫老师,一起去食堂吗?"

莫依斐莞尔一笑:"好呀。"

青春期的女生,开朗活泼,笑起来很明媚。

她们带她游览北大的景点,她则乐于向她们讲述她在考古现场的一些故事。

这才一天,莫依斐就和玲子、张红混熟了,心里的孤单感少了一半。

馆里有一个派遣专家到北大做讲师的名额,她抱着想换个心情的想法申请了,没想到馆长真的批准了。想来也是特别照顾她,这个恩情不能忘。

晚上回到宿舍,她才发现有几通未接来电,全是宋灵均打过来的。

微信上他也一直在问她到北京了吗?

想了想,莫依斐不咸不淡地回了句:"早到了,和学生们一起游北大呢。"

宋灵均马上打电话过来:"莫依斐,你不会第一时间跟我报声平安吗?"

莫依斐握着发烫的手机,突然就有些怔然,那边也沉默了。

大概是他也觉得,说这种话好像超过了目前他们之间的关系。

最先调整过来的是莫依斐:"宋灵均,你别急,我会借钱给你的,我都借给了你一百万,还怕这两万吗?还有,我自己能照顾好自己。我要去忙了,再见!"干净利落地挂了电话,她拿起了桌面上自己新买的白瓷水杯。

水温握在手里刚刚好。这就是目前她想要的,她需要心灵上的一次缓冲。

那边宋灵均坐在病床上,听到手机那边传来的忙音,顿时有种被抛弃了的感觉。

他握着手机的手用力地攥紧，微不可闻地轻轻叹了一口气，如果这就是她想要的方式，那他就不可以再这样继续纠缠下去了。

这就意味着，在若干个这样的夜晚，他就算深入骨髓地思念她，也只能强忍住打电话给她的冲动，深深地压抑自己的感情。

就像那时候，他逃避晨曦之死带来的压力，跑去设计廉租房，住建筑工地，只能刷她的微博饮鸩止渴。

他想了想，连忙翻开了她的微博。看到微博显示全部清空，他顿时觉得寒气蔓延了全身："莫依斐，你真能做到？"

可回应他的，只有窗外淅淅沥沥的雨声。雨滴打在密不透风又厚实的玻璃上，宛如水银般倾泻开来。

邹越闭上眼睛，牢房外传来了雨声，他想起若干年前的那晚，也下过一场滂沱大雨。那场雨后，他的命运被彻底改变了。

高中毕业后他被好友罗军出卖，登上了一艘罪恶之船。

那船上有几十名失足妇女，大多是被拐卖而来，被迫在船上利用网络卖淫。

船上有卫星基站，他要做的，就是维护他们的整个网络系统和基站的安全稳定。

刚开始，他试图逃跑，被抓回来后，蛇头（犯罪头目）派人盯着他，每天都有人对他拳打脚踢。

到现在他还记得那时的感受，仿佛有无数的白蚁在他的五脏六腑内狠狠地啃咬，他能看到眼前明明灭灭的白光，像是在昭示着生命即将终结。

那一瞬间他想起了宋铮，那个道貌岸然的校长。他让自己失去了唯一的亲人，也让自己失去了生活下去的动力。母亲被他肆意地践踏和玩弄，仅仅因为他的权势,他就可以藐视一切?

从那时候开始,他躺在那间破旧宛如垃圾场的船上小房间里,就决定要复仇。

他决定为蛇头服务。

拥有计算机天赋的他开始着手暗网交易网的建设,不出一年,"暗夜星空"就成为全球最大的暗网交易集市。

搜索引擎无法访问"暗夜星空",只能通过特殊软件进入,交易会进行加密。用比特币进行充值交易,不依附于任何银行的虚拟货币。

他的犯罪经济帝国,正式诞生。

很快,"暗夜星空"注册用户迅速增加,商品频繁上架,枪支弹药、假钞,甚至有国际杀手。短短的一年内,他就成了亿万富翁。

他开始着手复仇计划。宋铮、宋晨曦,他们都应该受到惩罚,不是吗?

可令他没有想到的是,宋晨曦是那么单纯的一个人。

他制造了几次巧遇,每次他的出场都仪表堂堂、高雅清隽,对音乐、艺术有独特的见解。他能感受到她对自己的好感。

只是,他没有想到,他处心积虑设计诱捕的猎物,居然能跟他在某些方面产生共鸣。

宋晨曦,天之骄女,当她唱着那些空灵缥缈中带着伤痛的歌时,他能清楚地看到自己映照在她的眼里。

她主动吻了他。

外表清纯甜美的女孩,骨子里带着倔强和烈性,这是他没有想到的。

他让她在澳洲开演唱会,之后以一场慈善活动轻而易举地将回国了的她骗到了澳洲。

她来澳洲的那天,他去机场接她。她穿着一条白裙子,戴着太阳帽,虽然飞了十几个小时,但是见到他,她仍快乐无比。

他那时，有片刻的失神。晨曦的笑靥如花，让他恻隐。

可最后他还是摧毁了她。

晨曦被他卖到暗网上的时候，引起了巨大的轰动。

他就坐在屏幕前，看着她被捆住四肢，任由电脑前的各种男人对她进行指令，山田在一旁负责执行。

她每一声尖锐的疼痛喊叫，竟让他十分舒适，甚至产生快感。

曾经高不可攀的、改变了他人生的女人，如今在他面前，不过是一只任人揉捏的蝼蚁罢了。

她的哭泣和求饶都让他无比舒适，也许，他和她的心中都有一个恶魔，他们的相遇，就是彼此救赎、彼此沉沦吧。

他曾经问过她，恨不恨他。

晨曦摇了摇头："我爱你。"

她说这话的时候，已经被摧残得不成人形了，但当她看着他时，双眸里仍旧澄澈明亮。

他吻她，看着她乖顺讨好的样子，心里突然升起一阵厌恶。

他不爱她，一开始就不爱。

眼看宋晨曦的药瘾已经深入骨髓，剩下的日子不多了，他想，是时候，结束这一切了。

宋晨曦却在这时向他提出了回国的请求。

"越，你跟我回去，见我爸妈、哥哥，他们一定会喜欢你的。到时候，我们就可以永远在一起了。"她笑着对他开口，说完便把头埋进了他的胸膛。

他原本想拒绝，但她的这个动作，让他想起了另一个女人莫依斐。他的心突然涌入大片大片的柔软。

他答应了她这个请求。他也的确会见到她的家人，不是吗？

山田选的狗场，方圆几公里都荒无人烟，叫天天不应叫地地不灵。

他记得宋晨曦去到那里的第一天，就因为空气不流通呕吐了。

但她见到他后，还是在微笑："你喜欢我住这里，我就住这里。越，那你什么时候跟我去见我爸妈呀？"

她多次提起宋灵均，她每次跟他提起要去见她哥哥，他都不以为意。

后来他在几个场合偶尔见到过宋灵均，能看到对方双眸里有很深的忧郁。

看得出，宋晨曦的失踪对他打击很大。

但他没有想到，这样的一个男人，后来会和他心目中的那个女人在一起。

而他心心念念的那个女人，和宋晨曦，像是有种莫名的感应。

即便后来阴阳相隔，她们之间的感应，像是能够穿透彼此，感应到对方的悲伤与疼痛。

从前他以为，莫依斐是自己心中的向往。

他累积起来的财富和地位，终将会让她看到他，并且臣服于他，回到他身边。

但他没有想到，她不再是那个他曾经熟悉的"高中女生"了，贫穷的原生家庭曾经带给她的卑微、羞怯、敏感，似乎都已经离她远去，烟消云散了。

他才发现，似乎只有他，虽然功成名就，却依然被困在原地，从未走出来。

他甚至对她产生了嫉妒。

尽管如此，和现在的漪市文物专家莫依斐的相处，仍然是他这二十几年来最快乐的日子。

他不是没有察觉到，她对他的利用，但他无所谓，只想靠她近一点，再近一点。

他想着，只要他多点耐心，假以时日，她会意识到，他的强大足够能让她攀附，让她依靠。

那宋灵均，自身都难保，他就不信，她最后的选择依然会是宋灵均。

可千算万算，还是算错了。

当他倾尽全力，才发现她早已把他摒除在了她的世界之外。

她对他彻底地拉起了警戒线，由始至终，她爱的人，只有宋灵均。

她想做的事情，是查明宋晨曦之死的真相。

这是他的自尊无法容忍的。

山田、赵琦、秦文朗等人都是暗网的资深用户，也是他的棋子。

山田具有双重人格；赵琦和秦文朗在暗网上对多名女性进行折磨迫害；磊子对超越人体极限的能力极为痴狂；向晖和成英看似是神仙眷侣实则互相算计……

在他眼里，凡是阻碍他的人，都应该死。

就如为了调查晨曦失踪之谜、擅自闯入他住所的那个大大咧咧的作家高小英。

还有，莫依斐的背叛，让他觉得她也应该死。

只是，当天崩地裂之后，他看到她合上双眸的那一瞬间，竟有剜心刺骨的疼痛。

邹越凝眉，攥紧的手指松开又攥紧，反复了一阵，终于松开了。

冬日的漪市公共陵园，有着苍凉的冷意。冬至，天空飘起了纷纷扬扬的雪花，整个陵园就他们几个，更显萧条清冷。

蔺晨、冉雪、宋灵均三人都穿了黑色的大衣，不时有雪花飘落在他们身上，带着丝丝沁人的寒意。

冉雪手里捧着一束红玫瑰,轻轻地放在了宋晨曦的墓前。

她蹲下来,摸了摸墓碑上照片里宋晨曦的脸:"晨曦,我们来了。这里,你住得习惯吗?"

宋灵均和蔺晨低着头,看着少女那含着浅笑的双眼,经过这么久的颠沛流离,晨曦终于入土为安。

一时之间,三人的双眸都有些湿润。

"我昨晚梦到她了,她说,她很开心。谢谢你们。"宋灵均声音低沉。

冉雪闻言道:"在我心中,她早已是我妹妹。"

蔺晨默认地点了点头:"灵均,我想,她会很想见到她。毕竟她们两人之间的缘分,似乎是注定的,你应该……"

"现在还不是时候。"宋灵均淡淡道。

冉雪无奈地瞟了他一样,随即又看向蔺晨,用两人之间的眼神暗道:看吧,这个人就是这样,讨厌得很。

她正想发作出声,蔺晨用眼神制止了她,她收了声,起身去不远处看周桂香和高小英。

宋灵均睨向蔺晨:"为什么你媳妇现在这么听你的话?"

蔺晨眨了眨眼:"呵呵,我媳妇发现了我的魅力啊。等你娶了媳妇,我就将这些秘诀传授给你,但前提是你得有媳妇。"

冉雪走到周桂香的墓前,将她最喜欢的梵谷鸢尾花摆放在她墓前,神秘的紫色带着孤傲的气质。

"桂香,对不起,是我辜负了你。你知道吗?其实我一直忘了告诉你,我最快乐的时光,就是在体校跟你一起打网球的那段日子。如果时光可以倒流,我一定不会放弃和你一起比赛的机会。"

她定定地看着周桂香。根据那枚狗场的鞋印,蔺晨带领着警员翻遍了

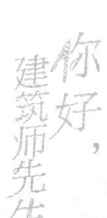

漪市的各个垃圾场,终于找到了那双被山田丢弃的皮鞋,山田被定罪,算是给了周桂香一个交代。

可人死了就什么都没了,她替周桂香感到不值。

她不知道,如果在那个时刻,她没有出去,而是一直陪伴在周桂香身边,是不是这一切就不会发生。

"因为山田的残暴在她心中留下了挥之不去的阴影,她愁城自困,无法凭自己的力量解脱。我们每个人都会产生情绪问题,但我们不能任由自己被欲望牵着走。"宋灵均已经走到她身后,声音清醇如水。

冉雪转过头,看到他那双眸子里有着温和的暖意。

这是在她还是那个做作的名媛千金时,他从来不会对自己有的态度。

看到蔺晨站在高小英的墓前,她起身和宋灵均走了过去。

高小英的墓碑上写着"挚爱高小英",墓前还有融掉的起司蛋糕。

应该是她的男友李文伟来过。

山田一直被邹越控制,赵琦、秦文朗负责暗网的管理和联络。天网恢恢,疏而不漏。很多事情你以为天衣无缝,但害人害己,终有报应。

冉雪皱着眉,心里有些不适。

当年她不知情,和他们三人合作,想必他们三人也早已把她当成了替罪羊。

幸好……

她深情地看向蔺晨。

在案件告破的数月中,只要一想起她曾经和杀害过她朋友的凶手们一起共事,她就情绪低落,无法安心睡眠。

好在身边的这两个男人一直在开导、关心她。

"宋灵均,你也休息够了吧。身为建筑师,我希望你能设计出带给人阳光和欢乐的建筑。"冉雪思忖了一阵才说道。

宋灵均墨黑深湛的眸子划过数道波浪,他转身,看到他们两个人正定定地看着自己。

漫天的雪花停了,脚底下已经是厚厚的一层雪,他望着他们两个,心口融进了几丝暖意。

也是时候给始终对自己不离不弃的人一个交代了。

他点了点头。

冉雪一阵欢呼:"太好了,我现在就打电话给那个北京的讲师,咱们三人,可以组团去北京玩儿了!"

宋灵均皱着眉:"我现在不打算见她。"

冉雪差点一口血吐出来:"你干吗啊你?"

蔺晨耸了耸肩:"他还欠莫依斐一大笔钱。"

宋灵均狠狠瞪了蔺晨一眼:"今晚我去你那儿借车,先走了。"他说完,也不看他们,长腿一伸,就犹如走T台一样往前走去。

冉雪郁闷道:"都这样了,还有什么面子不面子,死要面子活受罪啊。"

一个月后,北京。

这天是期末考试的日子,莫依斐没课,在校园逛了逛就碰到了自己的学生玲子和张红。

这段日子她跟她们一起游北京,感情好到情同姐妹。

玲子看到她,立马向她请教了几个考试的问题,然后泄气道:"莫老师,我都做错了。哎,看来又要补考,我会不会毕不了业啊?"

张红促狭道:"毕不了业就嫁人呗。你那男朋友这么心疼你,天天跑寝室楼下送特产,要是我啊,早就答应他了。"

玲子娇嗔道:"你讨厌!你这么恨嫁,我男友的哥们,要不给你介绍介绍？"

张红点头如捣蒜:"义气！"

莫依斐哑然失笑，现在的小女生，倒是很能抓住机会。

她们俩正嬉笑着，玲子的男友就开着车过来了。

车窗缓缓滑下，露出一张熟悉的男性的脸，莫依斐愣了愣，是李文伟。

李文伟看着她，也有几分诧异："莫小姐？"

"你们认识？"玲子好奇道。

"朋友的朋友。"莫依斐轻描淡写道。

"哈哈，缘分啊。今天我生日，莫老师，一起去玩吧。"

莫依斐和张红坐在李文伟车后座上。看得出李文伟很宠玲子，玲子很活泼，他沉稳，两人之间弥漫着甜蜜的气息。

莫依斐来到北大遇到玲子的第一天就注意到了，玲子很像高小英。

她心里有些唏嘘。这时，张红对她耳语道："我真的很受不了他们，一天到晚腻腻歪歪。"

莫依斐笑了笑，透过车的倒视镜，对李文伟比了一个祝福的手势。

事情已经过去那么久，每个人都要努力向前跑，拥抱新的生活，她衷心祝福他。

去全聚德吃了北京烤鸭，李文伟又在 KTV 包了包厢，他们一行人走进去的时候，一开门，就有几个风华正茂的年轻人推着一个大大的蛋糕一起唱着生日歌，玲子顿时尖叫连连。

"他们都是文伟的发小，有几个都在北京买房了，还是单身哦。"玲子朝张红和莫依斐挤了挤眼睛。

张红矜持地笑了笑，眼睛里却有着年轻女孩特有的期待。而莫依斐平静地坐在一边，听他们唱歌。

李文伟走到她身边："莫小姐，我听蔺警官说，你来北京当讲师了，后来听玲子说了几次莫老师，我想不会这么巧吧。今天一看，果然巧。对了，我今天还叫了几个朋友，都是你认识的。"

莫依斐点点头，这时手机响起，她一看，是龙庭，她连忙对他比了一个姿势，就走到外面去接电话。

接完了电话，她听到后面一声清脆的男声："莫小姐？"

男人很高，面容清秀阳光。

她转过头，发现是李文伟的一个发小，刚才也没认真听他叫什么名字，她正努力回忆着，对方倒是大方地做了介绍："我叫范书石，他们都叫我石头。我常常看考古节目，是你的粉丝。"

她微笑颔首："你好。"

"据说是范仲淹的后人。"石头腼腆一笑，"可是没有他的才华，理工科，化学专业毕业。现在在中石油上班，方便加个微信吗？"

莫依斐点头，正打开微信。李文伟的声音就传了过来："石头，有人找你。"

啊？两人一起转头，只见李文伟神色复杂地看向石头，他后排站着一席人：蔺晨、冉雪、宋灵均。

莫依斐被那道犀利深邃的光刺到，心想他们怎么会在这儿。

见到莫依斐，冉雪甜美一笑，随即看向她旁边的石头，笑容里却有一些说不明的警告意味："帅哥，不要随便搭讪哦。"

石头被这股奇特的气场震住，最后慢慢挪到了李文伟身边。

"大家都是朋友，一起唱歌啊！"冉雪率先走进包厢。

几个人依次走了进去。

莫依斐正要往里面走，突然被一双手硬拉着拽住。她回过头，快一年没见了吧，他消瘦了不少，短短的碎发荡漾在眉心，浓眉紧拧。

"你还挺受欢迎的。"低沉磁性的嗓音,带着几分揶揄。

"长得好没办法。"

"是啊,所以你可以为所欲为,这是你的资本。"

莫依斐愣了愣,他是在夸她?从前的他可不这样啊,一定会铁齿铜牙将她攻击到体无完肤。她心里突然就有些异样。

这一年,他过得好吗?

一时间,竟是相对无言。

第十六章
尘埃落定

Sweet Love

"出去走走?"宋灵均提议。

也好,她本来就不喜欢唱歌,走出 KTV 被风一吹,整个人就觉得清爽了很多。

"适应北京吗?"良久,宋灵均淡淡地开口。

"挺好。"她努努嘴,突然意识到他们在尬聊。

"你气色看起来不错。"

"呵呵,谢谢。你颜值也回归了。"人靠衣装马靠鞍,听冉雪说他重新组建了思瞬,耿超也回来在帮他。

虽然不像从前门庭若市,可终归是做他擅长的事情。

现在看来,时间的打磨反而让他眉宇之间多了几分成熟男人的魅力。

他偏过头,街灯映在他幽深的瞳仁里,明晃晃的,很刺眼:"但不是你喜欢的。"

莫依斐愣住了,这种疏离冷淡的话,让她突然感到不舒服。

走到路边,宋灵均本能地伸出手轻轻搭在她肩膀上,轻轻搂着她的肩穿过人行道。

久违的男人清爽的气息，混合着冬天的风，在她鼻息间萦绕。她不知怎的，突然有些慌乱。

终于走到了马路对面。

"你现在怎么吃土？"他突然问。

这话让莫依斐飞扬荡漾的心瞬间冷静了下来，呵呵，这个男人，还是不会营造气氛。

"我自己有办法。"她淡淡道。

"北大的花园？小心被人举报。"他揶揄着。

"不用你管，我从未失手过。"

"我是管不着了。"

这疏离的语气让她心头一震，她斜睨着他已经放开自己的手，顿时心里有一丝酸涩，像是裂开了一个口子，空荡荡的。

虽然她觉得，这是自己和他最好的结局，但为何在这熙熙攘攘的红男绿女之中，突然就感到了无法抑制的失落？

"回去吧。他们也该散场了。"他看着她，并没有意识到她眼里的情绪。

两人相对无言地走回了KTV。

他们正走到门口，就看到蔺晨扶着冉雪，李文伟扶着玲子，一众人意兴阑珊地在门口叫车。

冉雪和玲子明显是喝多了，玲子看到她，兴奋地要亲亲抱抱。

玲子转身看到了宋灵均，眼睛瞪得老大："我认识你，你不就是莫老师认为身材最好的那个男人吗？她说你有人鱼线八块腹肌大长腿，是她看过最完美的，哈哈哈哈……"

众人："……"

莫依斐脸红得滴血，根本不敢看任何人。

冉雪从蔺晨的怀里挣脱出来:"原来他们是这样相处的啊,哈哈哈哈,她还有说过他什么?有没有说他很臭屁?"

玲子还要说,李文伟一把捂住了她的嘴,强行塞进了车里。

莫依斐这才抬起头,却发现宋灵均已经走到她面前,她皮笑肉不笑道:"哈哈,夸你夸你。"

"谢谢。这是你对我的盛赞,分手了还给我好评。"他嘴角勾起一抹戏谑的弧度,语气不轻不重。

莫依斐听了却有些胸口发闷,分手了是事实,但也不需要他这样强调吧?

"你对我而言,是恩人,所以我希望你能过得好。"他嗓音如潺潺的流水,却让她有种难以言喻的窒息感。

她望了望周围,冉雪趴在蔺晨怀里,看来是睡着了。

莫依斐突然就笑了,目光里带着倔强:"谢谢,我会的。"

她也不知道自己什么时候走的,直到她坐进了李文伟的车里,被张红的手握住掌心才回过神来。

"莫老师,那个男人就是你的前任吗?帅是帅,可我看他对你的态度,也太冷漠了吧!哎,要我说啊,还是那个范书石好。"

李文伟开着车,差点没一口血吐出来:范书石跟宋灵均从综合实力来看,中间不知道隔了多少座珠穆朗玛峰啊。

玲子在前座恍惚着嘟囔:"红红,你傻啊,莫老师可从来没有忘记他。"她说着说着又睡着了。

张红接收到信号,立马安静了下来。

莫依斐将头转到窗外,车子已经飞上高架桥,车窗外灯火辉煌,繁华如梦。

只是,这偌大的城市,终究没有她的一席之地。

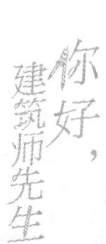

这一年，就这样平平静静地过完了。

七月的时候，莫依斐回了一趟老家看望父亲。虽说父亲早年抛弃她们母女，是有不对，但人总要学会宽容。

看完父亲的那天下午，她去了母亲的墓地。

一年多没来过，她以为墓地一定被树叶覆盖了。谁知走进了一瞧，居然干干净净的。墓碑前还摆放了母亲生前最喜欢的兰花。

莫依斐有些蒙，她仔细想了想，难道是小姨？可小姨几年前搬到女儿那边去了，没回过漪市啊。

兴许是别人放错了。

午后的暖阳，兰花幽香，莫依斐就站在这里，和母亲说了一下午话。莫依斐只觉得这一年以来所有的阴郁和不快乐都一扫而光。

直到要赶飞机，她才恋恋不舍地打车离开。

在车上，她接到了宋灵均的电话："莫依斐，我下周结婚，你过来吗？"

她握着手机的手倏然一紧。

"你是我的恩人，我想得到你的祝福。"他又说了一句，语气仍然平静。

宛如有一串鞭炮在莫依斐体内点燃爆炸。

恩人你个大头鬼！祝福你个毛线！莫依斐在心里咆哮。

"我最近比较忙，你把具体的日期发我微信吧，时间充裕的话，我会去的。"她抑制住心里的激动。

"好。"

她突然想到什么，问："宋灵均，你有没有来过漪市乡下？"

"那不是你的家乡吗？没有，我以前以为一定有机会去，但现在……"

"嗯,我也就随便问问,挂了。"握着手机的手滚烫滚烫,心情也宛如坐过山车一样起伏。

宋灵均听到电话里的忙音,深邃锐利的眼睛忽然就眯了起来,他话还没说完,她就挂他电话?真是拿得起放得下啊。

这时,耿超敲门走了进来:"老大,漪市的博物馆的设计初稿出来了。关于石头的切割,第一点考虑的是人们对他的接受程度,这种烧制方法,如果有游客用手去触碰,会不会受伤?基于安全的问题,他们觉得有些难度。"

"无法胜任?到时候石头的切割我亲自来做。"

耿超心里一动,看到宋灵均那炙热的双眸,心下一喜,老大的气势终于全数回归了。

宋灵均仔细看了看设计图,漪市土壤属于上乘,自盘古开天地,一切从混沌的泥土中诞生,而他和某个人,也和泥土有着说不清的缘分。

手机响起,蔺晨的声音传了过来:"宋灵均,冉雪说给莫依斐发了你媳妇的照片,你猜猜她说了些什么?"

"说了什么?"

"她说,挺漂亮的。"

宋灵均倒抽一口冷气:"我知道了。"

另一边。

莫依斐看着照片里的女孩,长发飘飘,一袭白裙,顿时翻了个白眼:"什么品位啊,跟个贞子一样。"

哼,参加他的婚礼?她抽风了才会去。

宋灵均婚礼那天,莫依斐坐清晨的飞机去内蒙古旅游,在飞机上睡了

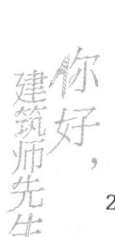

个天昏地暗。

等坐着大巴车穿越碧绿无垠的大草原,这才有了已经远离都市钢筋水泥的感觉。

琉璃蓝的天空似乎触手可及,牛羊成群蔚为壮观,她下车拍照玩了个不亦乐乎。

到了下午三点,莫依斐这才发觉双腿沉重得犹如灌了铅一样,回到租好的蒙古包倒头就睡,真的太累了。

原本打算晚上起床去看篝火,但在傍晚时分,服务生的电话就打了过来:"莫小姐,你的朋友让你去取一个快递。"

快递?她有些蒙。

"你确定是我?"

"莫依斐小姐,没错。"

莫依斐揉着怔忪的双眸,踏着疲惫的步伐走到了草原上。是这个地点没错,她举目四望,已经是傍晚时分,近处的河水倒映着天空,翠绿的草地和树木散发出了沁人心脾的芳草气息。

会是谁,知道她在这里?

突然,她听到一阵轰鸣的马蹄声,暮色中,成群的马匹在她眼中排成了整齐的队列,气势磅礴,震天动地。

她揉了揉眼睛,只见每个马匹上都有一个大汉指挥着,他们每人手里举着一束光源,组成了整齐的队列。

她被震撼到了。

这是什么表演?怎么之前从来没有听说过?

她周围的游客汇集起来,看着前方的人马发出"啧啧"的惊叹声。

"什么情况啊?"不少游客拿出手机拍照拍视频,更有人启动了无人机拍摄。

五分钟后,那些光源居然拼成了六个字:莫依斐,嫁给我!

周围的游客一阵惊叹。

莫依斐心里被异样的情绪填满,这时,一匹骏马飞奔而来。

宋灵均白衣黑裤,丰神俊朗,骑马至她面前,勒停马,翻身而下,来到她面前。

周围顿时爆发出阵阵尖叫声和叫好声。

而莫依斐有些懊恼自己此刻的邋遢,应该化好妆再出来的。

正懊恼着,宋灵均已经在她面前单膝跪下,拿了两个用红布盖着的托盘放在她面前:"莫依斐,嫁给我吧!"

"这怎么不是戒指啊?"旁边有女生好奇道。

莫依斐看着盖在托盘上面的红布被掀开,一具圆脸大耳朵憨憨傻傻的陶瓷招财猫就出现在眼前。

"不是钻戒?"

"这是说这位小姐很有福气的意思吗?"

"他当女孩是招财猫,所以想娶回家?"

"这男的在耍这女的吗?"

议论声纷纷,莫依斐听了哭笑不得。

她两眼放光地盯着招财猫,目光中流露出浓烈的垂涎。

这是日本有名的"常滑烧"招财猫,这种土烧出来的瓷器,味道醇厚细腻,简直是土中的"极品"。

她咽了咽口水,这东西是自己梦寐以求的,可她因为这个就嫁了,有点没出息吧?

宋灵均观察着她脸上的表情,幽幽地叹了口气:"我现在能给你的只有这个,民以食为天,虽然这个微不足道,"他又示意她看第二个东西,"但这个,是我的决心。"

莫依斐掀开红布，只见是一份婚前协议，协议中他只有一句话："婚姻中若女方提出离婚诉求，男方自愿将所有的财产过户给女方。（包括为女方提供的便利性服务，仍然按原样执行。）"

旁边有人在莫依斐耳畔悄悄说道："看这样子，这男的没钱啊，你可千万别上当。"

莫依斐心想，你们懂啥？这就是说，即使他们离婚，宋灵均也要为她提供土壤，伺候她一辈子。

她俏皮一笑，这男人，真挺重口味的。

"好。"她轻轻点头。

宋灵均有些纳闷："好什么？"

"结婚啊！"周围的人起哄。

宋灵均又惊又喜，莫依斐拉着他起身："既然你这么体贴，我就从了吧。"

宋灵均一把将她搂在怀里，两人紧紧地拥抱在一起。

"你那未婚妻……"莫依斐突然想起了什么。

宋灵均的嘴角蜿蜒起一丝邪魅的弧度："我那是故意刺激你，你倒好，心这么大。"

莫依斐哂笑一声。

"新人看这里！"旁边的耿超拿着手机，手机里的众人在一个酒店的餐桌上，齐刷刷地看着他们欢呼。

她的亲朋好友全部来了。

莫依斐的小心脏有些承受不住。一向倨傲高贵的宋大建筑师，在直播求婚过程？他就不怕丢脸？万一被拒绝那就出丑了。

他深湛的双眸看向她，仿佛读懂了她的想法："你是我唯一想要追寻的方向，我什么都不怕。"

莫依斐刹那间双眼就湿润了。

在这广袤的草原上,他再次拥她入怀。

历时三个月的角逐,宋灵均的漪市博物馆设计方案,从众多的竞标者中脱颖而出,顺利入选为最终方案。

这虽然是好事,但也意味着宋灵均和莫依斐,这对新婚夫妇,根本没时间享受婚后本该日日腻在一起的生活。

莫依斐在北京任教,而宋灵均在漪市博物馆的工地上忙碌着。

不过他再忙,每周总会抽时间飞到北京看她。

新婚生活有甜蜜也有争执。

跟这种完美主义的人住在一起,有时莫依斐也挺烦的。

关于漪市博物馆的项目,他会不耻下问,认认真真,做着笔记。

有次她放假回漪市,发现他的笔记加起来竟然有一座小山那么高。

说起馆内的文物,他也能如数家珍,有时候甚至能挑出她的错误。

莫依斐就有些不服气了。

两人相隔两地,这段时间相处有些龃龉,莫依斐觉得他太较真,有时候觉得无聊,就下载了手游,准备和游戏里的霸道总裁李泽言"约会"。

听着李泽言的"深情告白",莫依斐感觉心里舒坦了不少。

她把这个软件设置成"隐藏式",就算宋灵均看她的手机也发现不了。

呵呵。

她这不叫出轨,她是释放生活的压力。

却没想到这么快惹出祸来。

这天宋灵均来看她的时候,她正好在浴室洗澡。

等她走到客厅,就发现宋灵均阴沉着一张脸,拿着她的手机一言不发。

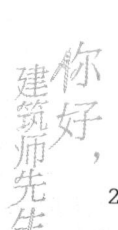

手机里，李泽言深情霸道的声音响了起来："为你赌上我的过去、现在，和未来。"

莫依斐脸色一僵。

"你干吗看我手机？"她语气有些不稳。

两人最近有些冷淡，她不想示弱。

"我要是不看一下，我怎么知道你最近在干什么。"宋灵均站起来，语气咄咄逼人。

"你这是侵犯隐私！"

"隐私？你是想出轨吗？那个李泽言？"

"宋灵均，你至于吗？玩个游戏而已！"

"你不可以心猿意马！你是结了婚的女人，是我的老婆！"宋灵均愤愤地说，一边说一边开始卸载她的手游。

莫依斐也不甘示弱，上去抢手机，结果宋灵均把手机举高，莫依斐只好攀着他的腰身去抢，却不想他腰一弯，凶狠窒息的吻就落了下来。

这个吻带着男人的占有欲，莫依斐从来没见过戾气这么重的他，宛如战神一般要把她全身的每一寸碾碎……

最后，她昏睡了过去。

凌晨时分，宋灵均接到耿超关于漪市博物馆的建造方面的电话。

他凝视她熟睡的模样，她怎么就不明白，他有多爱她。爱到不能容忍她的脑海里装着其他男人，明星不行，虚拟人物也不行。

在她额头上落下一吻，他套上衣服就匆匆出门了。

次日，她浑身酸痛地醒来时，满床都是他霸道强势的男人气息。

莫依斐双颊通红，叫唤了他一声，没人应答后才发现他走了，心里不禁失落。

想到昨天晚上也好笑,为了一个虚拟人物,根本不值得。

晚上,冉雪打了电话过来,对她说:"对了,我听蔺晨说宋灵均这段日子着了魔一样工作,漪市博物馆也建好了,今晚八点电视会报道呢。到时间了,快看快看!"

打开电视,新的漪市博物馆出现在了她眼前:粉壁为纸,以石绘之,巨石错落有致,高低排开,映衬着湖水,还原了一幅千年前的山水画。

这是她跟他讲过的,他最喜欢的古代一位画家的作品。

"请问宋先生,这个设计的灵感来自哪里呢?"主持人问。

"我太太喜欢山,喜欢水,喜欢土壤,也喜欢历史。她也曾经是漪市博物馆的工作人员,她说,如果能还原这样一个场景,她会觉得很有意思。我想了想,我觉得可以试试。"

他话一出口,主持人便调侃道:"您已婚?估计我们的收视率会马上下降的。"

"对,我已经结婚了。我的烦恼是太太最近对我有些冷淡,我知道我工作忙,可能有时候没照顾到她的感受,希望她可以体谅。还有,李泽言没我优秀。"

莫依斐不禁莞尔,郁闷顷刻间烟消云散。

算他识相。

她看着屏幕上这个男人,双眸里的灼热和清澈一如她第一天见到他一样,总能点燃起她心中的激荡。

他说:"人这一生,择一业,求一人,为之痴迷,为之付出,收获满足感,实在是件乐事。"

两年后。

莫依斐结束任教回到漪市。

这天下午博物馆例行周会，交代了一周工作进展之后，馆长李琛皱起了眉头说道："你们有没有觉得，咱们办公室外面湖畔的土壤变得越来越稀薄了？昨天我散步的时候，一脚踩了个空，差点掉到湖里。"

"馆长，这是宋灵均的作品呢，绝对不存在偷工减料这个问题。"瞿薇薇举手道。

"是啊是啊，馆长，宋太太都在这里，宋灵均绝对不可能自毁形象。"龙庭连连点头。

"嗯，莫依斐，你觉得呢？"李琛望向她，严肃地问。

谁都没注意到，莫依斐的一只手握着圆珠笔，那笔盖都要被她碾碎了。

她调整好脸上的表情，干笑着说："那是自然，我先生是一个很有责任感的建筑师。"

这晚回到家，莫依斐的心情就有些七上八下的。

她先是收拾屋子，然后又开始做饭。在北京那些年，她自学着做饭，虽然不可能比得过宋灵均的厨艺，但她觉得也还可以。

等宋灵均回来的时候，就看到她系着围裙，笑眯眯地站在橘色的灯光下，那笑容带着谄媚和讨好，他心里顿感大事不妙。

"老公，你尝尝这个，我特地为你做的。"莫依斐忙不迭地帮他夹着菜。

宋灵均也不揭穿她，灯光下她额头上因为紧张而沁出来的汗珠，被他瞧在了眼里。

"今天工作顺利吗？"宋灵均一边享受着他的服务，一边漫不经心地问。

"顺利呀，你尝尝这碗羊肉汤，我炖了好久呢。"莫依斐将一碗汤端至他面前，用勺子舀了一勺，递到他唇边。

上次被她灌睡的记忆顿时涌上了心头，宋灵均立即警觉地握住了她的手:"你、你打什么主意?不会是想把我灌醉去见李泽言吧?"

莫依斐头摇得跟拨浪鼓一样:"老公,你怎么能怀疑我给你下药呢?"

"快说吧,什么事?"宋灵均已经按捺不住了。

等她听完整件事情的来龙去脉,宋灵均顿时憋屈不已:"你就是这样破坏你老公的形象的?外界会怎么评论我?"

她竟然吃他的作品?这跟养了一只土拨鼠有什么区别?

他正要发作,莫依斐立即就"嘤嘤嘤"地抽泣了起来:"你都不疼我!你说过你作品的灵感是来自我的!那就是我的!我吃一点点你居然骂我?你的形象重要还是我重要?"

宋灵均看她哭得一副梨花带雨的娇弱模样,心立即就软了下来,连忙投降:"好好好,别哭别哭,你重要你重要,吃吧吃吧,随便吃。"

唉,跟老婆吵架,根本就不能在意逻辑……

"老公,你想好怎么解决问题了没有?"晚上睡觉前,莫依斐完全一副事不关己的模样,好像问他哪天去出差一样的口吻。

哎,自己又中了她的美人计了!宋灵均在心里懊恼着,挑挑眉道:"你值班那天,晚上我联系工人去补上。"

"我就知道老公你最好了!"

"我帮你善后,你是不是也要报答我?"

"怎么报答?"

"生个孩子?"

朦胧的灯光下,宋灵均看着莫依斐因为羞赧而染上胭脂色的脸,露出一丝满足的笑意。

愿得一人心,白首不相离。

本书由我走地下道委托长沙大鱼文化传媒有限公司正式授权黑龙江美术出版社,在中国大陆地区独家出版中文简体版本。未经书面同意,本书的任何部分不得以图表、电子、影印、缩拍、录音和其他任何手段进行复制和转载,违者必究。